MENNEMEIER · BERTOLT BRECHTS LYRIK

FRANZ NORBERT MENNEMEIER

BERTOLT BRECHTS LYRIK

Aspekte Tendenzen

BAGEL

CIP-Kurztitelaufnahme der Deutschen Bibliothek

Mennemeier, Franz Norbert:
Bertolt Brechts Lyrik: Aspekte, Tendenzen /
Franz Norbert Mennemeier. – 1. Aufl. –
Düsseldorf: Pädagogischer Verlag Schwann-Bagel, 1982.
ISBN 3-590-02421-6

1. Auflage 1982
Umschlaggestaltung: Manfred Goral
Satz: Typo Fröhlich GmbH & Co. KG, Düsseldorf
Druck: Druckerei Rasch, Bramsche
Bindung: Bercker, Kevelaer

„Mitunter überfällt es mich, daß meine Arbeiten vielleicht zu primitiv und altmodisch seien, oder plump und zu wenig kühn. Ich suche herum nach neuen Formen und experimentiere mit meinem Gefühl wie die Jüngsten. Aber dann komme ich doch immer wieder drauf, daß das Wesen der Kunst Einfachheit, Größe und Empfindung ist und das Wesen ihrer Form Kühle. Das ist mangelhaft ausgedrückt, ich weiß es."

Bertolt Brecht, Tagebuchnotiz, 27. Juni 1920.

INHALTSVERZEICHNIS

1. EINLEITUNG: „ÜBER DAS BESTEIGEN HOHER BERGE". ZUR HISTORISCHEN KONSTITUTION DER POETISCHEN EINBILDUNGSKRAFT BRECHTS

Bertolt Brecht, der Dramatiker, scheint uns wohlbekannt. Er gilt als „Klassiker"; und also ist man seiner ein wenig überdrüssig. Anders verhält es sich mit dem Lyriker Brecht. Zwar stehen seine Gedichte auch schon an für die Aufnahme in die Schullesebücher. Da gibt es also bereits ein sanktioniertes öffentliches Interesse. Aber viele Züge des Lyrikers Brecht sind unbekannt geblieben. Seine poetische Statur und Stellung insgesamt im Zusammenhang der neueren Lyrik scheinen noch nicht genug bedacht.

Welches war, literaturgeschichtlich-systematisch betrachtet (denn auch die Literatur- und Kunstgeschichte hat ihr System), die Lage, als Brecht, der Lyriker, die Szene betrat? Was fand er vor? Was an notwendig durchzuführenden lyrischen Arbeiten war zu erledigen? Welche davon nahm Brecht in Angriff? Auf welche Weise? Inwiefern steuerte er etwa durch sein lyrisches Werk bei zu einer Anschauung, einer Theorie des Lyrischen schlechthin?

Um solche Fragen einer Klärung näherzubringen – viel mehr wird man bei so naher Zeitgenossenschaft im gegenwärtigen Augenblick kaum leisten können – scheint es angebracht, in die frühe Konstitutionsphase des Lyrikers Brecht hineinzuleuchten. Denn es zeigt sich, daß es bei Brecht in der Tat eine solche gibt.

Eine These kann gleich zu Anfang aufgestellt werden: Brecht, Gedichte schreibend, unternahm es, zugleich einen neuen Begriff von Lyrik entsprechend den Bedürfnissen seiner Zeit bzw. entsprechend seiner Einschätzung dieser Bedürfnisse zu schaffen; und dieser neue Begriff von Lyrik, dieses neue Lyrikkonzept (falls man einen anfangs noch halb unbewußt vonstatten gehenden Prozeß schon ein Konzept nennen kann) prägt sich in einigen wesentlichen Aspekten bereits in den ersten, fruchtbaren Jahren Brechtschen Schaffens aus.

Höchst aufschlußreich für eine wissenschaftliche Herausarbeitung des poetischen Charakters, wie er sowohl für die dramatische als auch für die lyrische Produktion Brechts bestimmend geworden ist (weniger als bei anderen Autoren läßt sich im Fall Brechts der Lyriker vom Dramatiker trennen), sind einige Notizen in den 1975 veröffentlichten „Tagebüchern 1920–1922“.

Man greift hier wichtige Voraussetzungen Brechtscher Ästhetik in statu nascendi. Eine Darstellung zum lyrischen Schaffen Brechts, die jene nicht berücksichtigte, wäre unvollständig, insbesondere wenn es, wie hier, darum gehen soll, Brechts Lyrik im Zusammenhang einer historischen Poetik des modernen Gedichts zu charakterisieren.

Um zwei Mißverständnisse abzuwehren: Wenn von dem poetischen Charakter Brechts, von seiner individuell geprägten poetischen Einbildungskraft die Rede ist, wird weder die Tatsache geleugnet, daß gerade Brechts lyrisches Schaffen viele Wandlungen durchlaufen hat, noch wird übersehen, daß die Bildung (im ursprünglichen Sinn) eines genialen Kopfs kein lediglich natürlich-organischer, gleichsam autonomer Prozeß ist.[1]

Im Gegenteil: Einen poetischen Charakter unter dem Gesichtswinkel einer historischen Poetik begreifen heißt einen komplexen geschichtlich reflexiven Vorgang nachzeichnen, in welchem, auch wenn dieser zunächst zum Teil noch irrational abläuft, die politischen und sittlichen Komponenten eine wichtige, vielleicht ausschlaggebende Rolle spielen: Das Individuum entscheidet sich für oder gegen etwas; es trifft eine Wahl zwischen etwas, was es für gut, und etwas, was es für schlecht erklärt usw., und dieses Etwas ist in der Regel von mehr als privater Bedeutung.

Die hingeworfenen Tagebuch-Notizen des jungen Brecht vom März 1921 – der Abschnitt trägt die Überschrift „Nachts“ – können in dem Zusammenhang, pathetisch-überspitzt gesagt, als so etwas wie die Geburtsurkunde des großen Schriftstellers Brecht bezeichnet werden; denn obwohl Brecht damals schon Erfolg gehabt und Talent mannigfach bewiesen hatte (z. B. mit dem „Baal“, den Einaktern), war die Laufbahn zur Größe noch durchaus unbestimmt und unklar; Brecht mußte erst noch Brecht werden.

> Zuerst ist alles einfach, naiv, gesund. Der Zwanzigjährige begreift den Kosmos. Er ist, wie er sein soll. Er hat eine natürliche Beredsamkeit und verwendet sie für einfache, starke Dinge. Das leicht Hymnische seiner Diktion drängt er ins Maß durch derbe Zynismen. Oh, diese Sicherheit des Unbesiegten, Tapferkeit des Beginners! Mit einem Mal ergeben sich Fehler bei vollständig richtiger Rechnung. Die Dinge, wie sie sind,

> verändern ihr Gesicht oder werden unerreichbar. O Blasiertheit des erstmalig Besiegten! Aber man muß den Baum politisieren, da ist ein Mann, hetzen wir! Jeder weiß: ein Baum ist ein Holz. Aber man wird müd. Das Spielen ist es nicht. Lügen ist schön, wenn einem was einfällt. Dann gehen ihm Bedeutungen von Beziehungen auf, es zeigen sich Geheimnisse. Wieviel geschieht mit dem Baum, wie ist das verborgen, wie beherrscht er sein Gesicht, daß es gleich bleibt! Die Formeln stimmen nicht, es waren Eselsbrücken, es war Sand in die Augen. Von jetzt an verbirgt sich die Kraft, die nicht versiegt ist, in den Werken, sie kriecht in die Widersprüche, sie läuft gegen den Wind; die Geschwindigkeit verringert sich, der Wind muß abgerechnet werden! Der Organismus organisiert den Widerstand gegen sich selbst. Es sieht zwillinghaft dem Abstieg gleich, es geht haarfein am Untergang vorbei.
> Die Möglichkeit zur Synthese verringert sich galoppierend, Krankheiten fallen in den geschwächten Leib, verwirren die Lage. Ruhebedürfnis, formale Gerissenheit, letzte Bestände von Übermut bringen die Gefahr feinster Verwüstung in die unerhört überspannten Kompliziertheiten. Immer untergräbt der Intellekt die Position. Der in hundert Schlachten Geschliffene, das grinsende Überbleibsel, der Liebhaber des Immernochdaseins gewinnt Lust am Schlagen, Stechen, Hauen, Parieren, schlägt sich in gleichgültigen Gebieten, wird Virtuose, vergißt das Heilige Land. Schon der Dreiundzwanzigjährige kämpft verzweifelt gegen die Eitelkeit. Verbissen leistet er den Verzicht auf Achtung, die aus Rentabilität gewonnen wird. Wütend findet er sich ab mit der Unklarheit seiner Formulierungen, da das Stoffgebiet, das einzubeziehen ist, ein so ungeheures geworden ist, verzichtet auf die geliebte Prägnanz zugunsten der Wahrheit. Er will nichts als den Torso.[2]

Brecht wirft in dieser Notiz einen Blick zurück, wie man es tut, wenn man die Erfahrung der Krise macht – und dieses Textstück ist ein Krisendokument. Die Bilanz des Geleisteten sieht nicht schlecht aus: „Oh, diese Sicherheit des Unbesiegten, Tapferkeit des Beginners!“ Die meisten Schriftsteller, nicht geringer begabt als Brecht, bleiben auf dem derart erreichten Niveau stehen, sie beuten das sichtbar ausgewiesene Talent aus. Nicht so Brecht. Da ist der schöpferische Argwohn gegen sich selbst, das skrupulöse Überprüfen der scheinbar glatten Kalkulation: „Mit einem Mal ergeben sich Fehler bei vollständig richtiger Rechnung. Die Dinge, wie sie sind, verändern ihr Gesicht oder werden unerreichbar.“ Der Sieger erfährt jäh, daß er ein „Besiegter“ ist. Sich die Niederlage verheimlichen wollen, weiterhin in der Unwahrheit zu existieren suchen, das wäre der Zustand der „Blasiertheit“. Diesen negativen Zustand aufzubrechen bzw. nicht erst entstehen zu lassen, darum geht es im folgenden.

Was heißt der merkwürdige Satz „Aber man muß den Baum politisieren, da ist ein Mann, hetzen wir!“? – Brecht betrachtet sich von außen; er stellt die „Sicherheit des Unbesiegten“ (ein solcher gleicht einem Baum) in Frage. „Politisieren“ – dies ist eine sprachliche Wendung, die eine damals unter den Deutschen neu aufgekommene Leidenschaft bezeichnet: Die Weimarer Republik ist, mühselig genug, soeben etabliert worden; man „politisiert“. Es zeigt sich, daß Brecht die Wendung in negativem Sinn verwendet. Man glaubt zu wissen, was ein „Baum“ ist, nämlich „ein Holz“; also: eine ausdefinierte Sache, ein Ding, das man beliebig malträtieren kann. Doch hierbei erlebt der Handelnde Überraschungen.

Brecht, der vom „Baum“ und der angeblichen Notwendigkeit spricht, ihn zu „politisieren“, den „Mann“ zu „hetzen“, umkreist eine zentrale Frage, die der Selbstreflexion und Selbsttätigkeit, implizit aber auch die des Fortschreitens allgemein. Das Wort „politisieren“, auch wenn es gerade nicht positiv gemeint ist, weist darüber hinaus auf ein Bewußtsein, welches das zur Debatte stehende, scheinbar bloß subjektive Problem als ein Problem von intersubjektiver, insofern politischer Art erkennt. – Die Textstelle hat eine über die konventionell „psychologische“ Dimension hinübergreifende, repräsentative Bedeutung.

Dem, der hier reflektiert, der den Analysevorgang, um den es sich handelt, nicht so sehr aus der Distanz darstellt als hic et nunc vollzieht, wird die Grenze des „Politisierens“ bewußt; der Hetzer wird selbst des Hetzens „müd“. „(...) es zeigen sich Geheimnisse“. Diese beziehen sich andeutungsweise auf fundamentale Kategorien wie Existenz (Identität), Entwicklung, Produktion, Werk. Eine dialektische Struktur des Denkens und der Wirklichkeit tritt in den Blick. Die „Kraft“ „kriecht in die Widersprüche“. „Der Organismus organisiert den Widerstand gegen sich selbst.“ Offenbar ist ein Aufstieg projektiert, der aus der Niederlage, der Krise herausführen soll; es ist ein schwieriger, widerspruchsvoller Aufstieg: „Es sieht zwillinghaft dem Abstieg gleich, es geht haarfein am Untergang vorbei“.

Brecht beschreibt die Gefahren, die bei diesem halsbrecherischen Unternehmen drohen: nachlassende Fähigkeit zur Synthese (da das

Denken komplizierter geworden ist); „formale Gerissenheit" als Ausflucht; „Eitelkeit", die oben, auf halber Höhe anhalten will, statt den notwendigen Weg nach unten zu riskieren, um desto sicherer auf die Spitze zu gelangen; vor allem: der „Intellekt", der „immer" die „Position" „untergräbt". Der „Intellekt" wird in auffälliger Weise negativ, geradezu wütend charakterisiert. Assoziativ nähert sich das Porträt dieses Begriffs dem vorher umrissenen Komplex des „Politisierens" und „Hetzens" an. In sozialgeschichtlicher Interpretation ließe sich behaupten, daß hier blitzartig als Unterlage der Reflexion die ökonomische Verfassung einer Konkurrenzgesellschaft durchscheine, in der Politik sich als „Politisieren" und das Denken als reines Instrument im Überlebenskampf manifestiert.

Der kritische Hinweis des jungen Brecht auf das „Vergessen" des „Heiligen Landes" als Resultat oder auch Voraussetzung einer nicht bewältigten Krise gewinnt im Kontext der Stelle sowohl eine fundamentale politische als auch eine fundamentale poetologische Bedeutung: Nicht durch „Politisieren" und „Hetzen", nicht durch den aller Dialektik, aller Mühe notwendigen Abstiegs sich entschlagenden Aufstieg, nicht durch den direkten, den Erfolg leichtfertig vorwegnehmenden Anstieg zum Gipfel wird das „Heilige Land" offenbar erobert; nicht das virtuose, vollkommene, allgemein geachtete, rentable Werk ist offenbar das, welches den produktiven künstlerischen Fortschritt gewährleistet und „Wahrheit" zum Ausdruck bringt; auch ästhetisch gilt vielmehr: Der Aufstieg erfordert gegebenenfalls dringend den Abstieg; jener ist diesem „zwillinghaft (...) gleich". „Wütend findet (der Autor) sich ab mit der Unklarheit seiner Formulierungen, da das Stoffgebiet, das einzubeziehen ist, ein so ungeheures geworden ist, verzichtet auf die geliebte Prägnanz zugunsten der Wahrheit. Er will nichts als den Torso."

Aus der hier konstatierten Wut des jungen Brecht sollte allmählich ein politisches und ästhetisches Konzept von großer Gelassenheit, zum Teil sogar Heiterkeit erwachsen, ein Konzept, in dem jene Wut durchaus aufgehoben war im dialektischen Sinn. Brecht steht 1921 bereits im Begriff, eine Poetik zu entwickeln, welche die Kategorie der künstlerischen Vollendung aus der in das jeweilige Werk eingeschlossenen Reflexion auf Nicht-Vollendetsein, auf Nicht-Fertigsein hervorgehen läßt. Die Idee des „Torso" wird zu einer zentralen Idee der Brechtschen Ästhetik, und sie ist, wie man sieht, von allem Anfang an verbunden mit einem Begriff von Politik, der sich polemisch zu dem des „Politisierens" verhält.

Die Metapher eines Aufstiegs vermittelst eines „Abstiegs", dem jener „zwillinghaft“ „gleich“ ist (wie auch umgekehrt), umschreibt einen Archetypus Brechtschen „Denkens“ und ein Grundelement seines poetischen Charakters.

Ohne daß von irgendeinem Einfluß oder einer Abhängigkeit gesprochen werden könnte, ergibt sich eine überraschende Verwandtschaft zwischen der Tagebuchnotiz des jungen Brecht und der kleinen, 1924 in der „Prawda“ veröffentlichten Parabel „Über das Besteigen hoher Berge“, in welcher Lenin seine Anhänger ermahnt, die revolutionäre Tugend der Geduld zu üben. Es genügt, den ersten Abschnitt der Notiz Lenins zu zitieren, um die große Ähnlichkeit zwischen der methodologischen Reflexion Lenins und der des jungen Brecht deutlich werden zu lassen:

> Stellen wir uns einen Menschen vor, der einen sehr hohen, steilen und noch unerforschten Berg besteigt. Nehmen wir an, es sei ihm gelungen, nach Überwindung unerhörter Schwierigkeiten und Gefahren viel höher zu steigen als seine Vorgänger, den Gipfel habe er aber dennoch nicht erreicht. Er befindet sich nun in einer Lage, in der ein Weiterkommen in der gewählten Richtung und auf dem eingeschlagenen Weg schon nicht mehr nur schwierig und gefährlich, sondern geradezu unmöglich geworden ist. Er muß umkehren, abwärts steigen, andere Wege suchen, die zwar länger sein mögen, dafür aber die Möglichkeit in Aussicht stellen, den Gipfel zu erreichen. Der Abstieg in dieser in der Welt noch nie erlebten Höhe, auf der sich unser hypothetischer Bergsteiger befindet, bietet vielleicht gar noch größere Gefahren und Schwierigkeiten als der Aufstieg: man tut leichter einen Fehltritt; es ist nicht so bequem, sich die Stelle anzusehen, auf die man den Fuß setzt; es fehlt jene besonders gehobene Stimmung, die durch das unmittelbare Hinaufsteigen, direkt dem Ziel zu, entstanden war, usw. Man muß sich anseilen, ganze Stunden darauf verwenden, mit dem Pickel Stufen oder Stellen zur sicheren Befestigung des Seils auszuhauen, man muß sich mit der Langsamkeit einer Schildkröte fortbewegen, und noch dazu rückwärts, abwärts, weg vom Ziel, und immer noch ist nicht zu sehen, ob dieser verzweifelt gefährliche, qualvolle Abstieg ein Ende nimmt, ob sich ein einigermaßen aussichtsreicher Umweg finden läßt, auf dem man wieder – kühner, rascher und direkter – vorwärts, aufwärts, dem Gipfel zu gehen könnte.[3]

Welches ist das Interesse des Literaturgeschichtlers an der Beobachtung von Gemeinsamkeiten zwischen der Reflexion Lenins und der Brechts? Schließlich – beide kennt man als Marxisten, und daß sie ähnlich gedacht haben, scheint insofern nicht verwunderlich.

Brecht war jedoch, als er die erläuterte Tagebucheintragung vornahm, durchaus noch kein Marxist. (Lenins Parabel hat er viel später erst kennengelernt; da allerdings wurde sie Hanns Eisler zufolge „Sein Lieblingsaufsatz".[3a]) Etwas sehr Wichtiges wird einem durch jenen Vergleich der beiden Texte zu Bewußtsein gebracht. In der Brecht-Forschung muß geklärt werden, wie es zu der berühmten, meist auf das Jahr 1926 datierten Wandlung Brechts von dem angeblichen Anarchisten/Nihilisten aus der Zeit des „Baal" und der „Hauspostille" zu dem Marxisten, dem Autor der „Maßnahme" und der „Svendborger Gedichte", gekommen ist.

Es stellt sich heraus, daß Brecht nicht unversehens an Marx und Lenin geraten ist und etwa, infolge eifriger Lektüre in deren Schriften, sich vom antibürgerlichen Saulus zum Paulus proletarisch-revolutionären Weltveränderungsdenkens bekehrt hat. Es gibt eine Logik in Brechts Werdegang, durch die das Frühere mit dem Späteren verbunden ist, derart, daß das eine das andere ermöglicht hat; es gibt eine Kontinuität in der Entwicklung der Brechtschen poetischen Einbildungskraft: Weil der Tagebuchschreiber des Jahres 1921 bereits eine tiefe Einsicht in die dialektischen Gesetze künstlerischer und nicht nur künstlerischer Produktion, in die Paradoxie eines eventuellen Aufstiegs durch Abstieg, eines Fortschritts durch Rückschritt gewonnen hatte, konnte sich seine Entwicklung zum Marxisten und zur dialektisch-materialistischen Methode auf die substantielle, schöpferische Weise vollziehen, wie sie sich in seinem Werk ausprägt.

Bei dieser Rekonstruktion des Brechtschen poetischen Charakters und einer für diesen typischen Konstante ist die historische Dimension der frühen Phase seines Schaffens noch etwas deutlicher zu skizzieren, als es im Vorhergehenden geschehen ist. Zentral für den jungen Brecht war die Erfahrung des Scheiterns der deutschen „Revolution" von 1918/1919. Brecht hatte in allernächster Nähe, in der Gestalt der Münchner Räterepublik, einen politischen „Aufstieg" zu einer für deutsche Verhältnisse ungewöhnlichen Höhe miterlebt, und er hatte, zu seiner großen Enttäuschung, einen Absturz gesehen, der offensichtlich durch die Tatsache bedingt war, daß die zu Fall Gekommenen ihr Ziel, den Gipfel, zu steil und zu bedenkenlos angegangen waren.

Diese desillusionierende realhistorische Erfahrung, die Brecht zu einer kritischen Überprüfung seiner politischen Begriffe veranlaßte, war bei ihm nun aufs engste mit einer literaturgeschichtlichen Erfahrung verbunden: der des Expressionismus. In einem Mann wie Toller, einer der zentralen Figuren der Münchner Räterepublik, waren beide Aspekte der damaligen Geschichte, der politische und der literarische, in Personalunion verschmolzen, und sie waren Brecht zum Greifen nahegebracht worden. Brechts Kritik an einer revolutionären Politik à la Münchner Räterepublik und Brechts Expressionismus-Kritik sind zwei Seiten ein und derselben kritischen Tendenz. An ihr ist gerade die erlebnishafte Nähe zum damals Geschehenen zu betonen. Die Ereignisse betrafen Brecht nicht nur intellektuell, sondern auch und vor allem emotionell. Sie wirkten wie ein Schock, sie gruben sich in sein Unbewußtes, ein Trauma erzeugend, das produktiv zu werden vermochte.

Im zwölften Bild des berühmten Dramas „Die Wandlung" (1919) von Ernst Toller sieht man den Helden, einen aus dem schwärmerischen Geschlecht der expressionistischen Dichter-Revolutionäre, an schroffer Felswand zu schmalem Grat hinaufklettern. Dic Warnungen des zurückbleibenden Gefährten schlägt er in den Wind; „Ermanne dich, bald sind wir oben", ruft er euphorisch. – Diese szenische Pantomime ist eine für das Ethos expressionistischer Dichtung insgesamt symbolträchtige Geste. Die Revolution soll durch die extreme Anstrengung einer geballten Innerlichkeit, durch „Geist" in einem einzigen Ansturm bewältigt werden. Dies also ist der idealistisch-expressionistische Archetypus: Aufstieg zur höchsten Höhe in einem unerhörten seelischen Kraftakt. – Brechts Notiz von 1921 muß vor dem umrissenen Hintergrund gelesen werden. Es ist eine Art Gegenentwurf – nicht im Sinne eines kühlen Kalküls, sondern in dem einer existentiellen, zugleich ästhetischen und politischen Reflexion, die bis in die Tiefenschicht der poetischen Einbildungskraft hinunterreicht.

Wie sehr der Brechtsche Archetypus eines Aufstiegs durch planvollen Abstieg, eines Fortschritts, bewerkstelligt durch einen Rückschritt, der die vorhandenen Kräfte berücksichtigt und auf Zeit setzt, sich bei ihm durchhält und zu einer wirklichen literarischen Methode ausgebildet wird, läßt sich an der eigentümlichen Struktur von Brechts Werken allenthalben demonstrieren. Brecht hat darüber hinaus in einer Reihe kleiner, manchmal etwas schematischer Statements die skizzierte Eigenart seiner künstlerischen Methode selbst ausdrücklich bestätigt. In dem Aufsatz „Über Fortschritte" (geschrieben in den 30er Jahren) beispielsweise heißt es: „Es befriedigt mich, die Fortschritte, die ich erzielt zu haben glaube, als auf dem Rückzug erfochten mir vorzustellen. Vorausgegangen waren dem Rückzug immer, oder fast immer, Vorstöße."[4]

Daß solche scheinbar rein poetologischen Betrachtungen bei Brecht immer auch politisch zu verstehen sind, zeigt der Schlußsatz, der von dem Thema Literatur scheinbar unvermittelt zum Thema Revolution überspringt: „Übrigens habe ich nie etwas von Revolutionären gehalten, die nicht Revolution machten, weil ihnen der Boden unter den Füßen brannte." Diese Bemerkung klingt wie eine Variante zu dem bekannten Satz von Karl Marx aus dem „Vorwort zur Kritik der Politischen Ökonomie": „Eine Gesellschaftsformation geht nie unter, bevor alle Produktivkräfte entwickelt sind, für die sie weit genug ist, und neue höhere Produktionsverhältnisse treten nie an die Stelle, bevor die materiellen Existenzbedingungen derselben im Schoß der alten Gesellschaft selbst ausgebrütet worden sind."[5] Dennoch handelt es sich bei Brechts Satz um keine marxistische Lesefrucht. Brecht hatte die Marxsche Revolutionserfahrung, kongenial gleichsam, selbst gemacht und verarbeitet, ehe er anfing, Marx' Schriften zu studieren.

Wie sehr sich Brecht vom zeitgenössischen Literaturzusammenhang abzuheben trachtete, zeigen zwei scheinbar im Vorübergehen gemachte Bemerkungen in der eben erwähnten Notiz: die eine über den „freien Vers", die andere über „Einfühlung". Der freie Vers, der freirhythmische Vers ist bekanntlich der Symbolvers der modernen literarischen, insbesondere der expressionistischen Aufbruchsbewegung; er steht, cum grano salis, beispielhaft für das subjektivistische, idealistische Revolutionskonzept überhaupt. Im freien Vers stürmt gleichsam die entfesselte Sprache des modernen Gedichts nach vorne bzw. zum Gipfel hinauf. Brecht aber schreibt zu diesem Thema, eher den Gebrauchswert als den emanzipativen Symbolwert des freien Rhythmus hervorkehrend, den pointiert kühlen Satz: „Ich zog mich zurück auf den freien Vers, als der Reim nicht mehr ausreichte für das, was zu sagen war." – Zur Charakteristik des Komplexes der Beziehung zwischen Einfühlung und dem „Lehrstück", diesem angeblichen Non plus ultra Brechtscher „avantgardistischer" Dramatik, bedient sich Brecht ebenfalls des dialektischen Erklärungsmusters von Fortschritt und Rückzug. „Als ich für das Theater mit der Einfühlung mit dem besten Willen nichts mehr anfangen konnte, baute ich für die Einfühlung noch das Lehrstück."[6]

Solche das eigene Verfahren kommentierenden Äußerungen Brechts sind, gerade in ihrer Beiläufigkeit, aufschlußreich. Sie zeigen, gelegentlich bis zur Selbststilisierung, den Willen, sich von der vorherrschenden expressionistisch-avantgardistischen Literaturtendenz, von der bürgerlicher ebenso wie der sozialistischer Provenienz, kritisch abzusetzen.

Auch Brechts Stil (was immer im einzelnen darunter zu verstehen ist), auch und gerade der Stil des Lyrikers Brecht, muß aus diesem Gegensatz, einem wahrhaft epochalen, verstanden und gedeutet werden: Erst im Rahmen einer historischen Poetik werden Fragen des Stils relevant.

Der Stil Brechts – als schriftstellerische Praxis und als bewußte Tendenz begriffen – bildet sich sehr früh schon heraus. Eine Notiz, wieder aus den „Tagebüchern 1920–1922", niedergeschrieben am 17. Juni 1921, im Anschluß an eine Inszenierung von Georg Kaisers „Von morgens bis mitternachts", ist in dieser Hinsicht von allgemeiner Bedeutung. Die Gedanken, die Brecht hier äußert, sind trotz ihres stichwortartigen Charakters von großer Tragweite auch für sein lyrisches Werk und dessen besondere Schreibweise und Methode. Georg Kaiser war zu jener Zeit der am meisten beachtete und gespielte expressionistische Dramatiker. Zwischen der expressionistischen Dramatik, ja der expressionistischen Poetik insgesamt und der Gattung Lyrik, die seit Hegel als das ausgezeichnete poetische Medium subjektiven Ausdrucks galt, gibt es enge systematische Zusammenhänge. Brechts Kritik, an Kaiser sich entzündend, in der Sache weit darüber hinausgreifend, umreißt ansatzweise eine ästhetische Position, die gegen die damals als spezifisch modern angesehene Literaturtendenz gerichtet ist. Die Notiz ist ein früher poetologischer Keim, aus dem sich einige der wichtigsten Brechtschen Systembegriffe entwickelt haben. Zugleich kommentieren die hier mitgeteilten Einsichten den Begriff „Torso" („Er will nichts als den Torso"), den Brecht einige Monate vorher in der bereits analysierten Notiz vom März 1921, nach dem Entschluß zum freiwilligen „Abstieg" von der Höhe und weg von der scheinbaren „Sicherheit des Unbesiegten" wie in der Ferne liegend erschaut hatte.

> Abends, in der Neuen Bühne, sehe ich Granach in „Von morgens bis mitternachts". Ich beobachte, daß ich anfange, ein Klassiker zu werden. Diese äußersten Kraftanstrengungen, gewisse (banale oder rasch banal werdende) Inhalte mit allen Mitteln herauszuschleudern! Man rügt den Formendienst der

> Klassik und übersieht, daß es die Form ist, die dort Dienste leistet. Jene, ich sagte am liebsten: journalistische Tendenz dieser Leute à la Kaiser, jedem Gefühlchen eine ihm allein angemessene, ganz auf es eingestellte, rücksichtslose Formulierung zu geben, führt doch nur zu seiner Isolierung. Allerdings stößt mir jede Glätte auf, aber Vollendetes ist nicht glatt. Man muß loskommen von der großen Geste des Hinschmeißens einer Idee, des „Noch-nicht-Fertigen", und sollte hinkommen zu dem Hinschmeißen des Kunstwerks, der gestalteten Idee, der größeren Geste des „Mehr-als-Fertigen". Schon wieder abbröckelnd, schon wieder verblassend, hingehend, lieblich ausweichend, leicht gefügt, nicht sorgfältigst gesammelt, erschwitzt, versichert![7]

Brechts Reflexion im vorstehenden Text beginnt mit dem für einen jungen Dichter erstaunlichen Satz „Ich beobachte, daß ich anfange, ein Klassiker zu werden". Einander gegenübergestellt werden im folgenden eine Dichtweise, die mit „äußersten Kraftanstrengungen" „gewisse (banale oder rasch banal werdende) Inhalte mit allen Mitteln herauszuschleudern" trachtet, und eine andere Dichtweise, in der die „Form" „Dienste leistet". Das Ende der Notiz differenziert den eingangs abrupt übermittelten Begriff des Klassikers bzw. des Klassischen. Man erkennt: Es geht Brecht bei diesem Versuch, sich über sich selbst zu verständigen, um einen neuen, unklassischen Begriff des Klassischen.

Brechts Gedanken kreisen, wenngleich noch auf unsystematische Weise, um die Frage der Beziehung von Form und Inhalt. Schon dies ist, wenn man so will, eine klassische Problemstellung. Die ältere Ästhetik (z. B. Hegel) behielt immer beide Aspekte im Blick; erst gegen Ende des 19. Jahrhunderts wird das Schöne mehr und mehr von Begriffen der (angeblich zeitlosen) Form her gedacht. An der expressionistischen Manier kritisiert Brecht im Grunde die Schwäche beider Elemente, des Inhalts und der Form. Insbesondere polemisiert er gegen die Disproportion von banalen oder ephemeren Inhalten, die er auch mit verächtlichen Bemerkungen wie „journalistische Tendenz", „Gefühlchen" charakterisiert, und der Darstellung jener Inhalte vermittelst einer Form, die in fragwürdig rigoroser Weise an sich selbst interessiert ist – mit dem Erfolg, daß die heftige ästhetische Unternehmung paradoxerweise „doch nur" zur „Isolierung" des Mitgeteilten und, wie man erläuternd hinzusetzen darf, der „Isolierung“ des Autors vom Rezipienten, des Rezipienten vom Autor führt.

Der junge Brecht hat keineswegs die Absicht, gegen das „expressionistische“ Kunstideal ein vormodernes, traditionell-klassisches Kunstideal neu zu etablieren. „Allerdings stößt mir jede Glätte auf, aber Vollendetes ist nicht glatt“, heißt es. Mit diesem Selbsteinwand, der interessanterweise am Begriff des „Vollendeten“ prinzipiell festhält, wird ein konventioneller Begriff des Klassischen abgewehrt. Brecht will auf eine Neuregelung in der Beziehung von Inhalt und Form des Kunstwerks hinaus. Nicht-Vollendung und Vollendung, Nicht-Fertigsein und Fertigsein treten in Brechts Vorstellungen in ein dialektisches Verhältnis. Es handelt sich um ein wesentlich prozessuales Konzept, das geschichtliche Entwicklung mit einbezieht.[8] Die Rücksichtnahme auf den Rezipienten, ein für die gesamte spätere Poetik Brechts fundamentaler Gedanke, wie ihn dann beispielhaft das große Lehrgedicht „Über die Bauart langdauernder Werke“ entwickelt, wird in den Bestimmungen umrißhaft sichtbar. Die im 19. Jahrhundert zunehmende „Isolierung“ zwischen Kunstproduktion und Rezeption, eine Kluft, welche durch die expressionistisch-avantgardistische Kunstübung gegenteiliger Bemühung zum Trotz oft genug noch vertieft worden war – sie soll aufgehoben werden.

Ineins damit beschwört Brecht in diesem frühen Bruchstück prägnant das Ethos seines Stils: unklassisch im Verzicht auf falsches Pathos und formale Glätte, klassisch in der Haltung heiterer Distanz und der Orientierung an der „gestalteten Idee“. Der letzte Satz mit seiner spürbar engagierten Bemühung, das Ideal einer nichtidealistischen Schreibweise zu charakterisieren, ist überdies geeignet, mißverständliche Auslegungen, zu welchen die Wendung vom „Hinschmeißen des Kunstwerks“ Anlaß geben könnte, den Weg zu versperren: „Schon wieder abbröckelnd, schon wieder verblassend, hingehend, lieblich ausweichend, leicht gefügt, nicht sorgfältigst gesammelt, erschwitzt, versichert!“

Nicht einer lumpenproletarischen oder kleinbürgerlich-anarchistischen Indifferenz gegen künstlerische Form wird das Wort geredet. Es meldet sich ein neues Interesse an einer zeitgenössischen Kunst. Brecht, der diese mit dem Hinweis auf die „größere Geste des ‚Mehr-als-Fertigen‘“ charakterisiert, läßt allein schon durch diese Wendung erkennen, daß mit seinem unklassisch-klassischen Stilbegriff eher ein Mehr als ein Weniger an formaler und inhaltlicher poetischer Reflexion verlangt war.

Die Poetik des frühen Brecht folgt auch in Hinsicht auf sein Stil-Konzept einer Logik, die in der Metapher jener Gipfelbesteigung beschlossen liegt, welche die eventuelle Notwendigkeit eines Abstiegs in Betracht zieht: Wer in der Kunst das Ziel, den „Gipfel", erreichen will (der junge Brecht spricht vieldeutig noch vom „Heiligen Land"), der darf nicht alles fordern und sagen wollen und nicht alles auf einmal. Indem der junge Brecht, der selbst alle Möglichkeiten eines „Avantgarde"-Poeten besaß, gegen die „Avantgarde" ein ihm selbst als „klassisch" erscheinendes Muster poetischen Stils umriß, rüstete er sich zugleich zu einem Abstieg von der verwegenen Höhe jener modernistischen Kunst- und Stiltendenzen. Brecht gibt die „Sicherheit des Unbesiegten" und damit die Attitüde auf, die man allenthalben in der europäischen Avantgarde, auch in deren „nihilistischen" Bereichen, beobachten kann.

Die expressionistisch-avantgardistische Kunsttheorie und -praxis, die in gewisser Weise nichts als die extreme Variante eines im Grunde bereits hundert Jahre alten Begriffs „subjektiver" Kunst darstellt, wurzelte in einem bewußten oder unbewußten „revolutionären" Impuls. Vor allem im Surrealismus, der mehr oder minder zeitgleich mit Brecht in Erscheinung trat, kommt jener Impuls vehement zum Vorschein. Der Surrealismus knüpfte mit seinem Konzept von Dichtung und dichterischem Stil zum Teil an Destruktionstendenzen der Mallarméschen Poesie an (Stichwort: Befreiung der Wörter), und er verstand dichterische Sprache wesentlich als Transportmittel einer unerschöpften, im Unbewußten verborgenen, spontan-anarchischen „Subjektivität". Wegen der so eingeschätzten Möglichkeiten dichterischer Sprache suchte der surrealistische Poet eben diese – und zwar ist seine Sprache eine wesentlich „lyrische", auch wo er „Prosa" schreibt – als Produktivkraft par excellence für eine Umwälzung der bestehenden gesellschaftlichen Verhältnisse in Dienst zu nehmen.

Insofern dieses surrealistische Konzept ein politisches Konzept ist, berührt es sich mit dem Brechts. Aber entscheidend sind die Unterschiede, erklärbar nicht zuletzt wohl auch durch je andersartige, nationalgeschichtlich verankerte Erfahrungen von „Revolution" und „Revolte". Wenn der junge Brecht bei Gelegenheit Georg Kaisers gegen die „äußersten Kraftanstrengungen, gewisse (. . .) Inhalte mit allen Mitteln herauszuschleudern", polemisiert, dann impliziert diese Kritik Brechts an der „expressionistischen" Kunstpraxis zugleich die Kritik an jenen „radikalen" literarischen Erscheinungsformen der europäischen Avantgarde. Deren scheinbar revolutionärer Gestus, der nach Brechts sehr früh schon erkennbarer Ansicht einem illusionären Wortglauben und einem wie immer konzipierten Begriff autonomer Subjektivität entsprang, kurz: der der Avantgarde-Poesie innewohnende „Idealismus" wird von Brecht negiert.

Brechts ästhetische Idee des „Torso", des nicht-fertigen bzw. „mehr-als-fertigen" Dichtwerks meint so auch etwas toto genere anderes als die surrealistische Idee der Poesie als einer notwendig begrenzten, fragmentarischen Gestalt anarchischer, universeller Spontaneität, jener verborgenen Lebenskraft, welche der „revoltierende" surrealistische Poet mit Hilfe eben jener Poesie (die sich im Vollzug konsequenterweise gleichsam selbst zerstören muß) gegen die unerträglich gewordene Verfassung der modernen, „bürgerlichen" Gesellschaft zu mobilisieren sucht. Brecht entwirft das Bild einer nicht-fertigen Poesie, die sich, anders als die von den Surrealisten projektierte, nicht in einem wesentlich unbewußten, anarchischen, terroristisch-aggressiven Akt entlädt, sondern sich in einem reflektierten und reflektierenden (gegebenenfalls noch den eigenen Anarchismus reflektierenden) Kunstprodukt konzentriert.

Schon für den jungen Brecht steht die wahrhaft zeitgemäße Poesie nicht in der Spannung der abstrakten Opposition von Wirklichkeit und Dichtung, sondern in der eines konkreten kulturellen Zusammenhangs von Tradition und Fortschritt. Brechts Vorstellung von Poesie zielt auf eine Hervorbringung, durch die der Dichter, statt den literaturgeschichtlichen Kontext zu sprengen, sich mit seinem Werk in eine weltliterarische Reihe fügt – freilich mit dem doppelten, auf seine Art radikalen Anspruch, die literarische Überlieferung durch eine immanente historisierende Reflexion („Umfunktionierung") dialektisch aufzuheben und auch noch die kraft eines solchen Reflexionsakts erzeugten dichterischen Formen und Inhalte so zu konstituieren („Schon wieder abbröckelnd, schon wieder verblassend ..."), daß sie ihrerseits einen schöpferischen Anstoß geben zu ihrer eigenen historischen Relativierung – durch neue Produktionen, die jene überflüssig machen und die nicht unbedingt künstlerischer Natur sein müssen.

Vor diesem literaturhistorischen Hintergrund gewinnt Brechts Lyrik auch für den rückblickenden Interpreten ihren im Kontext der Moderne eigentümlichen klassischen Umriß. Klassisch verdient dieses Werk nicht deshalb genannt zu werden, weil es an der umgebenden Avantgarde-Poesie vorbeigelaufen wäre oder, vor deren vermeintlicher Radikalität erschreckend, sich jäh, ohne den Versuch einer Auseinandersetzung, von ihr weggekehrt hätte. Für Brecht persönlich war der Avantgardismus, selbst in seiner extremen, anarchischen Variante, durchaus eine naheliegende geistige Möglichkeit. Aber Brecht hat sich entschieden, diese auf Distanz zu halten; er hat sie, als Möglichkeit, die, historisch gesehen, für ihn keine mehr war, objektiviert, zum Gegenstand der poetischen Reflexion gemacht. Brecht vollzog damit planvoll einen „Abstieg", der seine Ansicht bekundet, daß mit jener Art „revolutionärer" moderner Poesie das „Heilige Land" nicht zu erreichen sei.

Man kann jener Entscheidung Brechts, die in die früheste Konstitutionsphase seines Schaffens fällt und die einen wesentlichen, dauernden Impuls seiner poetischen Einbildungskraft begründet, geschichtsphilosophisches Niveau schlecht absprechen. Jedenfalls hat man Grund, den auch in politischer Hinsicht triftigen Realismus in der Wende Brechts zu einem neuen „klassischen" Werk- und Stilbegriff hervorzuheben.

DAS TRUNKENE UND DAS SCHWANGERE SCHIFF: BRECHT, RIMBAUD, KIPLING

Brecht hätte ohne Schwierigkeit eine bürgerliche Karriere als antibürgerlicher Untergangspoet machen können. „Vierzig Jahre und mein Werk ist der Abgesang des Jahrtausends", notiert er um 1920. „Ich habe die Liebe zu den Untergehenden und die Lust an ihrem Untergang."[9]

Diese Bemerkung klingt freilich seltsam triumphierend, als verbände die Lust am Untergang sich mit der Lust und der Fähigkeit, sich über jenen zu erheben.

Allerdings: Das Sich-erheben-wollen-über stieß beim jungen Brecht, dem Dichter, offenbar zunächst auf die hemmende Einsicht in die unzulängliche Beschaffenheit poetischen Sprechens, ja von Sprache schlechthin. Der junge Brecht hatte ein ausgeprägtes Bewußtsein der Sprachkrise. Sein gesamtes späteres Werk, insbesondere auch seine Lyrik, ist eine positive Replik darauf. Es ging Brecht in einem umfassenden Sinn um Wiederherstellung. Ein kritischer, politisch-gesellschaftlich „interessierter" und ein kritischer, linguistisch-poetisch „interessierter" Impuls waren von Anfang an bei ihm ununterscheidbar miteinander verbunden und wirkten auf jenen Zweck hin.

Unmittelbar neben der zitierten Bemerkung über die Lust am Untergang steht bezeichnenderweise eine die Sprache betreffende Notiz. In ihr kann man den Keim einer Sprachtheorie und eines Programms zur Erneuerung dichterischer Sprache erblicken: „Die Sprache ist dazu da, um die Taten zu verurteilen. Dies ist ihre einzige Rolle. Aber sie füllt sie nicht einmal aus."[10] Diese Rolle der Sprache zurückzuerstatten, kann man als eine der wesentlichen Tendenzen des Brechtschen poetischen Schaffens bezeichnen.

Charakteristisch für die ästhetische und nicht nur ästhetische Grundabsicht Brechts scheint auch das frühe Bekenntnis: „Ich suche herum nach neuen Formen und experimentiere mit meinem Gefühl wie die Jüngsten. Aber dann komme ich doch immer wieder drauf, daß das Wesen der Kunst Einfachheit, Größe und Empfindung ist und das Wesen ihrer Form Kühle." Das ist ein weiterer

Aspekt des „Klassischen“ bei Brecht, auch wenn der Verfasser jener Wendung sogleich ihren altväterlichen Hautgout wieder zu nehmen bestrebt ist, indem er selbstkritisch hinzusetzt: „Das ist mangelhaft ausgedrückt, ich weiß es.“[11]

Den Brecht mit dem Eingeständnis seiner Lust am Untergang und den Brecht, der von sich sagt: „Auch bin ich zu ausschließlich positiv“[12], beide muß man zusammensehen, will man die frühe Lyrik angemessen verstehen, wie sie sich in „Bertolt Brechts Hauspostille“[13] (1927), aber auch in zahlreichen anderen, in diese Sammlung nicht aufgenommenen Gedichten manifestiert. Mit ihren destruktiv-anarchischen Tendenzen gehören große Teile dieser Lyrik zweifellos in den Zusammenhang der avantgardistischen europäischen Literaturbewegung, jedenfalls jenes Teils, der mit Vehemenz den Untergang überlieferter Werte betreibt. Doch ist das Zerstörungswerk, das auch der junge Brecht mit Vergnügen und der Könnerschaft eines in das Malaise intim Eingeweihten anrichtet, durch eine positive Absicht motiviert, die sich meistens, keineswegs aber immer hinter Ironie versteckt.

Schon daß die Brechtsche „Hauspostille“ mit ihren unchristlichen Inhalten sich als nützliches Erbauungsbuch gebärdet, ist nicht nur Ironie. „Diese Hauspostille ist für den Gebrauch der Leser bestimmt“, heißt es sarkastisch-ironisch im ersten Absatz der „Anleitung zum Gebrauch der einzelnen Lektionen“. Manche der in den Lektionen enthaltenen Gedichte konnte und sollte der Leser jedoch sehr wohl „gebrauchen“, anders freilich, als er es möglicherweise erwartet hatte. Viele Gedichte wiederum, die offenbar wirklich zu keinerlei positivem Zweck zu verwenden waren, schienen doch ihren eigenen destruktiven Negativismus, ihre scheinbar äußerste Opposition zu allem Erbaulichen irritierenderweise selbst nicht recht ernstzunehmen.

Ein so beschaffener Negativismus konnte und kann aber begreiflicherweise nicht ordentlich zerstörerisch wirken, und der Leser hat dann vielleicht die Wahl, ihn schwächlich und zynisch-korrumpiert oder eben nicht wahrhaft negativ zu finden und sich am Ende doch an einem Ich-weiß-nicht-was von Positivität zu erbauen. Infolge dieser Struktur jedenfalls, durch die alles andere als klare Signale für die Rezeption gegeben werden, besitzt Brechts „Hauspostille“ streckenweise etwas auf produktive Art Vieldeutiges, Vexierendes, Hintersinniges, und sie hat diesen Zug bis heute bewahrt.

Brecht benutzt in seiner „Hauspostille“ ein geistliches, christlich-volkstümliches Vokabular, das schon damals zumindest auf den liberalen Zeitgenossen partiell archaisch gewirkt haben muß. Die „Hauspostille" – ein Volksbuch? Das anzunehmen, wäre einigermaßen naiv. Brecht dürfte die Form wohl kaum gewählt haben, um seine destruierende ideologische Gedankenfracht beim tatsächlichen Volk einzuschmuggeln, das vielleicht echte Postillen noch las und für welches das christliche Vokabular vielleicht tatsächlich noch lebendige Bedeutung hatte.

Nicht ans „Volk" wandte sich Brechts „Hauspostille" (das „Volk" liest sie bis heute noch wenig). Die Verssammlung ist in erster Linie offensichtlich an die Söhne und Töchter des Bürgertums adressiert gewesen. Das war ein Publikum, das die Diskrepanz zwischen der antiquarischen didaktischen Aufmachung des Erbauungsbuchs und dessen konträrem Inhalt als einen ästhetischen und intellektuellen Reiz zu genießen vermochte. Es handelt sich, so betrachtet, bei dieser Brecht-Sammlung um ein Beispiel volkstümlich verkleideter „bürgerlicher" Selbstreflexion in einer Zeit des Übergangs, in welcher die alten Normen schwankten und die „fortschrittlichen" Poeten bemüht waren, das Schwankende vollends zu Fall zu bringen.

Was sich in den frühen Gedichten Brechts, durchaus auf der Höhe damaligen ästhetischen und sprachlichen Bewußtseins, abspielt, ist eine spezifisch antibürgerlich-bürgerliche Selbstauseinandersetzung. (Die Nähe zahlreicher „Hauspostille"-Gedichte zu den Tagebuchnotizen Brechts ist auffällig!) Doch durch die ästhetische Strategie unterschied sich Brechts Lyrik nicht unwesentlich von der vorherrschenden expressionistisch-avantgardistischen Poetik, die weithin vom Tabula-Rasa-Pathos der Zertrümmerung des Alten und der Schaffung einer absolut „neuen" Sprache erfüllt war. Der junge Brecht setzte, im Unterschied zu den in diesem Bereich angewandten Methoden, wesentlich auf parodistische Veränderung bereits vorhandenen geschichtlichen Materials. Daß dieses bei ihm zu einem großen Teil aus volkstümlichen Genera und Redeweisen bestand und daß er es vorzog, diese zu „bearbeiten", bedeutet nicht auch schon, daß er bei den auf solche Weise geschaffenen Gedichten vordringlich an das „Volk" als deren Empfänger gedacht hätte.

Bedeutsam war der Rekurs auf volkstümliche Formen jedoch insofern, als dieser eine produktionsästhetisch zu verstehende Neigung Brechts zur Distanzierung seines zentralen Themas, des „Untergangs", signalisierte. Und diese Neigung wiederum hatte allerdings ihre verschwiegene inhaltliche Prämisse. Der Gestus der radikalen Negation, mit der es vielen Repräsentanten der europäischen Avantgarde-Lyrik höchst ernst war, wird von Brecht fast heiter, spielerisch vorgeführt. Am ehesten noch geriet Brecht mit einigen der bewußt grobianisch, vulgär sich gebärdenden Gedichte der „Hauspostille" in die Nähe von avantgardistischen Kunsttendenzen allerdings der „späten" Phase, z. B. des Dada, bei dem die Negation bürgerlicher Überlieferung zum Teil deshalb satyrhafte, farcenartige Züge annahm, weil hier die Negation und die Destruktion von denen, die sie betrieben, ebenfalls nicht mehr richtig ernst genommen wurden.

Auffallend bei dem jungen Dichter insgesamt ist die in dem Buch sich bekundende Haltung souveränen Darüberstehens, des Aus-der-Distanz-Betrachtens, so als würde, was der frühen Avantgarde noch ein geschichtliches Anliegen, was ihr ein wirklicher substantieller Zweck gewesen war, lediglich noch in knappen poetischen Summen erinnert, angeschaut durch wechselnde verfremdende Linsen volkstümlicher Redeweisen und mit einer Art geschichtsphilosophischer Gelassenheit. Ein gründlicher „Sinn für Fragmente und Projekte" als „ der transzendentale Bestandteil des historischen Geistes" (wie Friedrich Schlegel in Athenäum-Fragment 22 dergleichen kritisch-poetische Reflexion einst nannte) spricht sich in dieser Brecht-Lyrik aus; will sagen: Hier ist ein Autor, der gewisse, im allgemeinen noch für wichtig angesehene Inhalte und Formen mit der Haltung dessen beschwört, der, selbst schon weiter in der Entwicklung, noch einmal zurückblickt, um sich anschließend einer wichtigeren Arbeit zuzuwenden.

An einem typologischen Vergleich zwischen Brechts Gedicht „Das Schiff" und zwei motivlich verwandten Gedichten, Arthur Rimbauds „Bateau Ivre" und Rudyard Kiplings „The Derelict", läßt sich die spezifische Haltung, mit welcher Brecht das Epochenthema des Untergangs poetisch reflektiert, sehr gut verdeutlichen; vor allem der Vergleich mit Rimbaud ist aufschlußreich.[14]

Die Deutsche Rimbaud-Rezeption fällt in eine ziemlich späte Zeit. „Die wenigen Übertragungen Stefan Georges drangen erst 1912 an die Öffentlichkeit" (Reinhold Grimm).[15] Besonders die 1907 erstmals veröffentlichten Rimbaud-Übersetzungen Karl Klammers waren sehr einflußreich; durch sie erhielt die literarisch interessierte Öffentlichkeit in Deutschland vielleicht zum ersten Mal eine plastische Vorstellung von der großen schöpferischen europäischen Avantgarde-Lyrik.

Brecht, so kann man annehmen, hat das Rimbaudsche Schiffs-Gedicht gekannt.[16] Ob er es nun aber bei der Abfassung seines Gedichts „Das Schiff" im Gedächtnis gegenwärtig gehabt und sich bewußt darauf bezogen hat oder nicht – die entscheidende Beziehung der beiden Texte liegt im Thema und in der (im weiteren Sinne des Worts) Zeitgenossenschaft, an der beide Autoren teilhaben. Zweifellos findet bei Brecht, systematisch-historisch betrachtet, eine intensive Auseinandersetzung mit dem Avantgarde-Typus statt, wie er sich beispielhaft in Rimbauds Poesie, insbesondere in dessen „Bateau Ivre", manifestiert. – Auch der Vergleich mit dem Kiplingschen Schiffs-Gedicht („The Derelict"; aus den Gedichten der Jahre 1889 – 1896) ist lehrreich, wenngleich aus einem eher entgegengesetzten Grund: Kipling verkörperte selbst bereits eine Gegenbewegung gegen die vorherrschende Avantgarde-Bewegung der Epoche; Kipling schrieb volkstümliche Balladen und Lieder mit aktuellen Inhalten; in mancher Hinsicht scheint er sich in unmittelbarer ästhetischer Nähe zu Bertolt Brechts früher Poesie zu befinden; auch ist der junge Brecht – wie James K. Lyon 1976 gezeigt hat[17] – stark durch Kiplings drastisch-realistische, durch britischen Slang gewürzte Lyrik beeinflußt worden. – Sind die beiden einander wirklich so ähnlich, wie es scheint? Oder muß man einen grundlegenden Unterschied betonen?

Zunächst zur Beziehung Brecht/Rimbaud: Einen markanten Hinweis gibt bereits Brechts Drama „Im Dickicht der Städte" (entstanden 1921 – 1924). Das Stück, vielleicht das wichtigste der frühen Phase, hat ein paradoxes Thema: Es handelt von der Unmöglichkeit des Handelns. Aber es reflektiert zugleich die fundamentale Problematik der Sprache. Brecht wollte, wie er mit Blick auf dieses Drama notiert hat, „beweisen, daß Kampf unmöglich sei wegen der Unzulänglichkeit der Sprache."[18] Bei dieser Demonstration spielt Rimbauds Sprache eine wichtige Rolle. Garga, der eine, jüngere der beiden Protagonisten, die in einen unendlichen, unentschiedenen Kampf verstrickt werden, hegt anfangs noch die Illusion, aus der ihn umgebenden Welt auszubrechen. Sein Ziel heißt: „Tahiti". „Tahiti", das ist der Traum vom Handelnkönnen, von der individuellen Revolte. Garga, wild, unbändig, spricht, wie Rimbaud gedichtet hat; seine rebellischen Sätze sind Zitate hauptsächlich aus Rimbauds „Une saison en enfer". Indem Brecht Garga bei seinem Ausbruchsversuch scheitern läßt, kritisiert er zugleich den poetischen Typus Rimbaud. Er führt implizit den revoltierenden Gestus der älteren Avantgarde-Poesie ad absurdum, und zwar in der Dichtung und durch die Dichtung und nicht durch das Leben, wie Rimbaud selbst es tat, der, gerade neunzehn Jahre alt, die poetische Existenz aufgab und die kraß prosaische eines Kaffee- und Waffenhändlers wählte. – Im Gegensatz zur Poesie Rimbauds ist das Brechtsche Drama nicht Poesie der Revolte; es ist Poesie über Revolte.

Brecht war gleichwohl von Rimbaud fasziniert: „Ich wälze den Rimbaud-Band und mache einige Anleihen“, schreibt er im Oktober 1921. „Wie glühend dies alles ist! Leuchtendes Papier! Und er hat Schultern von Erz! – Immer, wenn ich arbeite, wenn die Lava fließt, sehe ich das Abendland in düstern Feuern und glaube an seine Vitalität“.[19]

Freilich: Rimbaud selbst mochte zwar voller Vitalität sein. Aber, im Unterschied zu Brecht, glaubte er offenbar nicht mehr an die Vitalität des Abendlandes. Seine Revolte, die er in „Bateau Ivre“[20] gedichtet hat, hängt vielmehr mit dem Verlust jenes Glaubens ganz unmittelbar zusammen. Rimbauds Schiffs-Gedicht (geschrieben 1871), bestehend aus fünfundzwanzig Strophen zu je vier Zeilen, spiegelt schon in dem äußeren Format, in der gleichsam uferlosen Bewegung des Gedichts, etwas von der emotionellen und intellektuellen Intensität, aber auch der inneren Ziellosigkeit des hier gedichteten Ausbruchsversuchs. Die Kühnheit des Gedichts liegt nicht in der metrischen und syntaktischen Form der Mitteilung, sondern im imaginativen Bereich. Eine autonome Welt der Poesie, weit weg von jeder gewöhnlichen Abbildung sei es der objektiven, sei es der subjektiven Realität tut sich auf. Gleichwohl wird kein bloßes Spiel der Phantasie gespielt. Die Metapher des Schiffs, das einerseits tot, Objekt ist, mit dem etwas Übermächtiges geschieht, andererseits lebt, empfindet, handelt, sie reflektiert eine tiefe Erschütterung des Bewußtseins. Rimbaud deutet zugleich, in unüberhörbaren Anspielungen, zumal der Schlußstrophe mit dem Hinweis auf Europas Kerkerschiffe, auf „les yeux horribles des pontons“, die materiellen Ursachen an, die zu jener Erschütterung geführt haben.

In den glorreichen und beklemmenden Bildern einer ungeheuren Befreiung, mit deren Beschwörung das Gedicht einsetzt, verspürt man vorweg immer schon, was am Ende erst deutlich wird: daß die Befreiung unmöglich ist und daß die Verzweiflung darüber diesen Versuch der Befreiung von allem Anfang an motiviert hat. Ein fundamentaler, schmerzhafter Widerspruch des Gedichts, in den eingesperrt wie in ein Gefängnis die Phantasie des Dichters „revoltierend“ sich in immer neue Exzesse hineinsteigert. Die barbarische Unendlichkeit der Meere und der Himmel, in die hinein das „Schiff“ sich bewegt, wird als die innere Unendlichkeit einer aller

Bindungen sich entledigenden Subjektivität offenbar. Die erhabenen Naturvorstellungen symbolisieren die fessellose Freiheit dieser Subjektivität und zugleich des einzig ihr verbliebenen Handlungsmediums: einer neuen, aus Lust und Not anarchischen Poesie, der, die hier und jetzt sich ereignet. Auch so also kann das Gedicht gelesen werden: als Poesie über Poesie, als Meta-Poesie, die sich jedoch nicht reflektierend, aus der Distanz zu behaupten sucht, sondern es riskiert, in diesem Gedicht ihr eigenes, extremes Wesen dadurch zu erfahren, daß sie es in ungezügelter Spontaneität verwirklicht: „Et, dès lors, je me suis baigné dans le poème / De la mer infusé d'astres et lactescent (. . .)".

Die grandiose Freiheit ist eine unheimliche Freiheit, die der, der sie erzeugt hat, selbst nicht zu ertragen vermag: Nach einer Pause am Ende der siebzehnten Strophe beginnt, mit einer über vier Strophen hinschwingenden Satzperiode, eine enthüllende Gegenbewegung zu dem triumphalen „descendre" des Eingangs, gipfelnd in dem Satz: „Je regrette l'Europe aux anciens parapets" (Ich sehne mich nach Europa mit seinen alten Brüstungen). Das ist die Kapitulation nach dem hybriden Aufschwung. Doch nach den (im wörtlichen Sinn) hinreißenden Visionen der unendlichen Meerfahrt, die an keinen Ort, kein Ziel geführt hat, ist die Rückkehr nach Europa, in seine soziale und politische Enge, in die alte inhumane Ordnung und – auf der poetologischen Anspielungsebene – in eine nicht-subjektiv revolutionäre, nicht-autonome Poesie ebenfalls versperrt: Die Rimbaudsche Revolte begreift sich als Form der Verzweiflung. „Oh! que ma quille éclate! Oh! que j'aille à la mer!" Wenn das Ich überhaupt noch ein „Wasser" in Europa begehrt, ist es die „Wasserlache" („la flache/Noire et froide"), in die hinein ein Kind, das „voll Traurigkeit" daran kauert, in der Dämmerung sein zerbrechliches Schifflein setzt wie einen Schmetterling im Mai („Un bateau frêle comme un papillon de mai").

Brechts Gedicht „Das Schiff" (von 1919), wenngleich über eine Generation später als das Rimbaud-Gedicht entstanden, hat durchaus noch die von dem französischen Dichter behandelte umfassende Katastrophe bzw. Revolte, diesen zweideutigen Prozeß einer Entfesselung, zum „Gegenstand". Auch hier ist das Schiff der „Held" des Gedichts; es spricht als Ich von sich, und auch hier handelt es sich gleichwohl nicht um das „lyrische Ich" traditionell bekenntnishafter Lyrik, die eine individuelle oder private innere Begebenheit, eine Stimmung, ein Gefühl zum Ausdruck brachte. Jedoch: Man bemerkt bei flüchtigem Hinhören auf den Klang des

Brecht-Gedichts bereits eine Empfindungsweise, die völlig anders ist als die des Rimbaud-Gedichts.

Das Schiff

1

Durch die klaren Wasser schwimmend vieler Meere
Löst ich schaukelnd mich von Ziel und Schwere
Mit den Haien ziehend unter rotem Mond.
Seit mein Holz fault und die Segel schlissen
Seit die Seile modern, die am Strand mich rissen
Ist entfernter mir und bleicher auch mein Horizont.

2

Und seit jener hinblich und mich diesen
Wassern die entfernten Himmel ließen
Fühl ich tief, daß ich vergehen soll.
Seit ich wußte, ohne mich zu wehren
Daß ich untergehen soll in diesen Meeren
Ließ ich mich den Wassern ohne Groll.

3

Und die Wasser kamen, und sie schwemmten
Viele Tiere in mich, und in fremden
Wänden freundeten sich Tier und Tier.
Einst fiel Himmel durch die morsche Decke
Und sie kannten sich in jeder Ecke
Und die Haie blieben gut in mir.

4

Und im vierten Monde schwammen Algen
In mein Holz und grünten in den Balken:
Mein Gesicht ward anders noch einmal.
Grün und wehend in den Eingeweiden
Fuhr ich langsam, ohne viel zu leiden
Schwer mit Mond und Pflanze, Hai und Wal.

5

Möw' und Algen war ich Ruhestätte
Schuldlos immer, daß ich sie nicht rette.
Wenn ich sinke, bin ich schwer und voll.
Jetzt, im achten Monde, rinnen Wasser
Häufiger in mich. Mein Gesicht wird blasser.
Und ich bitte, daß es enden soll.

6

Fremde Fischer sagten aus: sie sahen
Etwas nahen, das verschwamm beim Nahen.
Eine Insel? Ein verkommnes Floß?
Etwas fuhr, schimmernd von Möwenkoten
Voll von Alge, Wasser, Mond und Totem
Stumm und dick auf den erbleichten Himmel los.

In Brechts Gedicht, das schon durch den knappen Umfang von Rimbauds Gedicht auffällig unterschieden ist, teilt sich eine seltsame, fast nüchterne Ruhe mit. Mit ihr scheint es bis zum Rand angefüllt. Rimbauds „Schiff" dagegen ist „trunken"; „trunken" sind die visionären Bildvorstellungen des Gedichts, in denen sich Erhabenes („taché d'horreurs mystiques") mit dem Fürchterlichen mischt, das Groteske stets naheliegt und der Leser einen Ansturm aushalten muß, der ihn zu überwältigen droht. Bei Rimbaud tobt die Revolte; das Meer bäumt sich auf in Stürmen. Bei Brecht scheint die Grundstimmung Einverständnis; die Befreiung, die auch bei ihm eine Zerstörung bedeutet, geschieht ohne Pathos, auch und gerade ohne das der Verzweiflung. Die erste Zeile nimmt sich fast wie eine gezielte kritische Replik auf Rimbaud aus: „Durch die klaren Wasser schwimmend vieler Meere/Löst ich schaukelnd mich von Ziel und Schwere."

Am Ende von Rimbauds Gedicht ist gleichsam alles aus. Nach den Ozeanen – die Wasserlache. Brecht nimmt in der sechsten Strophe einen Perspektivewechsel vor. Dieser suggeriert einen neuen Anfang. Das Schiff wird plötzlich von außen betrachtet und beredet; sein Schicksal kann auch vom Leser diskutiert werden.

Die Katastrophe, die sich auch bei Brecht ereignet, ist nicht häßlich, eher heiter. Eine Art kreatürlicher Vorgang spielt sich ab; „ohne Groll", „ohne viel zu leiden", überläßt das Schiff sich den Wassern. Es ist insofern das genaue Gegenteil von Rimbauds „planche folle".

Brechts Schiff besitzt eine produktive Passivität, ohne Aufgeregtheit. Eine Metaphorik der Schwangerschaft zieht sich durch die Strophen: Mehrmals werden die „Monde" erwähnt; das Schiff wird während seiner Fahrt von Mal zu Mal schwerer. Die sechste Strophe deutet eine Geburt an: „Stumm und dick" fährt das Schiff „auf den erbleichten Himmel los".

Man sollte Brechts Gedicht gleichwohl nicht biologistisch mißverstehen, als würde hier der Lebensstrom im Sinn vitalistischer Philosophie gefeiert. Wie bei Rimbaud vielmehr geht es um die poetische Bewältigung einer historisch-ideologischen Erfahrung: Rimbaud beantwortet das Zerbrechen tradierter Werte mit dem rebellischen, vergeblichen Versuch, eines neuen Absoluten habhaft zu werden. Das Ich des Brechtschen Gedichts konstatiert jenen Zusammenbruch gelassen, in der Gewißheit einer es tragenden positiven Kraft; es existiert ruhig inmitten des Chaos.

Bei Rimbaud das Zwiegespräch zwischen einem einsamen, übergroßen Ich und einem leeren Universum. Bei Brecht ein merkwürdig geselliger Betrieb. Eine Art Versöhnungs-Humor, keineswegs ohne eine „utopische" Nuance, erfüllt die dritte Strophe; selbst „die Haie blieben gut in mir". In der Zerstörung, infolge der Zerstörung ist das Schiff noch oder wieder für etwas gut; es ist nützlich für die Kreatur: „Möw' und Algen war ich Ruhestätte". Dieser Dienst an den „Nächsten" wird andererseits nicht philanthropisch überanstrengt: Das Schiff bietet, was es kann; von Rettung der Bedürftigen um jeden Preis ist nicht die Rede; gelingt die Rettung nicht, gibt es weiter keine Gewissensbisse; es ist sozusagen eine katastrophentüchtige Humanität, die hier praktiziert wird: „Möw' und Algen war ich Ruhestätte/Schuldlos immer, daß ich sie nicht rette". – Zwar: Das Schiff „vergeht" zusehends; der Himmel fällt durch die morsche Decke. Aber das erhöht nur die allgemeine Transparenz und Freundlichkeit, es schafft sozusagen demokratische Verhältnisse: „Und sie kannten sich in jeder Ecke (. . .)". Kurz: Bei Brecht hat das Scheitern ein positives Ergebnis; ein Produkt kommt zustande: „Wenn ich sinke, bin ich schwer und voll".

Am Ende freilich, das anspielend, nicht sentenzhaft-deutlich ausgeführt ist, wird dann doch auch bei Brecht etwas wie ein revoltierender Gestus umrissen: Das Schiff „fuhr" auf den Himmel „los" (nicht etwa: auf ihn zu). Die fremden Fischer zeigen sich beeindruckt von dem, was sie da gesehen haben. Brecht bedient sich, nicht ohne eine Nuance Humor, des Topos der See- und Schifferlegenden, um jener letzten Aktion seines „Schiffs" eine nachwirkende Aura mitzugeben:

Das mit der Katastrophe einverständige Schiff, sein Scheitern „natürlich“ hinnehmend, ja schwanger davon – es ist am Ende so natürlich doch nicht. Da ist etwas Neues, Noch-nicht-Definiertes; es verschwimmt beim Versuch des Begreifens: „sie sahen/Etwas nahen, das verschwamm beim Nahen./Eine Insel? Ein verkommnes Floß?“ Die Fragen bezeichnen fast Gegensätze. Das Ding, das „Etwas“ schimmert; aber es schimmert von „Möwenkoten“. Auch dies eine Art Gegensatz. Das Schiff erscheint als ein bizarres Wesen, jedoch von merkwürdig universellem Charakter; es ist „Voll von Alge, Wasser, Mond und Totem“.

Ein Vorgang von unerwarteter, praller Aktivität beschließt das Gedicht. Während anfangs die „entfernten Himmel“ das Schiff den „Wassern“ „ließen“, kehrt sich jetzt jene Bewegung um. Das Schiff fährt auf den „erbleichten Himmel“ los. War der Himmel immer schon erbleicht oder erbleicht er erst jetzt? Das Bild dieses Angriffs (falls es einer ist und den Fischern nicht nur so erscheint) ist polemisch-grell akzentuiert. Ein leicht grotesker Humor schwingt mit. In diesem Humor verrät das Gedicht, das einen gründlichen Zerfall reflektiert, etwas von dem, was seine überlegene Heiterkeit ermöglicht. Es ist eine geheimnisvolle Kraft, offensichtlich jedoch keine der subjektiven, innerlichen Art, auch keine gewöhnliche, vitale: Die „Schwangerschaft“ des Schiffs ist Metapher eines wesentlich historischen Vorgangs: Woran Rimbauds „Ich“ noch zerbrach: der „Nihilismus“ (im Sinn Nietzsches), der innere und äußere Zerfall gesellschaftlicher Ordnung - eben dies ist bei Brecht so nachdrücklich bereits verarbeitet, daß sein „Schiff“, des Ballasts ledig, sich damit anfüllen kann wie mit einer Frucht. Die fast schon kontextfremd wirkende quasi religiöse Formel der fünften Strophe „Und ich bitte, daß es enden soll“ paraphrasiert, so gesehen, weniger eine Stimmung des Untergangs als die eines Aufbruchs, der das Pathos einer revoltierenden Anstrengung längst nicht mehr nötig hat.

Brecht hat alles subjektiv Aufgeregte, Heftige auch aus der Form seines Gedichts vertrieben. Die häufigen Einsätze mit dem Partikel „und“ wirken erzählerisch-distanzierend. Die sechste, letzte Strophe mit ihrem Perspektivewechsel macht lediglich eine epische Vergegenständlichung explizit, die vorweg implizit schon gegenwärtig ist. – Auffallend die Sparsamkeit der Mittel bei Brecht im Gegensatz zur wuchtigen, ausladenden Gestaltung Rimbauds. Mit einem einzigen zyklisch gebauten Drei-Zeilen-Satz umreißt Brecht in der ersten Strophe Grundbewegung und Ethos des ganzen Gedichts; er gibt ein Resultat, wo Rimbaud dramatisch einen Anfang setzt; die parallel gebauten Partizipialkonstruktionen jenes Satzes wirken ein wenig wie innere Reime und haben harmonisierenden Effekt. Interessant das viermalige „seit", das den syntaktischen Duktus der ersten beiden Strophen prägt. Er erzeugt ruhigen Fluß. Zugleich erkennt man, daß hier eine feste Struktur einem labilen semantischen Material aufgesetzt ist, ohne es aber wirklich sinnfällig zu ordnen. Eine subtile Differenz von Zeichen und Bezeichnetem, ein leiser Schwindel der Bedeutungen wird spürbar. Wo Rimbaud Chaos im Sturz der Bilder poetisch vergegenwärtigt, bedient sich Brecht – jedenfalls eingangs – einer gleichsam intimen, sprachlich-synaktisch motivierten Methode.

Brechts Wendung vom Schiff, das auf den „erbleichten Himmel" losfährt, hat eine Entsprechung in Rimbauds Formulierung „Moi qui trouais le ciel rougeoyant comme un mur" (Der ich den Himmel, rot wie eine Wand, durchfuhr [Küchler]). Bei Brecht der „erbleichte" Himmel, bei Rimbaud „le ciel rougeoyant". Eine Replik Brechts? Eine zufällig entstandene Differenz? Jedenfalls eine bedeutungsvolle: In Rimbauds Revolte wirkt noch ein metaphysischer Impuls; der Gegner – es ist nicht der einzige – hat noch kraftvolle Farbe. Bei Brecht hat er diese verloren. Zwar spielt in Brechts Gedicht wie überhaupt in seiner Lyrik der Himmel noch eine nicht unwichtige Rolle; aber Brechts Himmel ist „erbleicht". Die Fahrt seines Schiffs scheint auch deshalb sanfter als die des Rimbaudschen zu verlaufen.

„Und ich bitte, daß es enden soll." Mit dem Vers schließt die fünfte Strophe des Brecht-Gedichts. „I bide/The mercy of the comber that shall end me" (Ich erflehe die Gnade der Sturzwelle, die mich enden läßt), heißt es gegen Ende von Kiplings „The Derelict"[21] (Das Wrack). Dies und andere, mehr äußerliche Ähnlichkeiten (z.B. die sechszeilige Strophe, die Reimordnung) könnten es nahelegen, einen unmittelbaren Kipling-Einfluß auf Brechts Schiff-Gedicht anzunehmen; die bei Kipling dem Gedicht vorangestellte Zeitungsnotiz könnte mit der Berichts-Passage in der letzten Strophe von Brechts „Das Schiff" verglichen werden. Doch diese Ähnlichkeiten und das gleiche Motiv (Untergang eines Schiffs) können nicht über den qualitativen Unterschied täuschen, der zwischen den beiden Schiffs-Gedichten Rimbauds und Brechts auf der einen Seite und dem Kiplings auf der anderen besteht.

Bei Rimbaud und Brecht fungiert das Schiff als „absolute" Metapher eines universellen seelischen und intellektuellen Vorgangs. Auch Kiplings Schiff spricht zwar im Ich-Stil; es „lebt" („Man made me, and my will/Is to my maker still" usw.). Doch man erkennt bald, daß es sich hier um einen Fall relativ einfacher poetischer Animation handelt. Ein wirkliches Schiff wird durch Einfühlung seitens des Dichters vermenschlicht – eine Kunst, die Kipling auch in anderen Zusammenhängen, z. B. seinen Tiergeschichten, eindrucksvoll beherrscht hat. Man weiß, welchen innig-anthropomorphen Umgang Seevölker mit ihren Schiffen pflegen. Entsprechend dieser Beziehung empfindet Kipling die Leiden des hilflos auf den Wellen treibenden Schiffs nach und bringt sie dem mitfühlenden britischen Leser zu Gemüt.

Dabei beschwört er zugleich ein imperialistisches Seelendrama. Eine Art heroisch-sentimentales Requiem, Preisung und Klage zugleich, wird abgehalten. Es gilt den unvermeidlichen Opfern, welche die Weltsendung des Weißen Mannes im allgemeinen und des Briten im besonderen fordert. Das Schiff beklagt sein Schicksal, und es rühmt sich seiner einstigen Leistungen: „I was the staunchest of my fleet (...)“, „I that was clean to run / My race against the sun (...)“ usw. Untergehend hält es seinem Herrn unverbrüchlich die Treue: „Man made me, and my will / Is to my maker still (...)“, heißt es zweimal an herausragender Stelle. Die Verbindung mit dem Vaterland ist nicht abgerissen. „(...) our peoples at the pier“ werden beschworen; sie spähen voll Hoffnung und Angst nach einer Rauchspur am Himmel. Kiplings „Wrack“, seinem literarischen Genre nach eine Heldenballade, dient so poetisch der Befestigung eines soliden politischen und moralischen Systems der Zeit. Dieses Schiff ist im Unterschied zu Brechts und Rimbauds Schiff am europäischen Nihilismus, am Bewußtsein der gesellschaftlichen Grundlagenkrise weit vorbeigefahren. Im Augenblick, da es steuerlos auf dem Meer treibt, ist es, im übertragenen Sinn, ideologisch stabil wie nie zuvor.

Kipling fehlt hier wie auch sonst das kritische, geschichtsphilosophisch-reflexive Moment. Keine Frage, daß dieser Dichter große Verdienste hat um eine Auffrischung des lyrischen Sprechens im viktorianischen Zeitalter. Kiplings „Barrack Room-Ballads“ (1892) hatten für das damalige Publikum einen zündenden realistischen Tonfall. Kipling war alles andere als ein bornierter Sänger des imperialistischen England. Die Kategorie der „Volkstümlichkeit“, die seiner Lyrik zugrunde liegt, ist der fruchtbare Punkt, an dem er sich mit einem wichtigen poetologischen Interesse des jungen Brecht berührte.

Der Lyriker Brecht hat einiges von Kipling gelernt. Jedoch: Er hat ihn nicht nachgeahmt. Gerade an dem Aspekt „Volkstümlichkeit“ ließe sich das nachweisen. Kipling, volkstümlich dichtend, führte seine Poesie in einen ideologischen Grundstrom der bürgerlichen Denkweise seiner Epoche ein. Seine volkstümlichen Verse wurden zum unwiderstehlichen Reizmittel für die viktorianische Bürgerklasse. Brechts frühe Lieder und Balladen dagegen entstammen einer fundamentalen Kritik am herrschenden „System". Brecht hat die Lieder und Balladen Kiplings wesentlich als eine Art poetisches Reflexionsmedium benutzt. Insbesondere Kiplings Gedichte haben ihm dazu gedient, Volkstümlichkeit dieses Typs einer kritischen Betrachtung auszuliefern. Es ist auffallend, wie die brutalen Reize der Kiplingschen Lyrik in der Brechtschen Umsetzung geläutert werden. Die exotische Abenteuerlichkeit der Kipling-Balladen erhält bei Brecht etwas artistisch Schwebendes. Brecht metaphorisiert ein Genre: Er schreibt, wenn er Balladen schreibt, gleichsam Balladen über Balladen; noch im Genuß enthüllt er deren Anachronismus. – Kiplings Lyrik ist mit ihrer Epoche dahingegangen; Brechts Lyrik, die sich einiger Kiplingscher Gebärden und Töne bedient, hat die Zeit überdauert.

Das läßt sich auch von Brechts Gedicht „Das Schiff" sagen, dem exemplarische Bedeutung zukommt. Der junge Brecht trachtet einen berühmten avantgardistischen Gestus durch immanente poetische Kritik, durch Produktion aus schöpferischer Rezeption zu überwinden. Er beweist seinen Willen, aus der Avantgarde-Tradition hinauszuführen. Zugleich bekundet er jedoch intimen Kontakt damit. Dies gibt seinem Werk die geschichtliche Stoßkraft. Während Kipling, wie schon das Rezeptionsschicksal seiner Lyrik anzeigt, aus jener Tradition herauszufallen scheint, vollstreckt Brechts frühe Lyrik die Logik einer historischen Poetik des modernen Gedichts.

3. DER „GUMMIMENSCH" KOMMT IN SICHT: ANTHROPOLOGIE IN MYTHOLOGISCHEM STIL

Untergang, Zerfall – das ist eins der zentralen Themen, wenn nicht das zentrale Thema der „Hauspostille". Der junge Brecht behandelt das Thema mit Vorliebe auf mythologische Weise: Was durchaus aktuell, schneidend ist, rückt er in die hell-dunkle Ferne eines Phantasie-Spiels. Darin liegt ein souveränes Moment. Das Bewußtsein der eigenen Fähigkeit, das Malaise zu überwinden, drückt sich darin aus. Aber die mythologische Darstellungsweise mag auch einen partiellen Erkenntnismangel spiegeln: Die Ursachen und Gründe des Zerfalls entziehen sich noch genauem Begreifen.

Die eigentliche mythologische Zone der „Hauspostille" ist die dritte Lektion: „Chroniken". Unter diesem Titel findet sich die große Mehrzahl der „Balladen".

Diese Brecht-Balladen haben mit den damaligen pseudoheroischen, völkisch-dumpfen Varianten des Genres wenig zu tun. Brecht gebraucht den Gattungsbegriff ironisch. Doch kann man nicht behaupten, von der Atmosphäre der überlieferten Ballade sei gar nichts mehr vorhanden. Das Heroische lebt hier in einer bestimmten, provozierenden Umbildung durchaus noch weiter. Brecht zeigt paradoxe Formen der Selbstbewahrung inmitten eines umfassenden Zusammenbruchs. Paradox ist die Selbstbewahrung, weil der Verzicht auf das Selbst (im traditionellen Sinn) eine von deren wesentlichen Voraussetzungen ist.

Der Held der Brecht-Balladen ist ein Anti-Held. Er dient dem Autor nicht dazu, bei begeisterungsfähigen Gemütern Tatendrang zu erzeugen. Dieser Held verkörpert keine bewährten Tugenden wie Opfersinn, Vaterlandsliebe, Treue usw. Dennoch kann er in gewisser Weise Vorbild in einer Zeit sein, die den Glauben an Vorbilder verloren hat. Es ist Ironie und ist doch nicht ganz Ironie, wenn es in der „Anleitung zum Gebrauch" der dritten Lektion heißt: „In den Zeiten der rohen Naturgewalten (Regengüsse, Schneefälle, Bankrotte usw.) halte man sich an die Abenteuer kühner Männer und Frauen in fremden Erdteilen (. . .)." – Weiter empfiehlt Brecht als ideales Verhalten beim Anhören der Balladen das Rauchen. Diese Einstellung ist der des traditionellen Balladen-Rezipienten ziemlich genau entgegengesetzt: Nicht das Gemüt – der Intellekt soll in Anspruch genommen werden; nicht das aufleuchtende, sondern das ruhig betrachtende Auge ist gefordert.

In den Balladen „kommt der Gummimensch in Sicht", schreibt Brecht im Vorwort. Der Gummimensch, das ist der ungeheuer anpassungsfähige Mensch, was nicht auch schon heißt: der angepaßte Mensch. Jene in der „Anleitung" apostrophierten „Naturgewalten" sind natürlich die ökonomisch erzeugten. Was in den Balladen als Natur (Meer, Dschungel, Steppe) in Erscheinung tritt, ist poetische Metapher für soziale Phänomene katastrophaler Beschaffenheit. Die Naturbilder bezeichnen eine Gesellschaft, die mit der Natur lediglich die naturwüchsige, das heißt hier aber: die chaotische Produktionsweise gemeinsam hat. Der „Gummimensch" nun ist eine groteske Überformung des Menschen dieser Gesellschaftsverfassung. Sein Charakter spiegelt eine widerspruchsvolle Anthropologie; und er ist der Reflex einer widerspruchsvollen ökonomischen Logik. In seiner „Ballade auf vielen Schiffen" sagt Brecht von dem „Gummimenschen", der der „Held" dieses großen Gedichts ist: „Er hat eine Lust in sich: zu versaufen/Und er hat eine Lust: nicht unterzugehn".

Wieder dient das Meer, wie schon in dem Gedicht „Das Schiff", der Veranschaulichung eines unerhörten Untergangs. Die metaphorische Szenerie, eine „Landschaft" totaler nautischer Verrottung, verweist auf hoffnungslosen Stillstand bzw. ein langsames, schleichendes Fortschreiten nach unten und ins immer Schlechtere hinein:

> Brackwasser ist braun, und die alten Schaluppen
> Liegen dick und krebsig darin herum.
> Mit Laken, einst weiß, jetzt wie kotige Hemden
> Am verkommenen Mast, der verfault ist und krumm.
> Die Wassersucht treibt die verschwammten Leiber
> Sie wissen nicht mehr, wie das Segeln tut.
> Bei Mondlicht und Wind, Aborte der Möwen
> Schaukeln sie faul auf der Salzwasserflut.

Solche poetischen Bilder haben historischen Sinn. Noch sehr spät, im Motto zu den „Buckower Elegien", verwendet Brecht eine nautische Metaphorik: „Ginge da ein Wind/Könnte ich ein Segel stellen/Wäre da kein Segel/Machte ich eines aus Stecken und Plane."

Was in den fünfziger Jahren auf die „Windstille" in der DDR-sozialistischen Gesellschaft gemünzt ist, zielt 1920 auf den Zustand der deutschen Gesellschaft unmittelbar nach dem ersten Weltkrieg, vielleicht auf den europäischen Zustand überhaupt. Das Gedicht zeigt: Es hapert mit der Seefahrt. Das heißt: Die Situation ist ohne Dynamik, ohne wirkliches Ziel; die Produktionsmittel sind verkommen. Der Mann, der „Gummimensch", der da „nackt geschwommen" kommt und der sich zu helfen weiß, „schneidet sein letztes Segel zur Jacke": Das wenige Vorhandene, Brauchbare also wird auch noch aufgebraucht; ein konsumtiv-destruktives Verhalten. Umgekehrt: Wenn gesegelt werden kann, wenn das Schiff „kreuzt in den Ostpassatwinden", liegt der Mann „in den Tauen: verfaulend, ein Aal". Eine wechselseitige Entfremdung: Der Mensch und seine lebensnotwendigen Geräte befinden sich im Zustand des Verfalls; sinnlos scheint es, durch zweckvolle Tätigkeit, sei es auch nur durch Reparaturen, die schlechte Lage zu ändern. Merkwürdig allerdings auch, daß die Verhältnisse bei alledem für den durch sie Betroffenen nicht unkomfortabel scheinen:

> Er schöpft seinen Mittagsfisch aus der See
> Er liegt in der Sonne und badet am Abend
> In des Schiffsrumpfs Wasser reinlich seinen Zeh.

Die Pointe dieses wie vieler anderer Gedichte der frühen Zeit liegt darin, daß Brecht den Zustand einer imgrunde hochentwickelten Gesellschaft, der seiner eigenen Zeit, im Bilde einer Art absoluter Endstation bzw. eines Rückfalls auf geschichtliche Frühstufen zeichnet. Ja Zivilisation scheint von „Naturgeschichte" überwuchert werden zu sollen. Menschliches Primitivverhalten greift erneut Platz. Doch ist hervorzuheben, daß Brecht diese Perspektive aufs „Ende" nicht mit pessimistischem Vorzeichen versieht. Der „Gummimensch", der letzte Typus, der aus Untergängen kommt und in Untergänge geht, hat auf verwegene Art positive Fasson. Er ist ein hartgesottener, partiell genußfähiger Überlebenskünstler. Er heißt „der letzte Verführer".

Die Haie, die er bei sich führt, verweisen auf die Gefährlichkeit dieses Menschentyps: Jeder hat in schlimmen Zeiten des Untergangs seine Haie dabei; jeder ist zum Fürchten. Zugleich spiegelt sich in dem Einfall auch die Fähigkeit starker Naturen, selbst unter Extrembedingungen Freundschaft zu schließen, Liebschaften zu finden. – Mensch und Haifisch, diese Wesen spielen im Gedicht ineinander: Der Mann „hat kein Gesicht mehr, er hat zuviel Haut!/ Selbst dies Schiff erschauert noch vor seinem Grinsen/Wenn er von oben seiner Spur im Kielwasser nachschaut". – Brecht bedient sich grotesker Mittel, um seinem „Gummimenschen" jeden herkömmlich erbaulichen Charakter zu nehmen, ihn andererseits aber, auf einem Umweg über das Gräßliche, dennoch ins quasi Heroische romantisierend zu stilisieren.

Die „Ballade auf vielen Schiffen", die das Dramatische zielbewußt mindert und bisweilen epische Detailmalerei geradezu behaglich ausführt, hat punktuell doch einen dramatischen Zug. Nicht ohne einiges Aufsehen, welches an der entsprechenden Stelle mehr vom Autor des Gedichts als von dessen Helden erregt wird, wechselt der „letzte Verführer" eines Nachts von dem einen Schiff zum anderen hinüber: „Doch an einem Abend im Monat Oktober/Nach einem Tage ohne Gesang/(...)Da fühlt er: ein neues Schiff ist gekommen/Und er schaut hinab, und da liegt es im Mond./Und er nimmt sich ein Herz und steigt grinsend hinüber (...)".

Das Motiv zu diesem Wechsel, dem viele weitere folgen werden und der lediglich eine Station in einer unendlichen Reihe scheint („So lebt er weiter [...] Auf immer schlechteren Schiffen fort"), wird nicht angegeben. Es gehört zum mythologischen Stil, gerade die entscheidenden Vorgänge nicht zu erklären. In diesem Nichterklären, das einen Grund im Nichterklärenkönnen haben mag, vermag eine sozialgeschichtliche Deutung des Gedichts einen triftigen Sinn zu entdecken: In einer motiv- und ziellosen Gesellschaft erscheinen Veränderungen ihrerseits als motiv- und ziellos. Entschlüsse zum Handeln sind dann eigentlich keine. Sie finden keinen plausiblen Grund, sie sind „absurd". Die Atmosphäre des Absurden aber erzeugt eine Art Heroismus des Weitermachens. Kategorien einer politisch-ökonomischen Logik werden ersetzt durch solche, die ein erotisch-magisches Verhältnis zum jeweils Neuen begründen.

Die Wendung vom „letzten Verführer" spielt unbewußt auf diesen Zusammenhang ebenso an wie der Satz, der die Vorbereitung zum Schiffswechsel als eine Art Liebeshandlung schildert: „Er schaut sich nicht um, er kämmt sich sein Haar/Daß er schön ist. Was macht es, daß diese Geliebte/Schlechter als jene Geliebte war?" – Ein solches magisches, irrationales Motiv fügt sich ausgezeichnet in den Kontext der „Ballade"; es hat durchaus noch Anteil an einigen ihrer überlieferten Begriffsinhalte.

„Er kennt seine Welt", heißt es vom „letzten Verführer". „Er hat sie gesehn." In der Tat: Er mag sie „gesehn" haben. Aber ob er sie

„kennt"? – Der Satz meint etwas anderes. Er besagt: Für den „letzten Verführer" gibt es keine Überraschungen mehr. Er weiß, daß alles, was kommt, Untergang ist. Steht ein Wechsel bevor von einem Zustand zum andern – und der neue erweist sich als wesentlich der gleiche wie der vorhergehende – dann sagt er stoisch: „Morgen ist Untergang". Aber, natürlich, auch gestern war schon „Untergang". – Dem „letzten Verführer" ist seine Welt zum undurchsichtigen Schicksal geworden. Dieser Brechtsche verkommene Anti-Held reagiert auf das Schicksal doch nicht viel anders als ein echter Balladen-Held: Er geht durch die Katastrophen – unerschüttert[22]. Am deutlichsten vielleicht unterscheidet er sich von seinem heroischeren Verwandten dadurch, daß er aufgegeben hat, was jener sich um jeden Preis zu bewahren suchte: seinen individuellen, sittlichen Charakter: Was der „letzte Verführer" rettet, ist die eigene Haut.

Die Szenerie der „Ballade auf vielen Schiffen" ist in auffälliger Weise menschenleer (sieht man von den anthropomorphen „Haien" ab). Die mythologisch verkleidete geheimere soziale Reflexion des Gedichts bezieht sich ahnungsvoll auf die Empfindungsweise eines neuen geschichtlichen Typus: des in die Großstädte verschlagenen Menschen, des Menschen in der Masse. Diesem erscheint die zivilisatorische Wirklichkeit in der Tat leer. Der ständige blinde Wechsel, die Bewegung inmitten permanenter Stagnation („auf immer schlechteren Schiffen fort") – diese inhaltlichen Züge des Gedichts kennzeichnen einen bestimmten bedrohlichen Zustand moderner Gesellschaft: ihre sich selbst vernichtende Geschäftigkeit. In dieser, der „letzten" Gesellschaft, hat nur der „letzte Verführer" noch Überlebenschancen. Er ist der, der einen elementaren Widerspruch aushält: die „Lust: zu versaufen", und die „Lust: nicht unterzugehn".

Natürlich wäre auch eine private Deutung der „Ballade auf vielen Schiffen" denkbar. Der Überlebenskünstler mit dem defizienten Charakter könnte als verhülltes Selbstporträt des jungen Brecht gedeutet werden. Die Schiffe, verkommen und von ihren Besitzern verlassen, wären dann poetisch-mythologische Erscheinungen fragwürdiger Lebensmöglichkeiten, besonders insofern diese die Gestalt von Frauen annehmen. Die erotischen Anspielungen des Gedichts – z.B. mit Blick auf die Schiffe: „Was macht es, daß diese Geliebte/Schlechter als jene Geliebte war?" – könnten sich auf die wechselnden Liebesaffären des jungen Brecht beziehen. Einer solchen Interpretation kämen die gleichzeitigen autobiographischen Aufzeichnungen der „Tagebücher 1920 – 1922" zu Hilfe.

Doch brauchen die verschiedenen Deutungen, die sozialgeschichtliche und die private, einander nicht auszuschließen. Die mythologische Stilisierung übergreift den einen wie den anderen Bereich; sie hebt das Gedicht über die subjektive Sphäre als bloßes Substrat hinüber in die öffentliche, objektive. Brechts Gedichte sind keine „Erlebnislyrik“, keine „Bruchstücke einer großen Konfession“. Nach dem lyrischen Ich, das sich „ausdrückt“, sucht man meist vergebens. Die mythologische Einkleidung hat ihren gesellschaftlichen und sozialpsychologischen Sinn: Das „Ich“ selbst ist sich abhandengekommen; es ist gesichtslos geworden. Wenn es in dem Gedicht heißt: „Er hat kein Gesicht mehr, er hat zuviel Haut!“, dann ist das zwar eine gar nicht einmal unrealistische Beschreibung des Gesichts des jungen Brecht, und es ist auch die Beschreibung der Visage eines „Hai“. Vor allem aber ist es die des modernen (kapitalistischen) Massenmenschen, an dem Brecht immer wieder das „poker face“, die ausdruckslose Miene dessen, der täuscht und getäuscht wird, hervorgehoben hat.

Der These vom imgrunde ich-losen Charakter der Brechtschen Jungendlyrik – in der späteren Lyrik gibt es im Hinblick auf das „Ich“ gewisse Modifikationen – scheint das Gedicht „Vom armen B.B.“ aus dem „Anhang“ zur „Hauspostille“ zu widersprechen. Doch das Ich, das hier prononciert und direkt von sich selbst zu sprechen scheint („Ich, Bertolt Brecht ...“ usw.), erweist sich bei genauerem Hinsehen als eine Maske. Das scheinbare Ich-Gedicht sollte man weniger als lyrische Autobiographie lesen denn als in eine solche gekleidete neuerliche Moritat vom „Gummimenschen“ und „letzten Verführer“. Auch kommt das in der „Ballade auf vielen Schiffen“ unterdrückte, aber in ihr durchaus anwesende „Motiv“ vom Schrecken der leeren Großstadt hier deutlich an die Oberfläche. Weniger vom „armen B.B.“ handelt das Gedicht als von der Großstadt. Mit dem Ich-Begriff kokettiert das Gedicht augenfällig; es macht im übrigen und gerade durch diese Koketterie aber klar, daß es sich bei diesem Ich hauptsächlich um eine gesellschaftliche Konvention handelt („Ich bin zu den Leuten freundlich. Ich setze/ Einen steifen Hut auf nach ihrem Brauch“). So unterminiert ist dieses Ich, so ausgehöhlt und entfremdet ist das menschliche Zusammenleben – die Leute „sind ganz besonders riechende Tiere/(...) ich bin es auch“ – daß das anfangs auftrumpfende Subjekt im Fortgang der Verse sich mehr und mehr in Wohlgefallen aufzulösen scheint. Am Ende erscheint es dem Leser als eines, das sich an seiner großmächtigen Virginia-Zigarre festhalten muß, um seine Konsistenz auch nur vor sich selbst behaupten zu können.

Der Hauptakzent der Verse „Vom armen B. B." liegt woanders: auf der Prophetie des Untergangs. In dieser Nuancierung des zentralen Hauspostillen-Themas besteht die Eigentümlichkeit des Gedichts. Die siebte Strophe signalisiert mit starkem Pathos-Einsatz der Sprechweise den Umschlag vom leicht zynisch-versnobten Ton in einen überraschend ernsthaften: „Wir sind gesessen, ein leichtes Geschlechte/In Häusern, die für unzerstörbare galten (...)". Der hier spricht, ist merklich „beunruhigt" (sechste Strophe).

Schaut man von hier zurück auf die „Balladen" und deren mythologischen Stil, erweist sich manches darin als – freilich ihrer selbst bewußte, zum Teil humoristisch sich selbst betrachtende – heroische Pose. Der mythologische Stil erscheint auf produktive Weise als porös: Der Leser sieht hindurch auf unbewältigte Widersprüche.

Gerade diese Widersprüche machen die Faszination der „Hauspostille" aus. Brechts Verssammlung glänzt durch die Abwesenheit monolithischer Struktur – im Gegensatz zu gewissen symbolistischen Zyklen, die eine Haltung, einen Ton um jeden Preis durchzusetzen suchen. In dem ästhetischen Überreichtum an literarischen Formen und Redeweisen, in denen Brechts poetische Einbildungskraft hier an den Anfängen seines Schaffens sich manifestiert, aus lauter poetischen „Fragmenten" ein kleines Universum erstellend, spiegelt sich ein differenziertes, komplex urteilendes Bewußtsein. Dieses hütet sich davor, auf bestimmte Positionen zu einer Zeit schon sich festlegen zu lassen, da es für solche Selbstfixierung noch keineswegs reif ist – ein Symptom nicht von Schwäche, sondern von Überlegenheit und ausgeprägtem Selbstbewußtsein. – Walter Benjamin hat jene Struktur der Hauspostillen-Lyrik im Ausgang von einer Gedichtanalyse mit der Metapher der „Erschütterung" zu charakterisieren versucht[23]. Brechts mythologischer Stil reflektiert in der Tat eine umfassende intellektuelle und emotionelle Erschütterung, und er fängt diese trotz aller Haltung der Distanz gleichsam in statu nascendi auf. Insbesondere der mythologische Stil erlaubt es, das semantische Material flüssig zu halten. Gleichzeitig handelt es sich um ein spielerisches Experimentieren mit Problemlösungen, die deshalb schwierig zu finden sind, weil in einer Epoche des „Untergangs" alle Begriffe unzuverlässig und schwankend geworden sind.

An der „Ballade von den Geheimnissen jedweden Mannes" läßt sich dieses Verfahren besonders gut illustrieren. Es geht um ein anthropologisches und ein sittliches Problem, um eine „Definition". Das Gedicht präsentiert, im Versuch der Annäherung, irritierenderweise zwei konträre Sprachgesten: einmal eine für den „Mann“ (den Menschen) um Verständnis werbende, human-humanitäre („Laßt ihn leben, helft ihm etwas auf!“); dann eine rüde, unmenschliche, gipfelnd in der Aufforderung, sich des lästigen Mit-Menschen zu entledigen („Aber schlagt ihn tot, es ist nicht schad“).

Wie steht es in einer Gesellschaft, die den „Gummimenschen“ hervorgebracht hat, mit der Menschlichkeit? Das ist die Frage – eine nach wie vor aktuelle. Läßt man den Menschen leben oder schlägt man ihn besser tot? Dehnbar, inkonsistent und doch zäh wie der Gegenstand der Befragung, der „Gummimensch“, ist auch jene sittliche Grundlagenreflexion, die noch im alltäglichen Handeln verborgen wirkt und die zu einem positiven Ende gebracht werden muß, soll die Sozietät eine menschenwürdige sein.

Das Gedicht „erörtert“ das Problem mit aggressiver, gewissermaßen agitatorischer Heftigkeit. Es geht das Problem nicht „theoretisch“ an, sondern läßt es in der widerspruchsvollen Sprachform als sinnlich-gegenwärtiges selbst sich äußern: Das Problem tritt „handelnd“ in Erscheinung. Der Leser begreift: Das sittliche Dilemma, welches das Gedicht aufzeigt, ist eines der Praxis, auch und gerade sprachlicher Praxis.

Wie vom Thema „Humanität“ reden? – Brecht sucht über die traditionelle Human-Rhetorik und ihren verschlissenen liberalen Appeal sprachlich hinauszugelangen. Die „Ballade von den Geheimnissen jedweden Mannes“ markiert den intellektuellen und ästhetischen Reflexionsstand des jungen Brecht in dieser Hinsicht. Später hat Brecht andere ästhetische und sprachliche Lösungen gefunden. Von den frühen Experimenten her aber versteht man erst die künftigen richtig.

Brechts Versuch, für das moderne lyrische Gedicht die Kategorie des Positiven (im sprachlichen und sittlichen Sinn) zu restituieren, entspringt, wie man sieht, einer fundamentalen Zweifelsbewegung. Doch bringt das Gedicht von den „Geheimnissen jedweden Mannes“ trotz des mimischen spontanen Rededuktus den Zustand sittlicher Verwirrung „systematisch“ zum Ausdruck. Die Überdeutlichkeit, mit welcher gesprochen wird, stellt bereits einen – durchaus auch sittlichen – Mehrwert dar: Der Rückzug in humanistisch-diffuses Denken wird dem Leser versperrt; dieser sieht sich genötigt, auf eine provokant zur Schau gestellte Zweideutigkeit eine eindeutige Antwort zu geben.

„Jeder weiß, was ein Mann ist“, so beginnt das Gedicht. Wenig später (in der dritten Strophe) wird eher das Gegenteil unterstellt:

„(. . .) ihr seid betrogen ganz und gar/Weil er niemals, den ihr kanntet, war (...)“. Einmal wird versichert, daß der Mann gute Behandlung braucht, weil er „was auf dem Grund seines Herzens“ hat. Dann wieder scheint eben dieses Verborgensein des Mannes hinter seinen Taten seinen Hauptdefekt auszumachen. – Das Gedicht bewegt sich so ambivalent zwischen oppositionellen Begriffen; es spiegelt seine – nicht unbewußte, sondern begriffene – Ambivalenz und Unsicherheit in einer Redeweise, die unter der Hand ihren Charakter verändert, die in dem spannungsgeladenen Bedeutungsfeld den positiven Strom unvermittelt in den negativen umpolt.

In der dritten Strophe scheint der, der das lehrhafte Plädoyer hält – wie so oft gebraucht Brecht auch hier eine Form ironischer, negativer Didaxe – für den „Mann“, den Menschen mit Blick auf dessen innerstes Persongeheimnis mitfühlend einzutreten. Doch, wenn den Angesprochenen gewissermaßen schon die Tränen kommen („Wenn ihr weint ...“), springt die Redeweise ohne Ankündigung um. Der eben noch suggerierte metaphysisch-sublime Grenzwert der Existenz bedeutet plötzlich nichts mehr. Die Angeredeten können den selben Menschen nun ruhig vergessen, sie sind „betrogen“, heißt es jetzt, „weil“ er durch seine Taten nicht in seinem Wesen bestimmbar war:

> Und doch hat er was auf dem Grund seines Herzens
> Und das weiß kein Freund und nicht einmal sein Feind
> Und sein Engel nicht und er selbst nicht, und einstmals
> Wenn ihr weint, wenn er stirbt: das ist's nicht, daß
> ihr weint.
> Und vergeßt ihr ihn, es ist nicht schad
> Denn ihr seid betrogen ganz und gar
> Weil er niemals, den ihr kanntet, war
> und der Täter nicht nur seiner Tat.

Noch der Schlußsatz des Gedichts dürfte gezielt ambivalent formuliert sein: “Und der Täter lebt nicht für die Tat!“ Der Satz kann heißen: Das Leben des Menschen geht nicht in seinen Taten auf und soll nicht darin aufgehen. Aber auch: Der Täter lebt nicht, d.h. er stirbt wegen der von ihm begangenen Tat („für“ statt „wegen“ ist in volkstümlicher Rede möglich). Und schließlich: Der Täter lebt nicht, wie er sollte, für die Tat.

Brecht exponiert das zugrunde liegende bedeutende Problem wiederum in – cum grano salis – mythologischem Stil. Er arbeitet dieses Mal freilich nicht mit einer exotischen Szenerie und anarchisch-romantischen Figuren. Die Sprache selbst vielmehr gewinnt, trotz ihrer Unmittelbarkeit, einen balladesken, archaisierenden, halb schon lächerlichen Aspekt. „Oh, der kindlich sein Brot mit den erdigen Händen/In die Zähne schiebt (. . .)" u. ä. Brecht sammelt Balladen-, Moritaten-Floskeln verschiedenster Provenienz und setzt sie in Friktion miteinander. Darin liegt etwas elementar Theatralisches: Der Autor spielt, wie aus der Ferne, ein Sprachspiel. Auch dies scheint ein ambivalenter Zug: Angriffslustige Nähe und eine Art ironischer Distanzierung bestimmen ein und dieselbe Redeweise.

Dergleichen könnte leichtfertig scheinen angesichts des Themas. Doch hat der „parodische" Ansatz seinen Ernst darin, daß Haltungen, Positionen, die der schwierigen Sache nicht gerecht werden, als historisch erledigte, antiquarische erkannt werden können. Auch Sprache selbst, eine, die dem Problem, hier: der Bestimmung des Menschen, angemessen wäre, erscheint auf diese Weise als etwas, was erst noch zu schaffen ist. Für den poetischen Gebrauch einer ernsten, einheitlichen, einfachen Redeweise ist es offenbar noch zu früh. – Brecht hat, linguistisch betrachtet, vorerst einen Rückzug angetreten, um einen Aufstieg zu großer Höhe bewerkstelligen zu können.

4. „ES IST GANZ SCHÖN, SICH WIEGEN AUF DEM BAUM!": NATURGEDICHTE GEGEN DEN STRICH

Brecht gibt in der „Hauspostille" mehrfach dem Bewußtsein schmerzhafter Vereinzelung, des Daseins in sinnentleerter Welt, der existentiellen Unruhe intensiven, wenngleich durchweg verhalten formulierten Ausdruck. Der Grundgestus eines wesentlich heiteren Abschiednehmens von der eigenen Vergangenheit und der einer ganzen Epoche, welcher die Gedichtsammlung bestimmt, wird hierdurch jedoch nicht angetastet.

Charakteristisch vielmehr scheint, wie Brecht selbst ein lyrisch-episches Untergangsgemälde bisweilen mit kleinen hellen Genre-Szenen versieht, die ein materialistisches Grundvertrauen in positive Überlebenskräfte signalisieren. Die vierte Strophe der „Ballade auf vielen Schiffen" beispielsweise zeigt den „Gummimenschen", den „letzten Verführer" keineswegs in Agonie; im Gegenteil: Jener genießt zwischen zwei Katastrophen sein Leben, geschickt den „Stoffwechsel mit der Natur" betreibend: „Mitunter aufschauend zum milchigen Himmel/Gewahrt er Möwen. Die fängt er mit Schlingen aus Tang./Mit denen füttert er abends die Haie/Und vertröstet sie so manche Woche lang".

Was für die „Ballade auf vielen Schiffen" ihre vierte Strophe bedeutet, das bedeuten für die „Hauspostille" insgesamt vor allem die beiden Gedichte „Vom Klettern in Bäumen" und „Vom Schwimmen in Seen und Flüssen". Diese beiden Brechtschen „Naturgedichte" sind dezidierte Ruhepunkte in dem fruchtbaren, aber gewiß nicht ausgeglichenen, nicht entspannten Chaos des Versbuchs.

Brecht hat die zwei Gedichte Jugendfreunden gegenüber als „Evangelium" bezeichnet.[24] Das scheint, trotz des besonderen Tons in diesen Versen, seltsam hoch gegriffen im Ausdruck. Klettern in Bäumen, schwimmen in Flüssen scheinen so großartig-wunderbare Veranstaltungen am Ende nicht.

Doch reizt die überraschend emphatische Brechtsche Selbstcharakteristik seiner Naturgedichte, prinzipiell über den Sinn von Naturgedichten nachzudenken, ihn vielleicht anders zu begreifen, als die es tun, die Natur-Lyrik für das Allernatürlichste von der Welt zu halten sich angewöhnt haben; in der Tat gibt es ja eine neuere Tradition lyrischen Gedichts, die dahin tendiert, Lyrik und Naturlyrik in einem Begriff zusammenfallen zu lassen.

Ist aber nicht Naturlyrik genauso „unnatürlich“ wie alle Kunst? Ist sie nicht, wie jedes Kunstprodukt, historisch vermittelt, und hat sie nicht ihren „Grund“, recht betrachtet, nicht so sehr in der Natur als vielmehr in der Geschichte? – In bestimmten Augenblicken der Geschichte entsteht offenbar das literarische Bedürfnis nach Natur, obwohl Natur, mehr oder minder, doch immer vorhanden war.

Die beiden Naturgedichte Brechts stammen aus dem Jahre 1919. Wir befinden uns in der unmittelbaren Nachkriegszeit; es ist eine Zeit hektischer Aktivität; die Luft ist voll von Politik, mehr noch: voll vom „Politisieren“ (vgl. erstes Kapitel). Auf diese Lage reagieren implizit jene Gedichte. Die aufgeregte, kurzatmige Aktualität sucht in der Natur als Wider-Part zumindest für eine Weile einen Lehrmeister, der deutlich macht, wo die wahren Rhythmen zu finden sind. Das Natur-„Evangelium“ enthält eine verborgene Lektion in Sachen Historie. Da ist selbst Politik im Spiel. Es geht darum, mit Hilfe der Natur etwas von den Eigenschaften Ruhe, Geduld zu begreifen. Ruhe, Geduld – Bürgertugenden, revolutionäre Tugenden, je nach dem.

Es gibt Naturgedichte, deren ein und alles ist das absolute Vergessenwollen der Menschenwelt. Andere lassen den Zusammenhang mit dieser nie aus dem Auge. Hierzu zählt Brechts Naturlyrik. Die Art und Weise, wie Brecht die Relation zwischen Natur und Geschichte ästhetisch darstellt, aufzuzeigen und durch sein lyrisches Werk hin zu verfolgen, ist außerordentlich reizvoll. Brecht hatte eine starke Beziehung zur Natur, weil er eine starke Beziehung zur Geschichte hatte. Nur von der Natur zu handeln, dazu konnte er sich nicht entschließen. In dem Gedicht „Schlechte Zeit für Lyrik“ schreibt er: „In mir streiten sich/Die Begeisterung über den blühenden Apfelbaum/Und das Entsetzen über die Reden des Anstreichers./Aber nur das zweite/Drängt mich zum Schreibtisch.“ – Der Titel dieses Gedichts fingiert, aus didaktischen Gründen, eine Gemeinsamkeit der Begriffe Lyrik und Natur, die dem Brechtschen politisch-historisch fundierten Lyrik-Konzept durchaus fremd ist. Andererseits verhält es sich nicht so, als hätte „nur“ das „Entsetzen“ über Hitler und seinesgleichen Brecht „zum Schreibtisch“ gedrängt.

An den beiden Naturgedichten der „Hauspostille“, die zweifellos der Lust an der Natur einen starken Ausdruck verleihen, fällt auf, wie sehr darin zugleich eine gesellige, „soziale“ Atmosphäre erzeugt wird. Als gälte es, ausdrücklich für Entspannung von den Nöten und Zwängen der Gegenwart Sorge zu tragen, gibt Brecht praktische Anweisungen. Er lehrt Verhalten in der Natur. Natur wird nicht, wie im Bereich des klassisch-romantischen Gedichts, als magisch-mystische Entität von außen angestaunt. Der Leser, der Brechts Anweisungen im Umgang mit der Natur befolgt, erwirbt Fertigkeiten, die den Eindruck erwecken, sozial übertragbar und verwendbar zu sein.

Vom Klettern in Bäumen

1

Wenn ihr aus eurem Wasser steigt am Abend –
Denn ihr müßt nackt sein, und die Haut muß weich sein –
Dann steigt auch noch auf eure großen Bäume
Bei leichtem Wind. Auch soll der Himmel bleich sein.
Sucht große Bäume, die am Abend schwarz
Und langsam ihre Wipfel wiegen, aus!
Und wartet auf die Nacht in ihrem Laub
Und um die Stirne Mahr und Fledermaus!

2

Die kleinen harten Blätter im Gesträuche
Zerkerben euch den Rücken, den ihr fest
Durchs Astwerk stemmen müßt; so klettert ihr
Ein wenig ächzend höher ins Geäst.
Es ist ganz schön, sich wiegen auf dem Baum!
Doch sollt ihr euch nicht wiegen mit den Knien
Ihr sollt dem Baum so wie sein Wipfel sein:
Seit hundert Jahren abends: er wiegt ihn.

Brecht redet sein Publikum mit „ihr" an – eine seiner bevorzugten sprachlichen Gesten. Der Humor in dem Gestus sollte hier nicht übersehen werden: Er ergibt sich aus dem Kontrast von Didaktik und Lehrgegenstand. Meistens werden ja andere Inhalte als die hier genannten gelehrt, wo gelehrt wird. So intensive Anleitung zu Naturgenuß und höherer Faulheit ist jedenfalls nicht gerade ein Musterbeispiel deutscher Pädagogik. Da ist etwas erfrischend Respektloses und, für Puritaner, aufreizend Kulinarisches und Emanzipiertes im Ton: Den „Schülern" (oder auch Freunden, Genossen) wird gesagt: „Wenn ihr aus eurem Wasser steigt am Abend –/Denn ihr müßt nackt sein und die Haut muß weich sein –/Dann steigt auch noch auf eure großen Bäume". Das „auch noch" meldet mit schöner Unverschämtheit Anspruch auf puren Überfluß an. Die Possessivpronomina (euer Wasser, eure Bäume) vernichten die traditionelle Vorstellung weihevoller Unberührtheit der Natur mit einem grammatischen Streich. Es wird der Rat erteilt, die Natur in Besitz zu nehmen, offenbar weil sie dem Menschen fraglos gehört. Fast ein wenig wie bei einem Kochrezept („man nehme" usw.) legt das Gedicht es nahe, sich vollkommenen Naturgenuß aus umsichtig ausgewählten Ingredienzien zuzubereiten; selbst der Himmel muß sich gefallen lassen, kulinarisch traktiert zu werden („Auch soll der Himmel bleich sein").

Andererseits geht es nicht um Unterwerfung der Natur unter den „Geschmack" des Menschen, auch nicht um ökonomische Verwertung, egoistische Ausbeutung oder dergleichen. Menschen-Zweck und Natur-Zweck sollen eins werden; die Harmonie von Haus aus unterschiedlicher Bewegungsrhythmen ist angestrebt. Es bedarf dazu allerdings der Mühe: Man muß den Rücken „fest durchs Astwerk stemmen"; das Klettern geht „ächzend" vonstatten. – Das Endziel der Anstrengung wird, dem unfeierlichen Stil des Gedichts entsprechend, durch Understatement bezeichnet: „Es ist ganz schön, sich wiegen auf dem Baum!"; aber der Schluß ist doch nicht ohne Pathos formuliert: „Ihr sollt dem Baum so wie sein Gipfel sein:/Seit hundert Jahren abends: er wiegt ihn."

Der herrliche Zustand vollkommener ich-vergessener Passivität erscheint in Brechts Gedicht als Resultat von Aktivität, ist gewissermaßen Arbeitsergebnis. Zu dieser Arbeit gehört zumal in der entscheidenden Phase die geschmeidige Einstellung auf den Partner „Natur". Allein solches feinfühlig kooperatives Verhalten ermöglicht das Gelingen. Eigenmächtig subjektives Handeln stört das Zusammenwirken der Kräfte. Penibel wird noch vor der kleinsten ichverfangenen Unebenheit des Rhythmus gewarnt: „Doch sollt ihr euch nicht wiegen mit den Knien." Das Oben/Unten-Verhältnis, das am Ende des Kletterns entsteht, entbehrt jeden hierarchischen, repressiven Aspekts. Der Mensch, der sich auf die Spitze des Baumes geschwungen hat, wird von diesem gewiegt in einer ebenso machtvollen wie sanften Bewegung. Das ist ein Bild, aus dem auch der politisch Handelnde etwas lernen kann: Es zeichnet nicht nur abstrakt eine Utopie von harmonischem Zusammenleben, sondern deutet auch an, wie es konkret zu dergleichen kommen kann.

Das Gedicht läßt ansatzweise einen neuen Typus von Naturlyrik erkennen.

Der mystische Ton der romantisch-neuromantischen Schule (bis hin zu Loerke, Huchel, Langgässer) ist in „Vom Klettern in Bäumen“ aufgegeben. Jene beliebte Haltung der Distanz gegenüber der Natur wie gegenüber einem Numinosum ist der einer zugreifenden Annäherung gewichen. Deutlich gemacht wird, daß die Natur für den Menschen praktischen Gebrauchswert hat; sie kann ihm, wenn er Mühe nicht scheut und sich anzupassen weiß, zu starkem Genuß verhelfen. – Das Muster didaktischer Anweisung, das Brecht gebraucht, rauht das konventionelle naturselige Schema auf und versieht das auch im Fall Brechts durchaus nicht unenthusiastische Naturgefühl mit einer Nuance weltmännischen Humors. Eine Begeisterung, die für einen Leser, der im Leben steht, vielleicht fragwürdig geworden ist, wird ihm hierdurch ästhetisch erträglich gemacht.

Grundsätzlich Ähnliches gilt von dem ironisch pantheisierenden Gedicht „Vom Schwimmen in Seen und Flüssen“. Auch hier findet sich der Ton didaktischer Anweisung, mehr noch: das humoristische Ausspielen eines quasi kategorischen Imperativs, als handelte es sich beim Schwimmen um den allerhöchsten sittlichen Zweck: „Im bleichen Sommer, wenn die Winde oben/Nur in dem Laub der großen Bäume sausen/Muß man in Flüssen liegen oder Teichen (. . .)“.

Die Natur erscheint, ohne deshalb häßlich zu werden, in partiell materialistischer Konkretheit – das ist etwas, woran es dem Naturgedicht romantischer Provenienz meist fehlt. Der Schwimmer bewegt sich in warmem „Schlamm“; „kühle Blasen“ steigen, wenn Fische „durch uns schwimmen“; die Sonne scheint „überm Tümpel“ usw. Das Gedicht besitzt eine außerordentliche sinnliche Dichte. Weniger die Dinge aber als das Gefühl von ihnen wird dem Leser nahegebracht. Der Druck, Identität vorstellen zu müssen, diese wesentlich historisch-soziale Pression, weicht endlich einmal vom Subjekt. Der Streit, den es erfordert, Ich zu sein, hört auf; der Zerfall schafft paradoxerweise Einheit und Frieden. Das ist das zentrale Gefühl, aus dem die Hochstimmung des Gedichts erwächst. Dieses Nachgeben-Dürfen, dieses Sich-in-die-eigene-Mannigfaltigkeit-auflösen-können drückt Brecht mit großer Prägnanz aus: „Mein Leib, die Schenkel und der stille Arm/Wir liegen still im Wasser, ganz geeint“.

Die Verwandlung des Ichs in einen anderen gelingt jedoch nicht ganz ohne Mimikry. Mitten in dem Lied von der angeblich großen

Einheit der Dinge setzt Brecht einen leisen Akzent der Desillusionierung: „Man muß nicht schwimmen, nein, nur so tun, als/Gehöre man einfach zu Schottermassen./Man soll den Himmel anschaun und so tun/Als ob einen ein Weib trägt, und es stimmt“. Solche Als-ob-Formeln in einem Kontext, der auf unbedingter Einhaltung der Vorschriften zu bestehen scheint, weisen auf deren begrenzte Wirkungskraft; sie sind geeignet, jenen naturmagischen Dogmatismus zu verscheuchen, der den Glauben an Natur als ein höheres Wesen befiehlt. – Über die Sprache dringt so die Sphäre menschlicher Praxis, aller scheinbar gegenteiligen Bemühung zum Trotz, ins Gedicht. Brecht „humanisiert“ das Naturgedicht selbst da noch, wo er ihm und der überlieferten Tendenz des Genres am stärksten entgegenzukommen scheint. – Als programmatisch in dieser Hinsicht kann die Tatsache gewertet werden, daß die Natur als Universalie oder sonstiges abstraktes Wesen (z. B. Jahreszeit) in diesen beiden Gedichten nicht auftaucht. Die Gedichttitel reden lediglich von Bäumen, Seen und Flüssen, und sie weisen auf konkrete Tätigkeiten: Schwimmen und Klettern. Dem entspricht es, daß alle klassische Metaphysik, wie sie bei romantischen Naturbeschwörungen herbeizitiert zu werden pflegt, hier Apparatur bleibt; der „bleiche Haifischhimmel“, „Bös und gefräßig“, und der „liebe Gott“, der „am Abend noch in seinen Flüssen schwimmt“ – diese beiden rhetorischen Gegenspieler ironisieren sich gegenseitig.

In Gestalt insbesondere der Motive Baum und Garten taucht Natur in Brechts Lyrik mehrmals auf. Immer wird dabei eine bedeutungsvolle Beziehung zwischen Naturproduktion und Kulturproduktion hergestellt.

„Jeder weiß: ein Baum ist ein Holz“, hatte es in Brechts Tagebuch-Notiz vom März 1921 ironisch geheißen. In Brechts Gedichten ist ein Baum mehr und anderes als ein „Holz“; da heißt es nicht: „(...) man muß den Baum politisieren, da ist ein Mann, hetzen wir!“[25] Der Baum, symbolisch begriffen, deutet für Brecht auf verborgene Natur-Gesetzlichkeit, die der Mensch entdecken und entfalten lernen muß.

Insgesamt zeichnet sich, in diskreten Umrissen, das Ideal einer Menschheitsgeschichte als Analogon von Naturgeschichte ab: Der Mensch bildet sich an Natur; er ahmt sie nach. Aber auch umgekehrt: Durch die Hilfestellung, die der Mensch, wenn er will, der Natur leisten kann, findet diese erst zu sich selbst, hilft er die friedlichen Kräfte entbinden, die in ihr unmittelbar neben den barbarischen, zerstörerischen wirksam sind.

Das wahrscheinlich früheste Brecht-Gedicht überhaupt, entstanden 1912/1913, behandelt nicht zufällig ein Baum-Motiv: „Der brennende Baum“. Der Baum erscheint als Held im Mittelpunkt eines Dramas mit katastrophalem Ausgang. Im „Lied vom Geierbaum“ wandelt Brecht das Motiv ab. Unüberhörbar sind die sozialen Anspielungen dieser Baum-Apotheose im grandiosen Stil: Auf der einen Seite der einsame Baum, auf der anderen die Geier, die ihn hetzen. Doch nicht die kämpfenden, vielmehr die ermüdeten, scheinbar schon resignierenden Geier, die schlafend scharenweise auf dem Baum hocken, bringen ihn schließlich zu Fall. Dieser dialektische Zug im Ablauf des Geschehens scheint überaus menschenähnlich. –

Vielleicht mußten die „Bäume“ in den genannten Gedichten fallen, weil sie infolge stolzen, unbiegsamen Charakters die falsche Überlebensstrategie gegen ihre Widersacher angewandt hatten. Jedenfalls, der Baum in dem Hauspostillen-Gedicht „Morgendliche Rede an den Baum Griehn“, der „Zwischen den Mietskasernen“ heraufgekommen ist bis dahin, wo nächtens der Sturm weht, hat sich offenbar besser aufs Überleben verstanden und wird vom Autor launig, im neusachlichen Stil sportlicher Anerkennung zu seinem Erfolg beglückwünscht. „Es interessierten sich Geier für Sie“, bemerkt der Beobachter. Das ist eine selbstkritische Anspielung Brechts auf das „Lied vom Geierbaum“ und eine lässige Wendung, mit der sich das düstere natursymbolische Pathos aus Brechts Lyrik ein für alle Mal verabschiedet.

Einige Hinweise mögen die weitere Entwicklung andeuten: In der frühen Exilsammlung „Lieder Gedichte Chöre“ findet sich wieder ein Baum-Gedicht: „Die Ballade vom Baum und den Ästen“. Die Verse beziehen sich in aktueller, politischer Wendung auf das Nazi-Regime und dessen vorlaute Rede vom 1000jährigen Reich. Hier wird das angestrebte imaginäre „Reich“ mit den Ästen des Baums verglichen: Sie sind von sekundärer, vergänglicher Bedeutung. Allein der Baumstamm weist auf das Dauernde, auf die – wie es in der „Morgendlichen Rede an den Baum Griehn“ hieß – „unerbittliche Nachgiebigkeit“ der Geschichte, an der die Nazis scheitern müssen:

(. . .) Hier können wir wundervoll bleiben, sagten sie
Mindestens tausend Jahr.
  Gut, das sagen die Äste
  Aber der Baumstamm schweigt
  Mehr her, sagen die Gäste
  Bis der Wirt die Rechnung zeigt.

Nach einer Phase dann, in welcher das – wie auch immer sozial vermittelte – Naturgedicht auffällig zurücktritt, wagt sich in Brechts Exillyrik der vierziger Jahre und in seiner späten Lyrik das Vergnügen an Natur schüchtern gleichsam wieder hervor. Nie wieder gewinnt es jedoch so intensiven Ausdruck wie in den beiden frühen Hauspostille-Gedichten „Vom Klettern in Bäumen“ und „Vom Schwimmen in Seen und Flüssen“.

Zwei im Exil geschriebene sogenannte „Naturgedichte“ sind eher das Gegenteil von dem, was der Titel verheißt. Die Lage des Verfolgten bestimmt seinen Blick auf die ihn umgebende Landschaft und läßt keine für stimmungsvolle Reize empfängliche Begeisterung aufkommen („Svendborg“); die Erinnerungen an Jugendeindrücke beschwören eine Idylle, die durch das Wissen des Autors um die kommenden Kriege überschattet ist; das vorsichtige Einhüllen der Pfirsichbäume des Nachtfrosts wegen erhält nachträglich einen rührend-absurden Zug von Vergeblichkeit („Augsburg“).

Beim mittleren und späten Brecht wird der Garten, im Rahmen einer prinzipiellen Zurückhaltung dem Genre Naturgedicht gegenüber, zu einem wichtigen Motiv. Insbesondere der Garten gilt Brecht jetzt mehr und mehr als Sinnbild einer ersehnten glücklichen Kooperation von Mensch und Natur. In der meist höchst einfachen, unemphatischen Behandlung des Motivs teilt sich ein universelles, philosophisches Interesse mit. Brecht akzentuiert die Einsicht, daß Natur als solche keineswegs schon harmonische Produktion garantiert. Erst die menschliche Tätigkeit, die der Natur ihr geheimes positives Prinzip ablauscht, läßt sie wirklich schöpferisch werden. Gedichte wie „Vom Sprengen des Gartens“ und „Der Blumengarten“ kreisen um diesen Gedanken. Am üppigsten wird er im Gedicht „Garden in Progress“ entfaltet; das Gedicht ist durch Brechts Bekanntschaft mit dem Schauspieler Charles Laughton angeregt worden; dieser besaß einen ständig sich weiterentwickelnden Garten. Sentenzhaft weist der Autor auf die wechselseitige Ergänzung menschlicher und natürlicher Tätigkeit: „Wie der Garten mit dem Plan/Wächst der Plan mit dem Garten.“ Es ist offenbar das genaue Gegenteil einer dirigistischen (Garten-)Ökonomie, was Brecht mit diesem Satz andeutet. – Freilich gehört zur Weisheit Brechtscher Garten-Philosophie auch, daß das Bewußtsein dauernden Bedrohtseins nicht fehlt. In „Garden in Progress“, das zu den größten und intensivsten der in den USA verfaßten Gedichte Brechts zählt, verbindet sich die auf den Aspekt der Gefährdung anspielende Schlußwendung mit einer kritischen Spitze, gerichtet offenkundig gegen die kapitalistische Gesellschaftsordnung der USA und ihre nach Brechts Meinung katastrophale Tendenz: „Leider ist der schöne Garten, hoch über der Küste gelegen/Auf brüchiges Gestein gebaut. Erdrutsche/Nehmen ohne Warnung Teile plötzlich in die Tiefe. Anscheinend/Bleibt nicht viel mehr Zeit, ihn zu vollenden."

Die Kluft zwischen geheimer, harmonischer Grundordnung, die mit dem Risiko der eigenen destruktiven Kräfte stets behaftet bleibt, und geschichtlich-sozialer Unordnung begrübelt das Gedicht „Lektüre ohne Unschuld"; es entstand im selben Jahr wie „Garden in Progress". Noch immer ist es das Baum-Motiv, das – diesmal durch Lektüre vermittelt – Brecht fesselt. Daß es in der Natur, nicht aber in der blutigen Menschheitsgeschichte bewundernswertes Gleichgewicht gibt, diesem Mißverhältnis sinnt Brecht wie einem Rätsel nach:

Lektüre ohne Unschuld

In seinen Tagebüchern der Kriegszeit
Erwähnt der Dichter Gide einen riesigen Platanenbaum
Den er bewundert – lange – wegen seines enormen Rumpfes
Seiner mächtigen Verzweigung und seines Gleichgewichts
Bewirkt durch die Schwere seiner wichtigsten Äste.

Im fernen Kalifornien
Lese ich kopfschüttelnd diese Notiz.
Die Völker verbluten. Kein natürlicher Plan
Sieht ein glückliches Gleichgewicht vor.

Das Gedicht „Widersprüche", in seinem antikisierenden Metrum und Sprechduktus auf das große Fragment „Lehrgedicht von der Natur der Menschen" vorausweisend, befaßt sich ebenfalls mit dieser Diskrepanz. Die Unordnung in einer Gesellschaft, die höchste technische Leistungen hervorbringt, doch elementarste Probleme des Zusammenlebens nicht zu meistern vermag, wird von Brecht hier, scheinbar überraschend, eben aus dem Naturcharakter jener Gesellschaftsverfassung begründet. Das läßt erkennen, daß Brecht sich hütet, Natur ins rundum Positive, Gute zu stilisieren; Brecht blieb sich – was übrigens auch marxistischer Theorie entspricht – der zwiespältigen, ebenso aufbauenden wie niederreißenden Kräfte der Natur bewußt. „Kein natürlicher Plan/Sieht ein glückliches Gleichgewicht vor", heißt es in „Lektüre ohne Unschuld". Brecht verweist hier wie auch sonst auf die Notwendigkeit, durch geduldiges Mitwirken Naturgeschichte in Menschen-Geschichte, Naturproduktion in Kulturproduktion zu überführen. In dem Gedicht „Widersprüche" kann er von den faschistischen Bombengeschwadern, die am Himmel heraufkommen „wie am Meer die Gezeiten,/Nur nicht so pünktlich", sagen: „Natur war's, nur nicht verstandne." –

„Was sind das für Zeiten, wo/Ein Gespräch über Bäume fast ein Verbrechen ist/Weil es ein Schweigen über so viele Untaten einschließt!", klagt Brecht in der Elegie „An die Nachgeborenen". Diese Klage war im Fall Brechts keine leere Rhetorik. Das beweisen die alles in allem nicht zahlreichen, aber in dem andersartigen Kontext auffallenden „Naturgedichte" Brechts mit ihrem verschwiegenen Enthusiasmus. Auch autobiographische Aufzeichnungen belegen mittelbar den Ernst jener Klage, so die Notiz der „Tagebücher 1920–1922", die dem Garten auf dem 1932 von Brecht erworbenen Grundstück in Utting gewidmet ist; sie liest sich fast wie ein Hymnus in Prosa auf die durch Menschenhand zu sich selbst gebrachte, schöne Natur.[26]

Brechts Absage an „Naturlyrik" war politisch motiviert: durch die Erfahrung der „finsteren Zeiten", durch die Einsicht in die Notwendigkeit, auch die Lyrik in den Dienst des Kampfes zu stellen.

Doch hat Brechts Verzicht auf „Naturlyrik" auch eine weitere, geschichtsphilosophische Dimension. Die in der idealistischen deutschen Ästhetik (z. B. bei Schiller) ausgesprochene Erkenntnis, daß „Natur" für den modernen Menschen „verloren" sei, war auch die Erkenntnis Brechts; sie bildet eine zentrale Prämisse seiner Poetik.

In polemisch-grotesker, klassenkämpferischer Zuspitzung äußert Brecht den Gedanken von der verlorenen Natur in dem geistreichen kleinen Manifest „Lyrik-Wettbewerb" (1927): „Die Spiegelung einer Lämmerherde in den reinen Augen eines Menschen von großer Natur müßte einen großen Wert haben, ebenso der Gesang eines in den Genuß der eigenen Stimme versunkenen Sängers. Aber diese Leute [d. i. George, Rilke, Werfel usw.] haben weder reine Augen noch schöne Stimmen. Und gar keine Natur. Es sind die Besitzer von Lämmerherden oder solche, die auf Lämmerherden infolge seelischer Überbeschäftigung verzichten."[27]

Naturlyrik im traditionellen Stil zu schreiben – und wie sehr wäre solche Kunst Brechtscher Neigung zur Natur entgegengekommen – hätte für Brecht geheißen: Partei ergreifen für die Kräfte der Zerstörung, welche die bestehende Kultur und das, was von Natur noch übriggeblieben war, zu vernichten drohten. Eine spezifische politisch und geschichtsphilosophisch fundierte Sensibilität prägt das Brechtsche „Naturgedicht“. Noch vor der eigentlichen antifaschistischen Phase seines Schaffens versagte es sich Brecht, jenes überlieferte Genre zu pflegen, indem er Naturgedichte gleichsam gegen den Strich schrieb.

Noch eins der späten Gedichte, „Schwierige Zeiten“, eine altersweise Variation des in „Schlechte Zeit für Lyrik“ behandelten Sujets, gewinnt seine menschliche Grazie durch den Verzicht auf die poetische Zurschaustellung einer Begeisterung, die Brecht weniger fremd war als Zeitgenossen, die ihr lautstarken Ausdruck gegeben haben:

Schwierige Zeiten

Stehend an meinem Schreibpult
Sehe ich durchs Fenster im Garten den Holderstrauch
Und erkenne darin etwas Rotes und etwas Schwarzes
Und erinnere mich plötzlich des Holders
Meiner Kindheit in Augsburg.
Mehrere Minuten erwäge ich
Ganz ernsthaft, ob ich zum Tisch gehen soll
Meine Brille holen, um wieder
Die schwarzen Beeren an den roten Zweiglein zu sehen.

5. „SIEH JENE KRANICHE IN GROSSEM BOGEN!": BRECHTS LIEBESLYRIK

Bei Gelegenheit einiger Anmerkungen zu dem Drama „Trommeln in der Nacht" hat sich Brecht zum Thema Erotik grundsätzlich geäußert: „Das Gebiet der Erotik ist in der bürgerlichen Gesellschaft erschöpft. Die Literatur konstatiert es daran, daß der Sexus keine Assoziationen mehr bildet". In Fußnote setzt er hinzu: „Noch das stärkste erotische Leben herrscht vielleicht in der Tat in jener primitiven Literatur, (die man in der Form bekannter wirksamer Wörter vorfindet und) die das Volk mit naiver Artistik anwendet (. . .)."[28]

In gewisser Hinsicht bekräftigt Brechts Lyrik die Richtigkeit dieses Urteils, jedenfalls was den Autor selbst betrifft. Ein spätes Gedicht, Ruth Berlau gewidmet, wie auch, natürlich, die Biographie weisen zwar auf einschlägige empirische „Schwächen" Brechts. Jenes Gedicht ist sehr kurz und lautet: „*Schwächen*/Du hattest keine/Ich hatte eine:/Ich liebte". Aber weiß man genau, ob damit Brechts „Schwächen" gemeint waren oder ob dies nicht am Ende ein Rollengedicht wie so viele andere ist? (Brecht hätte dann der Frau Worte in den Mund gelegt, die den Vorwurf oder die Klage enthielten, daß er, Brecht, die „Schwäche" der Liebe nicht besitze.)

Immerhin: Das Rollengedicht bliebe auch so ein Liebesgedicht, wenn auch ein karges. Auch trifft zu, daß sich in dem lyrischen Werk Brechts in der Tat Liebesgedichte finden lassen. Elisabeth Hauptmann hat einige für den Insel-Verlag zu einer schönen Anthologie zusammengestellt. Nicht zu leugnen ferner, daß kleinere Dichter als Brecht sich glücklich schätzen müßten, wären ihnen je Liebesgedichte wie die hier gesammelten in den Sinn gekommen. Dennoch: Gemessen an der inneren und äußeren Spannweite des Brechtschen lyrischen Schaffens handelt es sich bei diesen Liebesgedichten doch eher um Nebenarbeiten. Die „Liebe" als große sinnlich-seelische Leidenschaft zwischen den Geschlechtern ist für den Dichter Brecht offenbar kein zentrales Thema gewesen.

Bezeichnend, daß die „Hauspostille", immerhin die Sammlung der Verse eines jungen Schriftstellers, kaum Gedichte aufweist, die man als eigentliche Liebesgedichte bezeichnen möchte, und die meisten, die in Verdacht geraten könnten, welche zu sein, handeln von ganz etwas anderem als der Liebe.

Die Ballade „Von der Kindesmörderin Marie Farrar“, fast an der Spitze jener Sammlung sich befindend, ist gleich ein ernüchternder Auftakt zum Thema Liebe bei Brecht. Das Gedicht befaßt sich nicht mit der Liebe, sondern mit dem Fürchterlichen, zu dem die Liebe werden kann, wenn die Gesellschaft fürchterlich ist. – Die große Elegie „Von der Willfährigkeit der Natur“ beschwört unter anderem Varianten der Sinnlichkeit und die Gefahren, die dem Menschen aus der „Natur“, aus deren wertblinder Torheit, erwachsen: „Und es deckt das tiefe, wollüstige Du eines Weibes/Nachts das Geflenn des erschreckten Vierjährigen zu in der Ecke des Raums./ (. . .) Und wie wogen die Busen der Weiber, an denen einst Kinder gehangen/Wenn durchs Dorf der kriegrische Marsch der Manöverkapelle gellt.“ – Das „Lied der verderbten Unschuld beim Wäschefalten“ zeigt, umgekehrt gewissermaßen, welche Einstellung ein lebenslustiges, sinnliches Mädchen wählen muß, um den Gefahren zu entgehen, die ihr von der christlichen Sexualmoral her drohen. Es geht ums gesellschaftliche Überleben, nicht um die Liebe. – Die „Ballade von der Hanna Cash“ handelt, halb im Spaß, von der lebenslänglichen Treue zweier Gesetzloser, also eigentlich von der Ehe, wenngleich einer ohne Trauschein, und also wiederum nicht von der Liebe. – Die Gedichte „Von den verführten Mädchen“, „Vom ertrunkenen Mädchen“, „Die Ballade vom Liebestod“ (eine Tristan-und-Isolde-Parodie) können nur dann für Liebesgedichte gelten, wenn man Tod und Verwesung für das Eigentliche an der Liebe hält. Die drei Gedichte zählen zur Brechtschen „Wasserpoesie“ jener Jahre, und ihr Thema ist der Untergang, durch dessen Sog ohne viel Schmerz alles dahingerafft wird, rasch vor allem die schönen Gefühle und Leidenschaften zu zweit. (Wo Rimbaud in seiner „Ophélie“[29] noch protestiert gegen den Tod und „l'Infini terrible“, herrscht in Brechts literarischer Replik „Vom ertrunkenen Mädchen“ das große Einverständnis mit dem machtvoll-sanften Geschehen, das „La blanche Ophélia“ in „Aas“ verwandelt.) – Ebenfalls ist das zurecht vielbewunderte Gedicht „Erinnerung an die Marie A.“ ein Gedicht eher von der Vergänglichkeit als von der Liebe, eher von der Wolke hoch oben am Himmel als von dem Mädchen unten am „Pflaumenbaum“. „Und fragst du mich, was mit der Liebe sei?/So sag ich dir: ich kann mich nicht erinnern/ (. . .) Und auch den Kuß, ich hätt ihn längst vergessen/Wenn nicht die Wolke dagewesen wär (. . .)“.

Der junge Brecht, er mag viel geliebt und selbst an der Liebe gelitten haben – zahlreiche Tagebuchaufzeichnungen beweisen es, auch bewegende Gedichte wie „Gesang von einer Geliebten“ und „Gesang von der Frau“ – im allgemeinen jedoch sucht Brecht in seiner Lyrik mit der Liebe „fertig“ zu werden. Den überschwenglichen Empfindungen räumt er die Stelle ein, die ihnen die Wirklichkeit – wie er sie sah und zu sehen wohl Grund hatte – einräumt.

Also negiert Brecht den hohen lyrischen Ton in Liebessachen, die petrarkistische Tradition. Am nachdrücklichsten unternahm er das in den sogenannten „Augsburger Sonetten“, die freilich noch nicht alle veröffentlicht sind. In Anlehnung an Pietro Aretino folgt Brecht zum Teil dem alten, amüsant-vulgären Schema der Hurenbelehrung. „Ratschläge einer älteren Fohse an eine jüngere“, „Über eine alte Fohse“, „Über den Gebrauch gemeiner Wörter“ – Gedichte dieses Titels hatte Brecht für einen Privatdruck vorgesehen.[30]

Daß es sich bei diesen Anti-Sonetten gleichwohl nicht um bloße Parodie, auch nicht nur um die Fiktion jener derben erotischen Poesie handelt, „die das Volk mit naiver Artistik anwendet“, läßt sich den in der Gesamtausgabe enthaltenen Gedichten entnehmen. Es sind zum Teil wohlüberlegte materialistische Gegenentwürfe zur schwärmerisch empfindsamen Liebeslyrik der Tradition: robust-sinnlich in mancher Hinsicht, aber auch zart, menschlich, humorvoll.

Brecht hat – wie gesagt – aus dem Thema kein großes poetisches Engagement gemacht. Doch ansatzweise wird eine historisch-systematisch sich begründende Tendenz erkennbar. – Das Sonett „Über die Gedichte des Dante auf die Beatrice“ umreißt die allgemeine real- und literaturgeschichtliche Richtung, gegen die Brechts Liebesgedichte sich wenden. Brecht greift eine bestimmte Liebesphilosophie der Entsagung samt deren Folgen für den alltäglichen Umgang der Geschlechter miteinander an; mit derber Offenheit heißt es in jenem Gedicht: „Seit dieser [Dante] schon beim bloßen Anblick sang/Gilt, was hübsch aussieht, wenn's die Straße quert/Und was nie naß wird, als begehrenswert“. – Einem gekünstelten Erotik-Ideal, das durch pervertiert-idealistisches Liebesdenken und kapitalistische Marktgesetzlichkeit gleichermaßen erzeugt ist, sucht Brecht – in wesentlich einfacher poetischer Rede – die Möglichkeit einer im Sinnlichen Befriedigung findenden Geschlechterbeziehung entgegenzuhalten. – Insbesondere das Gedicht „Über den Verfall der Liebe“ von ca. 1938 hat programmatischen Charakter. Es erhellt ex post einen prinzipiellen Impuls durchaus auch einiger der frühen

Liebesgedichte. Brecht skizziert in dem großen, pathoshaltigen Gedicht, nicht ohne klassenkämpferisch inspirierte Einseitigkeit, eine Gesellschaftstheorie der Frigidität: „Der Liebesakt/Soll nicht mehr gelingen. Die Vermischung erfolgt noch, aber/Die Umarmung ist eine Umarmung von Ringern. Die Frauen/Haben den Arm zur Abwehr erhoben, während sie/Von ihren Besitzern umfangen werden".

Hypokrite Seelenhaftigkeit und sexuelle Nötigung als obszönes Betriebsgeheimnis der bürgerlichen Ehe – diese einander ergänzenden Entartungen sind es, die das Brechtsche Liebesgedicht negiert – soweit es erlaubt ist, aus den vorhandenen Beispielen etwas wie dessen Begriff zu konstruieren.

Nicht zu vergessen: der deutsche Kontext, zu dem sich Brechts Schaffen wie so häufig konträr verhält. Eine Eintragung in das Arbeitsjournal vom 8. März 1941 ist für speziell diesen kulturkritischen Aspekt aufschlußreich: „anläßlich DIDEROTS JACQUES LE FATALISTE: auffällig, daß wir in deutschland keinerlei anzeichen einer verfeinerten sinnlichkeit haben! (. . .) die lyrik hat nichts zwischen dem ätherischen, überspannten, immateriellen und der zote der wirtinnenverse (. . .) im mittelalter scheint der einzige kulturträger auf diesem gebiet der klerus gewesen zu sein. der deutsche adel war genußunfähig, das bürgertum dann idealiter puritanisch, dh realiter schweinisch (. . .)".[31]

Einen Ausgleich zwischen Hoch und Niedrig im erotischen Bereich zu schaffen und einer „verfeinerten Sinnlichkeit" poetischen Vorschub zu leisten, das ist offenkundig die Absicht, die Inhalt und Stil einer Reihe Brechtscher Liebesgedichte prägt. Diese Gedichte verdanken ihr Entstehen zum Teil privaten Gelegenheiten. Zum Teil geht es in ihnen, ganz ohne solchen Impuls, darum, ästhetische Möglichkeiten im Blick auf jene Ausgleichsabsicht zu erproben. Bei aller Vielseitigkeit im einzelnen ist eine Tendenz zur Anlehnung an traditionelle lyrische Muster auffällig: Volkstümliche, liedartige Formen insbesondere – als beispielhaft können die vier „Liebeslieder" von 1950 gelten – begegnen relativ häufig; Brecht scheint das „Liebesgedicht" im allgemeinen bewußt in einer alten Stimmung und Farbe zu halten, auf diese Weise signalisierend, daß er da ein Feld bestellte, welches mehr am Rande seiner Aufmerksamkeit und des objektiven geschichtlichen Interesses der Epoche lag.

Reizvoll sind, wie meist bei Brecht, die Tonmischungen. Lieblich, zart im Anschlag ist das „Lied vom kleinen Wind"[32] aus dem Schweyk-Drama. Dabei ist der „Gegenstand" eher eindeutig physiologisch. Das Gedicht spielt auf den „zurückhaltenden“ Liebhaber an, der die Liebesfreude der Frau zu erhöhen versteht: Die Sexualmetapher der „Pflaume“, häufig bei Brecht vorkommend (so auch in der delikaten „Erinnerung an die Marie A.“), beschädigt das graziöse Timbre des Ganzen keineswegs. Der Refrain lautet:

Nimms von den Pflaumen im Herbste
Wo reif zum Pflücken sind
Und haben Furcht vorm mächtigen Sturm
Und Lust aufn kleinen Wind.

So'n kleiner Wind, du spürst ihn kaum
s'ist wie ein sanftes Wiegen.
Die Pflaumen wolln ja so vom Baum
Wolln aufm Boden liegen.

„Das erste Sonett“ von 1933, ähnlich zart und sinnlich-materiell zugleich, zeichnet eine Situation der Trennung zweier, die sich lieben (“wir waren uns gewogen“ heißt es freilich weniger emphatisch im Gedicht). Der Eingangssatz ist scheinbar empfindsam-pathetisch: „Als wir zerfielen einst in DU und ICH (. . .)“. Wie meistern die zwei dieses Schicksal? Die „Fabel“ des Gedichts zeigt eine „materialistische“ Form von Zärtlichkeit und eine ebensolche Methode, gegenseitiger Zuneigung sich zu versichern. Mann und Frau verabreden ein in seiner Bedeutung nur ihnen bekanntes Hüllwort, das ihnen erlaubt, in aller Öffentlichkeit das zu nennen, was ihre Freude ausmacht, und welches besagt: „ich berühre dich“. Das zweite Quartett deutet an, was da genau, wenngleich leider nur im Geist, berührt wird: „Es scheint: solch Redens Freude sei gering/ Denn das Berühren selbst ist unersetzlich/Doch wenigstens wurd ‚sie‘ so unverletzlich/Und aufgespart wie ein gepfändet Ding.“ Ein harmloses Wort, das von den beiden gesprochen wird, und ein weniger harmloses, das sie verschweigen müssen – zwei Wörter, vom Leser des Gedichts nicht vernommen, nicht anwesend, aber doch vorhanden, machen einen wesentlichen sinnlichen oder gar leise obszönen Reiz dieses Liebesgedichts aus. Das Wörtchen „sie“ läßt, je nach Lesart, mehr oder weniger rätseln. Ungeniert und doch nicht plump jedenfalls entrichtet das Gedicht der Sphäre privater erotischer Geheimnisse seinen Tribut.

Das Sonett „Entdeckung an einer jungen Frau“ von etwa 1922 verbindet ebenfalls zwei in traditioneller Liebeslyrik meist getrennte Impulse. Eine nüchtern-prosaische Liebesdarstellung und -auffassung wird vertieft durch eine metaphysisch-existentielle Erfahrung. Plötzliches Bewußtwerden der Vergänglichkeit des Liebespartners facht die schon erloschene Sinnlichkeit des Mannes neu an. „Denn wir vergaßen ganz, daß du vergehst“: So begründet der Mann, der zum Fortgehen schon entschlossen war, der Frau gegenüber seine Absicht, „noch eine Nacht“ zu bleiben; und er fügt für den Leser, dem er in Sonett-Form die kleine Geschichte erzählt, hinzu: „Und es verschlug Begierde mir die Stimme“. Der Vorgang wird vom Dichter bis zum Ende hin in dem Anekdotischen belassen, in dessen Sphäre die Liebe sich hier abspielt. Mit keinem Wort ist von Schwüren die Rede, die etwa nach der jähen Erkenntnis vom Wesen des anderen, das heißt hier: von seiner Sterblichkeit, die prinzipielle Flüchtigkeit des Geschehens aus einer „idealistischen“ Regung heraus zu leugnen und ins Seelenhafte zu überhöhen suchten. Dennoch gewinnt die unumwunden sich mitteilende Sinnlichkeit einen ihr sonst fremden Ernst, fern von trivialem Mitleid: „Da sah ich: eine Strähn in ihrem Haar war grau/Ich konnt mich nicht entschließen mehr zu gehn./Stumm nahm ich ihre Brust (. . .)“. Diese „novella“ wird in den beiden Quartetten des Sonetts vorgestellt und in den folgenden Terzetten auf der „Fabel“-Ebene noch „kommentiert“. Die Nuance patriarchalischer Herablassung, die ein kritischer Leser in der Wendung des Mannes gegen die Frau entdecken mag („Ist's nur noch eine Nacht, will ich noch bleiben/Doch nütze deine Zeit . . .“), wird man dem Realismus-Aspekt des Gedichts zuschlagen dürfen. – Zumal ein solches Sonett erschöpft sich nicht darin, die tradierte hohe Sonett-Form und deren „Philosophie“ zu parodieren. Vielmehr wird hier im „Niedrigen“ selbst durchaus „Hohes“ entdeckt, und das Sonett, wenngleich vom Autor frei behandelt, gewinnt partiell etwas von seiner alten Funktion zurück: ein Thema oder einen Gedanken durch Kunst bedeutend erscheinen zu lassen.

„Das elfte Sonett“ zeigt, daß Brecht gelegentlich allerbanalste Inhalte für einen Ausdruck erotischer Zärtlichkeit zu verwenden vermag. Der Humor dieses Gedichts ist unverkennbar, zumal wenn man sich den Kontrast zum petrarkischen Sonett und seinen Sublimationskünsten vergegenwärtigt. Statt des enthusiastischen Liebhabers, der Umgang mit der Seele der Geliebten pflegt, gewahrt man hier einen umsichtigen Freund oder Ehemann, dessen Sorge, hausväterlich fast, dem geraden Gegenteil gilt: dem „(geliebten) Hintern“. Über solches deftiges Wort im Verein mit der Erwähnung trivialer Dinge wie „dickste Hosen“, „Strümpfe, gut gestrickte“ käme das gewöhnliche Liebesgedicht todsicher zu Fall; ernst oder witzig

– es würde lächerlich oder vulgär erscheinen. Brecht vermeidet das Desaster, ja er feiert einen kleinen Sieg materialistischer Liebesästhetik. Der „Basis" des geliebten weiblichen Körpers wird, was in besserer Lyrik selten der Fall ist, ihr poetisches Recht. Die abschließend mitgeteilte Belehrung, die der besorgte Freund der Freundin zu allen anderen nützlichen Sachen mit auf die Reise in den Winter und in das fremde Land gibt, bewahrt noch einen Funken vom „dialektischen" Genius des klassischen Sonetts:

So zog ich diesmal dich mit Sorgfalt an
Wie ich dich manchmal auszog (viel zu selten!
Ich wünscht, ich hätt das öfter noch getan!)

Mein Anziehn sollt dir wie ein Ausziehn gelten! (. . .)

Bisweilen leistet sich der erotische Poet Brecht in der Darstellung sinnlichen Liebesgefühls einen unbefangen patriarchalischen Ausdruck. – Wird in dem Gedicht „Empfehlung eines langen, weiten Rocks" (1944/1945) die Frau zum „Objekt männlicher Lust" gemacht? – In der Tat: Wäre das Gedicht so ernst gemeint, wie es im Spaße scheint, könnte der Gestus anstößig wirken. Doch liegt einiger Humor in der Art, wie jener sich hier zur Schau stellt. Unprüde Zustimmung der „Belehrten" zur gemeinsam zu genießenden Lust könnte als die gewissermaßen emanzipatorische Grundlage dafür angenommen werden, daß der Mann hier die Rolle des sinnlichen Faust, die Frau die des gehorsamen Gretchen spielt. – Brecht hat „Vergnügen" in jeder Form gefordert. Er war, was das betrifft, kein deutscher Doktrinär, abhold den greifbaren Lebensgenüssen. Die sinnliche Ungezwungenheit einiger seiner Liebesgedichte sollte auch als eine Art Gegenentwurf zur „Ästhetik" des teutonischen Alltags gelesen werden, die vieles wahrnimmt, nur meist den Körper nicht.

Empfehlung eines langen, weiten Rocks

Und wähl den bäuerlichen weiten Rock
Bei dem ich listig auf die Länge dränge:
Ihn aufzuheben in der ganzen Länge
An Schenkeln hoch und Hintern, gibt den Schock.
Und wenn du hockst auf unsrer Ottomane
Laß ihn verrutschen, daß in seinem Schatten

Durch den Tabakrauch wichtiger Debatten
Dein Fleisch mich an die gute Nacht gemahne.

Doch sind es nicht nur niedere Gelüste
Die mich nach solchem Rocke schreien lassen:
Du gehst drin schön, wie einst durch Kolchis Gassen
Medea, als den Korb sie meerwärts trug. –
Doch wenn ich keine andern Gründe wüßte:
Wähl solchen Rock! Die niedern sind genug.

Die letzten beiden Zeilen des Gedichts (das trotz der unorthodoxen Reim- und Zeilenanordnung ein Sonett ist) geben sich heiter-unwirsch. Die Erziehung zur weiblichen Reizentfaltung zugunsten des Mannes, der im „Tabakrauch wichtiger Debatten" schon an die Nacht und das „Fleisch" der Freundin oder Frau denkt, kann sich neben den niederen „Gelüsten" gegebenenfalls auch auf die höheren berufen; das Argument interesselosen Wohlgefallens (die Erinnerung an Medeas schönen Gang, „als den Korb sie meerwärts trug") ist zur Begründung, warum der und kein anderer Rock getragen werden solle, durchaus zur Hand. Doch ist dies ein Gedicht im „niederen" Stil; also heißt es am Ende zur Bekräftigung der Anweisung des Anfangs folgerichtig: „Wähl solchen Rock! Die niedern (Gelüste) sind genug". – Unter dem Aspekt weiblicher Befreiung von männlicher Sexualmoral wird der Humor des Gedichts nicht jederfrau erträglich sein. Aus andern Gründen könnte man ebensogut an der Betonung der „bäuerlichen" Beschaffenheit des Rockes etwas auszusetzen haben: Wenn kulinarisch gedichtet werden sollte, war es nötig, um jeden Preis eine „plebejische" Nuance in die Kleider-Ästhetik hineinzubringen? –

Einen dominanten Männer-Gestus, der sich ähnlich humorvoll exponiert wie in dem gerade charakterisierten Gedicht, wählt Brecht in dem Lied „Liebesunterricht", einem der Gedichte aus den „Reisen des Glücksgotts", dem geplanten Theaterstück dieses Titels. Spricht in dem Gedicht auch der „Glücksgott", so spricht merklich doch auch Brecht, wiederum, in didaktischer Ansprache bzw. Verstellung, bemüht um den Ausgleich von Seele und Fleisch, „Tugend" und „Hintern". Was Brecht einst an einer berühmten Ballade Goethes getadelt hatte: den patriarchalischen Anspruch jenes übernatürlichen Kunden, der selbst im Freudenhaus auf wahren Liebesgefühlen bestand („Über Goethes Gedicht ‚Der Gott und die Bajadere'"), das demonstriert er jetzt selbst; fast in der Art „unsrer

Mahadöhs" belehrt er die Mädchen: „Aber, Mädchen, ich empfehle/Etwas Lockung im Gekreisch:/Fleischlich lieb ich mir die Seele/Und beseelt lieb ich das Fleisch./(...) Seit der Gott den Schwan geritten/Wurd es manchem Mädchen bang/Hat sie es auch gern gelitten:/Er bestand auf Schwanensang".

Dergleichen sind Arabesken zum Thema Lebens- und Liebeskunst, reizvolle Mischungen der Töne und Empfindungsweisen, versehen mit einer Prise männlicher Frivolität. Natürlich ist, trotz einer gewissen, nicht nur zur vermutenden Nähe zur privaten Erotik Brechts, der Spiel- und Rollencharakter dieser Gedichte hervorzuheben. Die Reihe ließe sich um das eine oder andere gute Beispiel vermehren. – Das „Sonett Nr. 12 (Vom Liebhaber)" (um 1926/1927) beispielsweise umreißt eine bekannte komisch-burleske Situation: Der Liebhaber betrügt den Freund mit dessen Frau und ist gleichzeitig um die Frau besorgt, wie der Ehemann wohl wäre, wüßte er, was in seinem Haus geschieht. Der Witz des Gedichts ergibt sich zum einen aus dem Ich-Stil: Der „Liebhaber" trägt, Verständnis heischend, dem Leser seine selbsterzeugten Sorgen vor, statt etwa, wie er sollte, Reue über seine Missetat zu äußern; zum andern wirkt gerade hier das Sonett pikant durch die Art, wie das promiske Geschehen und die primitive Redeweise (z. B. „Das ist es, was mich schlaucht") dem Ethos der Form widersprechen. Allerdings – der Leser sieht auch ein, wie „anstrengend" es offenbar ist, „böse" zu sein, und wie rasch die Sünder sich den Braven anscheinend annähern müssen. –

Das Durchsehen der knappen Menge Brechtscher Liebesgedichte bringt unversehens einen doch nicht unbeträchtlichen Reichtum an Formen und Einfällen vor den Blick. Die Tendenz dieser Poesie, soweit erkennbar, geht im wesentlichen auf eine realistische Betrachtung, die dem Thema Sinnlichkeit und den sozialen Verhältnissen, in denen sie sich manifestiert, Raum gibt. Grundsätzlich sucht Brecht die „Liebe" ans Menschliche zu binden. Die rein obszöne Perspektive, die den Sinnengenuß aus der systematisch vertieften Entfremdung zwischen den Geschlechtern hervorgehen läßt, fehlt ebenso wie der Ton spirituellen Enthusiasmus. Auffallend, wie häufig Brecht die Vergänglichkeit der Liebe als bloßen Gefühls betont. Jene Anknüpfung an das Menschliche, das der Liebe Bestand verleihen soll, vermittelt sich bei Brecht letztlich über den Begriff der Arbeit.

Schon „Das fünfte Sonett", das Kritik übt am Verhalten von Frauen, die sich vielen Käufern anbieten, um dadurch ihren Preis hochzutreiben, weist, im Ton derb, in der Sache eher streng, in diese Richtung: „Möglich, daß sie ihn durch Entweichen hält/Doch es verführt ihn mehr, daß sie ihn braucht!“ – Das „Sonett Nr. 19“ arbeitet das Motiv des Brauchens und Gebrauchtwerdens dann fast mit Vehemenz heraus. Sittlich rigorose Formen wie „Du bist mir beigesellt als meine Wacht“, „Der Dienst wird nicht gestrichen, nur gestundet“ lassen deutlich erkennen, daß für Brecht jenes „Brauchen“ seinen Sinn in der objektiven Sache hatte, welche Mann und Frau gemeinsam vertreten. – In dem kleinen Gedichtzyklus „Nach dem Tod meiner Mitarbeiterin M.S.“ tritt der mehr-als-subjektive, dauernde Aspekt der nach Meinung Brechts wahren Liebesbindung besonders eindrucksvoll hervor – am bezeichnendsten wohl in der dritten Versabteilung, wo der letzte Liebesdienst, den der Mann der sterbenden Frau erweist, darin besteht, sie mit Aufträgen zu überhäufen, damit sie darüber den Tod vergißt.

Die Derbheit mancher Sonette und Lieder, die herbe, keusche Menschlichkeit der späten, dem Andenken Margarete Steffins gewidmeten Gedichte, die durchaus Liebesgedichte sind, wenngleich in Gestalt einer Totenklage – sie muß man der ätherischen Schönheit des Gedichts „Die Liebenden“ entgegenhalten, jenes Gedichts in Terzinen aus der „Mahagonny“-Oper, einer Variation in hohem Stil über das schon in der „Hauspostille“ – dort freilich in grotesker Manier – intonierte Thema des Liebestodes („Die Ballade vom Liebestod“). Zwischen diesen Positionen und in diesem keineswegs spannungsfreien Feld spielen die ästhetischen Möglichkeiten Brechtscher Liebeslyrik.

Vielleicht bringt das Gedicht „Die Liebenden“ von allen Liebesgedichten Brechts am stärksten eine in Form und Inhalt der Verse verankerte kritische Reflexion auf den Begriff der romantisch-subjektiven, „absoluten“ Liebe zur Geltung.

Die Liebenden

Sieh jene Kraniche in großem Bogen!
Die Wolken, welche ihnen beigegeben
Zogen mit ihnen schon, als sie entflogen
Aus einem Leben in ein andres Leben.
In gleicher Höhe und mit gleicher Eile
Scheinen sie alle beide nur daneben.
Daß so der Kranich mit der Wolke teile
Den schönen Himmel, den sie kurz befliegen
Daß also keines länger hier verweile

Und keines andres sehe als das Wiegen
Des andern in dem Wind, den beide spüren
Die jetzt im Fluge beieinander liegen
So mag der Wind sie in das Nichts entführren
Wenn sie nur nicht vergehen und sich bleiben
So lange kann sie beide nichts berühren
So lange kann man sie von jedem Ort vertreiben
Wo Regen drohen oder Schüsse schallen.
So unter Sonn und Monds wenig verschiedenen Scheiben
Fliegen sie hin, einander ganz verfallen.
Wohin, ihr? – Nirgend hin. – Von wem davon? – Von allen.
Ihr fragt, wie lange sind sie schon beisammen?
Seit kurzem. – Und wann werden sie sich trennen? – Bald.
So scheint die Liebe Liebenden ein Halt.

Nicht nur ist der hohe Ton europäischer Liebeslyrik von Dante und Petrarca bis zu Baudelaire und Rilke in der äußeren Gestalt dieser Verse bewahrt und zugleich verneint. Auch durch die „Aussage“ selbst, durch die Folge der Bilder, Empfindungen, Vorstellungen – und nicht erst durch das sentenzhaft-deutliche Ende – wird die weltvergessene, träumerisch um sich selbst kreisende erotische Leidenschaft (Baudelaires „délire parallèle“[33]) in eins mit der Bloßstellung ihrer Nichtigkeit beschworen. – Das Deutsche kennt das Wort „Verfallensein“. Es bezeichnet das doppelte Wesen jener Leidenschaft: als extreme Begierde, die einen Menschen zu einem anderen treibt, und als ebenso extreme Haltlosigkeit einer auf bodenlosem Grund errichteten Beziehung. In Formulierungen und selbst Rhythmen, die den Eindruck der Ambivalenz hervorrufen, bildet Brecht solches Einander-Verfallensein ab. Schon der erste Satz zeigt doppelsinnig eine Pathos-Gebärde mitsamt deren kritischer Aufhebung; „in großem Bogen“ – diese Wendung, die das Deutsche häufig in pejorativem Sinn gebraucht, rückt die „hohe“ Liebe, welche durch die Kraniche mit der Wolke „daneben“ symbolisiert wird, in ein fragwürdiges, ja leise komisches Licht. Das angeblich höchste Schöne ersteht in diesen seltsam schwankenden, zugleich fließenden und stagnierenden Terzinen als das „sinnliche Scheinen“ nicht der (Hegelschen) „Idee“, sondern einer bürgerlichen – Ideologie. Ein hintergründiger Humor ist da am Werk, der das Sublime auf sublime Weise destruiert. Nicht bloß der dramaturgische Kontext kritisiert das Gedicht – in der Oper ist es Teil einer drastischen Bordellszene – das Gedicht kritisiert sich selbst.

Freundlichkeit, nicht Liebe ist der für Brechts Humanismus entscheidende positive Begriff. Freundlichkeit, Freundschaft, Solidarität – solche Begriffe überformen in seinem Schaffen mehr und mehr den der Liebe. Sie suchen deren flüchtiges Wesen, ob spirituell-enthusiastischer, ob sinnlich-sexueller Art, in einem Zusammenhang produktiver Tätigkeit zu befestigen.

In der „Hauspostille", in der bezeichnenderweise kein großes „Liebesgedicht" vorkommt (die Verse der „Erinnerung an die Marie A." sprechen weniger von der Liebe als von deren Unmöglichkeit), findet sich doch eine „Ballade von der Freundschaft". Das scheint symptomatisch für die Brecht-Tendenz.

Der Ton der Ballade ist zum Teil grotesk, die Empfindungsweise aber im Kern ernst, ja enthusiastisch. Die selbstverständliche Innigkeit der Beziehung, in welcher keiner den anderen zum Objekt macht, beide aber auch nicht in eins empfindsam verschmelzen, spricht aus der scheinbar rüden Wendung: „Und sie liebten sich und sahn nicht hin". („Und auch später, wenn die Zähne ihnen/Aus den Kiefern fieln, sie sahen nicht hin"). Das Gedicht betont nicht das Vergessen (wie „Erinnerung an die Marie A."), sondern das Nicht-vergessen-Können. Als die Freunde – wie kann es in der Ballade anders sein – durch ein unerklärliches Geschick getrennt werden (der eine fährt davon, der andere bleibt, angebunden an einen Baum, auf einsamer Insel zurück), da heißt es:

Aber jener, in vielen Wochen
Auf dem Meer, bei der Frau, im Gesträuch:
Es verblassen viele Himmel
Doch der Mann am Baum wird nicht bleich:
Die Gespräche in den Sternennächten
Arm in Arm und rauchend, Knie an Knien
  Die sie stets vereint, in vielen Nächten
  Und auch: wenn die Sonne schien.

Die Balladenform besorgt hier nicht, wie sonst oft bei Brecht, die Ironisierung (Historisierung) des Themas; sie relativiert nicht den „erhabenen" Gegenstand; vielmehr dient sie dessen ästhetischer Ermöglichung. Freundschaft, eine in moderner Literatur eher in Mißkredit geratene Empfindungsweise – das 18. Jahrhundert noch kennt sie als großen Gegenstand des lyrischen genus sublime – wird von Brecht in Distanz gerückt, damit er sie der Gegenwart wieder näherbringen kann.

Dies weist in die kommende Entwicklung, voraus auf die Versuche Brechts, für menschliche Beziehungen positiver und neuer Art eine positive und neue dichterische Sprache zu finden. In einem auf Lust am Untergang fixierten Literaturzusammenhang ein ästhetisches Unterfangen der schwierigsten Art! Die „Liebe“ geht bei diesen ästhetischen und nicht nur ästhetischen Veränderungen in neuen Begriffen auf. Allerdings – auch später sollte es immer wieder Gelegenheiten für Brecht geben, sich bei einem älteren Begriff von Liebe poetisch gewissermaßen zu entspannen.

6. „LITURGIE VOM HAUCH“: VOLKSTÜMLICHKEIT ALS REZEPTIONSÄSTHETISCHES PROBLEM

Brecht übt in vielen, den meisten Gedichten der „Hauspostille“, oft mit der Geste heiteren Rückblicks auf ganz oder beinah Vergangenes, Kritik an den Grundlagen der damals (und partiell heute noch) bestehenden Gesellschaft.

In diesem Vorgriff auf einen Sieg, der imgrunde noch zu erkämpfen war, liegt das spezifisch anarchische Moment der Jugendlyrik Brechts. Das uneingestandene Wissen, daß die eigene Kritik zu allgemein sein könne, daß sie neben den historischen, veränderbaren, bürgerlichen Verhältnissen zugleich die menschlichen Verhältnisse schlechthin, die nicht veränderbaren, treffe, dürfte Ursache dafür sein, daß die lyrische Grundlagenkritik des jungen Brecht gelegentlich auch den Ton einer Verzweiflung erzeugt, die nicht immer so komisch ist, wie der Autor glauben machen möchte; das Gedicht „Vom Mitmensch“ z. B. läßt einen solchen Ton zwischen den Zeilen vernehmbar werden.

Andererseits meldet sich in der „Hauspostille“ aber auch schon eine politisch konkretere Reflexion, mit welcher jener Brecht sich ankündigt, der als Prinzip auch der Lyrik „eingreifendes Denken“[34] geltend machen sollte: ein Denken also, das negative Erscheinungsweisen der zeitgenössischen Gesellschaft nicht abstrakt, sondern bestimmt, ins Einzelne gehend, schmerzhaft für die Betroffenen verneint.

Die „Legende vom toten Soldaten“ (geschrieben 1918, noch während des Kriegs), eine Antikriegssatire, und die „Liturgie vom Hauch“ (1924) sind für den im engeren Sinn politischen Aspekt der damaligen Dichtung Brechts charakteristisch.

Dabei ergibt zumal der Blick auf die „Liturgie vom Hauch“ einen Anlaß, das hier erstmals akut sich stellende Problem des Adressaten und der Art und Weise, wie er mit politischer Lyrik erreicht werden soll, zu errörtern. Schon damals, in der „Hauspostillen“-Phase, taucht die rezeptionsästhetisch wichtige Frage der „Volkstümlichkeit“ auf. Es ist eine in allen Diskussionen über politische, insbesondere „sozialistische" Dichtung zentrale Frage; und es handelt sich um ein Brecht-Problem ersten Ranges, das der kritischen Diskussion objektiv viel mehr ausgesetzt ist, als im allgemeinen zugegeben wird.

Liturgie vom Hauch

1

Einst kam ein altes Weib einher

2

Die hatte kein Brot zum Essen mehr

3

Das Brot, das fraß das Militär

4

Da fiel sie in die Goss', die war kalte

5

Da hatte sie keinen Hunger mehr.

6

Darauf schwiegen die Vöglein im Walde
Über allen Wipfeln ist Ruh
In allen Gipfeln spürest du
Kaum einen Hauch

7

Da kam einmal ein Totenarzt einher

8

Der sagte: Die Alte besteht auf ihrem Schein

9

Da grub man die hungrige Alte ein

10

So sagte das alte Weib nichts mehr

11

Nur der Arzt lachte noch über die Alte.

12

Auch die Vöglein schwiegen im Walde
Über allen Wipfeln ist Ruh
In allen Gipfeln spürest du
Kaum einen Hauch.

13

Da kam einmal ein einziger Mann einher

14

Der hatte für die Ordnung keinen Sinn

15

Der fand in der Sache einen Haken drin

16

Der war eine Art Freund für die Alte

17

Der sagte, ein Mensch müsse essen können, bitte sehr –

18

Darauf schwiegen die Vöglein im Walde
Über allen Wipfeln ist Ruh
In allen Gipfeln spürest du
Kaum einen Hauch.

19

Da kam mit einemmal ein Kommissar einher

20

Der hatte einen Gummiknüppel dabei

21

Und zerklopfte dem Mann seinen Hinterkopf zu Brei

22

Und da sagte auch dieser Mann nichts mehr

23

Doch der Kommissar sagte, daß es schallte:

24

Und jetzt schweigen die Vöglein im Walde
Über allen Wipfeln ist Ruh
In allen Gipfeln spürest du
Kaum einen Hauch.

25

Da kamen einmal drei bärtige Männer einher

26

Die sagten, das sei nicht eines einzigen Mannes Sache
allein.

27

Und sie sagten es so lang, bis es knallte

28

Aber dann krochen Maden durch ihr Fleisch in ihr Bein

29

Da sagten die bärtigen Männer nichts mehr.

30

Darauf schwiegen die Vöglein im Walde
Über allen Wipfeln ist Ruh
In allen Gipfeln spürest du
Kaum einen Hauch.

31

Da kamen mit einemmal viele Männer einher

32

Die wollten einmal reden mit dem Militär

33

Doch das Militär redete mit dem Maschinengewehr

34

Und da sagten alle die Männer nichts mehr.

35

Doch sie hatten auf der Stirn noch eine Falte.

36

Darauf schwiegen die Vöglein im Walde
Über allen Wipfeln ist Ruh
In allen Gipfeln spürest du
Kaum einen Hauch.

37

Da kam einmal ein großer roter Bär einher

38

Der wußte nichts von den Bräuchen hier, das brauchte er nicht als Bär.

39

Doch er war nicht von gestern und ging nicht auf jeden Teer

40

Und der fraß die Vöglein im Walde.

41

Da schwiegen die Vöglein nicht mehr
Über allen Wipfeln ist Unruh
In allen Gipfeln spürest du
Jetzt einen Hauch.

Brecht arbeitet in der „Liturgie vom Hauch" mit einem harten Kontrast. Da ist einmal der epische „Bericht" von sich steigernder Gewalttätigkeit: In einer Zeit, da bereits Hunger herrscht, unterdrücken die Mächtigen im Land jede Regung des Widerstands; ultima ratio ist der Einsatz des Militärs; das „redete mit dem Maschinengewehr". Diesem erzählerischen Teil, welcher Handlung vergegenwärtigt, wird ein Refrain, also im Gegensatz zum sich verändernden Handlungsteil eine (relativ) konstante „lyrische" Größe, entgegengesetzt. Brecht bedient sich der bekannten Verse Goethes: „Über allen Gipfeln/Ist Ruh,/In allen Wipfeln/Spürest du/Kaum einen Hauch;/Die Vögelein schweigen im Walde./Warte nur, balde/Ruhest du auch."

Auf den Wechsel zwischen Bericht und Refrain spielt der Titel „Liturgie" an. Wie in der Meßhandlung der katholischen Kirche der Priester- und der Gemeinde-Gesang im Wechsel einem rituell festgelegten Schema folgen, so – dies suggeriert der Titel – gibt es auch ein Ritual, in welchem materielle Gewalt und jene „Vöglein" aufeinander eingestimmt sind, ohne daß je sich etwas ändern darf; man spürt bestenfalls einen „Hauch" („Liturgie vom Hauch"). Vorausgesetzt natürlich, es kommt nicht einmal „ein großer roter Bär" daher.

Das Gedicht richtet sich mit den berühmten Versen des Refrains nicht so sehr gegen Goethe und die Klassik als gegen eine bestimmte korrumpierende und korrumpierte Klassik-Rezeption. Darüber hinaus greift es die opportunistischen „Kulturträger" und pseudoidealistischen Intellektuellen an (später heißen sie bei Brecht die „Tuis"), die an der humanistischen Substanz des Erbes so wenig mehr teilhatten, daß sie – als Hitler und seinesgleichen auf der Szenerie der Weimarer Republik erschienen – scharenweise zu ihm überliefen. Diese Gruppe fataler Zeitgenossen, ein Typus, der bei wechselnder politischer Maskierung bis heute lebendig geblieben ist, dürfte unter den „Vöglein im Walde" zu verstehen sein.

Ein satirisches Mittel gebraucht Brecht, indem er absichtsvoll falsch zitiert: Die Substantive „Gipfel“ und „Wipfel“ des Goethe-Gedichts vertauschen ihre Positionen; die Zeile mit den „Vöglein im Walde“ rückt an den Anfang; anderes entfällt ganz. Ein Automatismus im Umgang mit klassischem Kulturgut im allgemeinen und Goethe-Versen im besonderen wird auffällig gemacht, indem er gestört wird. Ein besonders wirkungsvoller Kunstgriff liegt in der Veränderung der temporalen Struktur. Das Präsens mit seiner Befähigung, gegebenenfalls zeitlose Stimmung, ruhige Gegenwart auszudrücken, wird durch Präteritum ersetzt. Eine Episierung findet statt, derart, daß das Geschehen im Refrain in das des Handlungsteils einbezogen wird.[35] Dies geschieht etwa durch ein einleitendes „Darauf“ oder „Da“ oder ein „Auch“ („Darauf schwiegen die Vöglein im Walde“, „Auch die Vöglein schwiegen im Walde“). Scheinbar zeitlose klassische Wahrheit wird „pragmatisch“ umfunktioniert, d. h. sie wird in einen Handlungskontext eingebracht; sie erscheint als ein Teil geschichtlicher Komplizität.

Doch ist die Perspektive des Gedichts nicht fatalistisch. Am Ende geschieht etwas, was das fragwürdige Einverständnis zwischen Gewalt und Geist, was die „Liturgie“ stört. Wie am Schluß des Gedichts „Das Schiff“, welches der „Liturgie“ unmittelbar vorausgeht, das verkommene Floß „Stumm und dick auf den erbleichten Himmel“ losfährt, so erscheint nunmehr ein „großer roter Bär“. Er frißt die Vöglein, worauf erstmals allgemeine Unruhe entsteht. Die letzte Strophe soll offenbar wie eine Fanfare tönen: „In allen Gipfeln spürest du/Jetzt einen Hauch“. Das Präsens ist an dieser Stelle Präsens im pointierten Sinne. Es signalisiert stürmische Gegenwart, Aufbruch. Wieder werden die Goethe-Verse gebraucht. Aber von ihrem Sinn und ihrer Bedeutung ist nichts übriggeblieben.

Was besagt dieses Ende des Gedichts? Der „rote große Bär“ dürfte auf die russische Oktoberrevolution anspielen. Doch ist die materielle politische Revolution nicht das eigentliche Thema des Gedichts. Nicht um Umwälzung im allgemeinen geht es hier, sondern um eine Änderung in der Beziehung zwischen Herrschaft und Kultur, Geist (den „Vöglein“). Der Impetus des Gedichts ist „kulturrevolutionärer“ Art: Durch gewalttätigen Angriff auf eine Kultur, die keinen „Gebrauchswert“ mehr hat, außer dem, positive Gebrauchswerte zu verhindern, soll eine Bewußtseinsveränderung geschaffen werden.

Ob der junge Brecht, indem er hier den „Bär“ auf die „Vöglein“ ansetzt, möglicherweise dem Irrtum einer „idealistischen“ Überschätzung der gesellschaftsverändernden Möglichkeiten kultureller Praxis erlegen sei, der Frage soll im Augenblick nicht nachgegangen werden. Die poetische Methode und ihre rezeptionsästhetischen Implikationen interessieren.

Es fällt ins Auge, daß Brecht, obwohl beim aktuellen politischen Geschehen (im Deutschland der Weimarer Republik) sich engagierend, hier jede direkte, kämpferisch-appellative Gebärde vermeidet. Dies ist weder expressionistische Oh-Mensch-Lyrik (ihre Zeit ist 1924 freilich auch vorbei) noch ist es „operationelle" Dichtung, die auf eine bestimmte Aktion dränge (und die Zeit war für diesen Typus allerdings eben damals gekommen). Der ästhetische Ansatz der „Liturgie vom Hauch" ist insofern in gewisser Weise bereits für die Methode in Brechts späterer politischer Lyrik charakteristisch. Diese umfaßt zwar höchst mannigfaltige Erscheinungen. Die Art jedoch, wie in ihr „eingreifendes Denken" wirksam wird, ist im allgemeinen nicht die des „operationellen" Genres. Meist werden eine Haltung der Distanz, ein reflexives Element spürbar, die auch leichte Brecht-Gedichte als nicht leicht erscheinen lassen und durch die selbst eindeutige politische Absichten mit der Herausarbeitung von Widersprüchen verbunden zu werden pflegen.

Einen scharfen Widerspruch, nämlich zwischen Gummiknüppel und „Vöglein im Walde", zwischen einer Art barbarischem politischen Kasperletheater und „schönen" Versen, arbeitet das Gedicht systematisch heraus. Zugleich erscheinen die Pole einander genähert; die Extreme schlagen ineinander um. Hohes und Niederes werden miteinander „verglichen"; tertium comparationis ist, überraschenderweise, die Gewalt. Das ist freilich ein Vorgang, der bis zu einem gewissen Grad doch wiederum rätselhaft bleibt. Das Gedicht löst seine Spannung nicht totaliter auf; da bleibt etwas, was zum Nachdenken reizt.

Das Gedicht hat auch einen gewissen Humor. Der große rote Bär verbreitet nicht Angst und Schrecken wie das Tier der Apokalypse. Er ist ein bißchen ein Märchenbär, also nicht hundertprozentig zum Fürchten. – Mit einem witzigen Paradoxon überdies schließt das Gedicht. Der Bär „fraß die Vöglein im Walde", heißt es. Was aber ist die Folge? „Da schwiegen die Vöglein nicht mehr/Über allen Wipfeln ist Unruh." Das ist weder von der puren Logik des Vorgangs noch unter dem Aspekt der Anspielung leicht zu verstehen; auch da gibt es also etwas zu rätseln.

Das Gedicht hat immer die Philologen sehr interessiert (Rotermund[36], Heselhaus[37]). Also in gewisser Weise die im Gedicht genannten „Vöglein“? Hat es aber auch die im Gedicht betroffenen kleinen Leute und ihresgleichen interessiert? – Die Sprache des Gedichts ist einfach. Jeder kann den Text „verstehen“. Doch ist die Sprache nicht nur einfach, sie ist auch – wenngleich auf kunstvolle Art – grob. Inhumanes wird auf wiederum (scheinbar) inhumane Weise vergegenwärtigt. Das unzweifelbare politische Engagement des Autors verbindet sich mit einer Poetik provokanter „Interesselosigkeit“. Das ist reizvoll. Auch spricht ja einiges dafür, rohe Gewalt nicht durch feinen, sondern plumpen Stil zu bekämpfen. Aber wird ein solcher Kalkül vom „Mann auf der Straße“ richtig eingeschätzt und verstanden? Hat der Autor den Bewußtseinsstand und vor allem das Gemütsleben des Adressaten genügend berücksichtigt? Ist nicht die Operation, die mit den Goethe-Versen angestellt wird, bei aller Derbheit doch zu artistisch, setzt sie nicht „Bildung“ voraus? Kurz: Haben wir es bei Brechts „Liturgie vom Hauch“ mit einem literarischen Produkt zu tun, das wie die antibourgeoise Bourgeoisie-Kunst der dadaistischen Kabaretts mit der Sphäre des Bürgertums eisern verklammert bleibt?

In der Tat: Die in „Liturgie vom Hauch“ angewandte ästhetische Strategie der Reduktion von Stil und Inhalt, durch die der Autor das „Volk“, den „Proleten“ erreichen möchte (will er es aber wirklich?) – diese Strategie hat ein kleinbürgerlich-anarchistisches, revoluzzerhaftes Gepräge. Das Gedicht ist auch und gerade wegen dieser ästhetischen Verkleidung nicht wirklich revolutionär (von der unklaren politischen Bestimmung im Inhaltlichen ganz abgesehen).

Die komplizierte Dialektik der „Volkstümlichkeit“ meldet sich in solchen kritisch fragenden Überlegungen zu dem Gedicht. Die bürgerliche Sphäre zu verlassen, dieses Ziel erreicht offenbar der nicht schon, der ins proletarische, volkstümliche Element (als wäre es kulturell schon vorhanden) hinüberspringt wie in etwas ganz anderes.

Gerade Brecht hat wie kaum ein zweiter „linker“ Autor seiner Epoche die Bedeutung dieses Problems erkannt. Das darstellungs- und wirkungsästhetische Prinzip der Brechtschen Poetik beruht im allgemeinen auf der Einsicht, daß der zu bewerkstelligende Aufstieg zu einer sozialistisch engagierten Kunst durch vorsichtigen Abstieg, durch nicht abreißende Kontakte mit der bürgerlichen Kunst, vorbereitet werden muß. Brechts ästhetische „Formel“ lautete: Das Neue nicht in einer neuen Form und Sprache, auch nicht in einer alten, sondern das Neue in einer dem Alten allmählich sich entwindenden, dem Neuen vorsichtig sich annähernden Form und Sprache.

Die „Liturgie vom Hauch“, obwohl wegen des darin sich manifestierenden politischen Elans sehr zu schätzen (Brecht wächst hier über den fröhlichen „Nihilismus“ der jungen Jahre sichtbar hinaus) – dieses Gedicht scheint angesichts der charakterisierten Problematik und des zu erreichenden Ziels ästhetisch eher bedenklich. Die Crux des Gedichts ist die „plebejische“ Unvermitteltheit. Durch diese wird die zu übermittelnde „Botschaft“ paradoxerweise zurückgeworfen in einen Bereich der künstlerischen und intellektuellen Autonomie, dessen Anspruch auf der inhaltlichen Ebene des Gedichts ausdrücklich verneint wird.

Gegen die doppelte Pression eines forcierten kulturellen Proletarismus und einer kleinbürgerlich-sozialistischen Kunstpraxis hat Brecht seine politische Dichtung in lebenslänglicher Anstrengung durchzusetzen versucht. Man würde Brecht jedoch nicht gerecht, wollte man behaupten, er habe nach einigen Jahren des Experimentierens das Problem ein für alle Mal gelöst. Brecht, der gegen die offizielle Kulturprogrammatik darauf bestand, daß das Volk nicht „tümlich“ sei[38], hatte seinerseits Schwierigkeiten mit der Volkstümlichkeit: nämlich der von ihm angestrebten anderen, echten. Sein Werk kann als der immer neue Anlauf gedeutet werden, der Kategorie der „Volkstümlichkeit“ bei sich und seinem „Publikum“, dem Volk, zum Erfolg zu verhelfen.

Weil dieses Problem der Vermittlung – ein historisch-objektives Problem, das sich aus der Situation des Übergangs zwischen der Herrschaft des „Bürgertums“ und der des „Proletariats“ notwendig ergab – ein schwieriges Problem war, stellt sich ebenfalls Brechts Dichtung, auch und gerade seine Lyrik, als schwierig dar, am meisten vielleicht dort, wo sie einfach scheint.

Die „Liturgie vom Hauch“ zeigt Brechtsche Einfachheit weitgehend noch im Zustand einer ungelösten Dialektik. Die Schwierigkeit dieses Gedichts auf der Grenze zwischen dem „frühen“ und dem „mittleren“ Brecht liegt darin, daß es einerseits zu einfach, andererseits nicht einfach genug ist, und es läßt erkennen, daß auch ein glanzvoll geführter Hieb sein Ziel verfehlen kann, vorausgesetzt, man denkt bei „Ziel“ nicht nur an das Gedicht, sondern auch an die, denen es in diesem Fall offenbar zugedacht war.

7. „MEIN HERZ GEHT ZU SCHNELL“: ASPEKTE EINES TRANSZENDIERENDEN MATERIALISMUS

Brechts „Hauspostille“ wird häufig noch mißverstanden, so als wäre materialistische oder gar hedonistische Selbstzufriedenheit ihr Charakteristikum.

Doch geht es in dieser Verssammlung unterhalb ihrer polemisch-didaktischen Suprastruktur eines auf den Kopf gestellten Erbauungsbuchs um die Herausbildung komplexer Gehalte, für die eine schlichte, alternative Denkweise etwa nach dem Schema einer Transzendenz-Immanenz-Opposition durchaus nicht typisch ist.

Selbst Derbheiten wie die „Historie vom verliebten Schwein Malchus“ sind nicht so derb, wie sie scheinen. Diese Satire über den Mißbrauch des Jenseitsstrebens und die Entwicklung einer autoritären Persönlichkeit greift nicht eigentlich den „Himmel“ bzw. die „Sonne“ (Chiffren für das Absolute) an, sondern das Schwein, dem alles, auch das Höchste zum Schweinischen gerät. Soweit hier - wie auch im „Bericht vom Zeck“ und in der Moritat von der „Vorbildlichen Bekehrung eines Branntweinhändlers“ – Kritik an christlicher Ideologie betrieben wird, geschieht das bereits wie aus weiter Ferne – in literarischen Formen, die sich über sich selbst schon lustig machen.

Daß der christliche Himmel beim jungen Brecht eingestürzt ist, liegt auf der Hand. Interessanter ist die Frage, ob und wieso der Himmel in seiner Lyrik poetisch noch überdauert.

In der Gestalt des Baal („Der Choral vom Manne Baal“) ist das unflätige Schwein Malchus zwar mimisch-gestisch deutlich noch enthalten – solche Transformationen eines „Motivs“ sind häufig in Brechts Lyrik, sie beweisen einen starken Spieltrieb – aber im Gegensatz zu der Art, wie das Schwein Verkehr mit dem Himmel unterhält, ist Baals Beziehung zum Himmel von Ressentiments ganz frei. Fast könnte man von Gottvertrauen sprechen, wäre der Baalsche Himmel wie der Nietzsches nicht absolut leer, höchstens bewohnt von „feisten Geiern“, die „im Sternenhimmel“ auf seinen Leichnam warten.

Gewiß ist das Baal-Gedicht auch Parodie auf den christlichen Choral. Aber ein verschwiegen-leidenschaftliches Element, ein höheres Streben in der niederen Lust kann man darin nicht übersehen:

Und der Himmel blieb in Lust und Kummer da
Auch wenn Baal schlief, selig war und ihn nicht sah:
Nachts er violett und trunken Baal
Baal früh fromm, er aprikosenfahl.

Von Baals Himmel heißt es, daß er „groß und still und fahl/Jung und nackt und ungeheuer wundersam" war. In solchen Epitheta deutet sich immer noch etwas von der – wie die Theologen es nennen – numinosen Qualität des einstigen Himmels an, auch wenn er nunmehr entgöttert und „erbleicht" ist.

In der „Erinnerung an die Marie A." spielt der Himmel samt der geheimnisvollen Wolke – „Sie war sehr weiß und ungeheuer oben" – entschieden eine wichtigere Rolle als die Liebe unter dem Pflaumenbaum unten: „Und auch den Kuß, ich hätt ihn längst vergessen/Wenn nicht die Wolke dagewesen wär." – In der „Ballade von den Abenteurern" heißt es: Er hat „seine ganze Jugend, nur nicht ihre Träume vergessen/Lange das Dach, nie den Himmel, der drüber war".

Das sind nicht nur redensartliche Wendungen. Brechts Materialismus hält früh schon eine „transzendente" Dimension offen, die weder dem Alltagsverstand noch der begriffsblinden, ordinären Sinnlichkeit ohne weiteres zugänglich ist. Hier wird der produktive Einzugsbereich vorbereitet für das spätere differenzierte, dialektische „Denken" Brechts.

Zwischen dem „Land, wo es besser zu leben ist" und das der Abenteurer in der erwähnten Ballade „grinsend und fluchend" sucht, und dem Himmel Baals gibt es in Brechts Hauspostillen-Lyrik eine intime poetische Beziehung.

Auch die „Psalmen" (von 1919/1920), von denen Brecht drei in die Hauspostillen-Fassung letzter Hand (1950 – 1955) aufgenommen hat, sind für den „transzendierenden" Materialismus der frühen Lyrik aufschlußreich. Wie Brechts „Choräle" haben auch die „Psalmen" parodischen Charakter. Nicht nur christliche Gehalte werden in ihnen jedoch zur Disposition gestellt. Auch private Probleme des jungen Brecht und darüber hinaus das Private, Individuelle überhaupt als eine historische Kategorie werden in diesen Gedichten gleichsam aufgelöst: in einer Art Existenzanalyse-Spiel. Obwohl hier manches von bewegender Bekenntnishaftigkeit ist („Lied von meiner Mutter", „Gesang von der Frau"), ist der strukturelle ästhetische Zusammenhang mit den „Balladen", „Moritaten", „Mahagonnygesängen" zu betonen. Entscheidend ist das Offenhalten eines größeren, objektiven Horizonts jenseits einer bloßen subjektiven Reflexion.

In dem Psalm „Gottes Abendlied“ wird „die Qual Bert Brechts, dem es schlecht geht“, mit Betonung an eine untergeordnete Stelle gerückt; das leidende Individuum wird erdrückt durch das, was wirklich Größe symbolisiert: das „Gletschergebrüll des weißen Himalaja, der in seiner eisigen Einsamkeit sich amüsiert“.

Besonders deutlich wird das „transzendierende“ Element der poetischen Reflexion Brechts in dem „Ersten Psalm“, dem konzisesten der Psalmen-Gedichte; es tritt hier in Erscheinung ungeachtet der Tatsache, daß die Leugnung von Transzendenz im herkömmlichen Sinn geradezu Thema des Gedichts ist. Der traditionelle Gestus frommer Lobrede auf die Harmonie der Welt und die Allgegenwart Gottes ist aufgegeben. Aber die Relation zwischen Ich und All, Ich und Gott, eine Relation, deren Nicht-Existenz das Gedicht ausdrücklich hervorhebt, ist strukturell, in der Negation, doch noch vorhanden. Das einstige Seelendrama zwischen den zwei Partnern, von denen der eine verschwunden ist, hat aufgehört, sich im Dialog niederzuschlagen. Aber in dem „Monolog“, den der gottverlassene Mensch mit sich führt, bebt die Intensität jenes Dialogs noch nach. Der extrem nüchterne Stil, selbst die den Versen punktuell aufgesetzten groteskwitzigen Lichter (z. B. „Der warme Wind bemüht sich noch um Zusammenhänge, der Katholik“) können über den verborgenen angespannten Ernst des „Psalms“, der am ehemaligen Begriff des Genres insofern noch teilhat, nicht hinwegtäuschen.

Die letzte, siebte Strophe bilanziert die widersprüchlichen Tendenzen des Gedichts, das auf knappstem Raum ein umfassendes „Chaos“, mimetisch fast, abbildet: die Unendlichkeit ohne einen Gott, der ihren Schrecken mildern könnte; die unbewohnten Räume, in denen Katastrophen lauern („Wir fahren mit großer Geschwindigkeit auf ein Gestirn in der Milchstraße zu“); die diesem Befund widersprechende „große Ruhe in dem Gesicht der Erde“; und die Ungeduld des Menschen, die gegen jene Ruhe wie gegen etwas Fragwürdiges opponiert. – Das Gedicht stellt disparate Erscheinungen kommentarlos nebeneinander. Es ist in hohem Maße „offen“. Wenn es mit der scheinbar lässigen Wendung „Sonst ist alles in Ordnung“ schließt, dementiert es eben diese Aussage und weist über sich hinaus: nicht zwar auf den alten, metaphysisch besetzten Psalmen-Himmel, aber gewiß auch nicht auf die Erde als problemlos zu bewohnende Immanenz.

Das Motiv der Ungeduld („Ich habe keine Geduld“, „Mein Herz geht zu schnell“) zieht sich von hier durch die gesamte Lyrik Brechts. In dem Gedicht „Der Radwechsel“ der späten „Buckower Elegien“

taucht es exemplarisch noch einmal auf. Hier konstatiert das Ich seine „Ungeduld“ angesichts der Untätigkeit, zu welcher es sich durch einen unerwarteten Aufenthalt (gemeint ist der damals durch gesellschaftlichen Systemwechsel erzwungene) verurteilt sieht. Jene Ungeduld ist ein hintergründiges, mit dem schlichten, empirischen Verstand kaum zu begründendes Empfinden. Denn das Ich weiß: „Ich bin nicht gern, wo ich herkomme. Ich bin nicht gern, wo ich hinfahre“, und es verwundert sich deshalb über sich selbst und seinen gegenwärtigen Mangel an Zufriedenheit: „Warum sehe ich den Radwechsel/Mit Ungeduld?“ – Die lyrische Parabel „Der Radwechsel“ von 1953 ist im „Ersten Psalm“ von ca. 1920 keimhaft schon angelegt, wie umgekehrt ein Impuls aus dem „Ersten Psalm“ in dem „Radwechsel“-Gedicht noch bewahrt wird. Die Verbindung nicht nur zu jener Psalm-Parodie aber, sondern auch die zum wirklichen Psalm, in dem der Mensch Berührung mit den mächtigsten Triebkräften seiner „Seele“ sucht, ist in dem kleinen Gedicht im scheinbar chinesischen Stil noch keineswegs abgerissen.

Die These vom „transzendierenden“ Brecht, die helfen kann, ein vulgärmarxistisches Brecht-Verständnis zu korrigieren, könnte schlecht bestehen, ohne daß die eigentliche Probe aufs Exempel gemacht würde: durch eine Analyse des Gedichts „Gegen Verführung“.

Brecht hat dem Leser seiner „Hauspostille“ empfohlen, jede Lektüre in dem Buch mit diesen Versen, dem sogenannten „Schlußkapitel“, zu beenden. Die besondere Bedeutung des Gedichts hat Brecht dadurch bekräftigt.

Das Gedicht, dessen Text in den verschiedenen Sammlungen nicht absolut identisch ist, besitzt eine seltsam komplexe Spannung, die schon Walter Benjamin auffiel[39]. Benjamin bemerkte „zahlreiche Stellen, an denen die Worte labil und locker zum Sinn zusammentreten“. Er verwies auf die „Erschütterung“ als Folge der Erfahrung von der „Kürze des Lebens“, und er fand den Reflex jener „Erschütterung“ auch in entsprechend „schütter(en)“ semantischen und stilistischen Strukturen des Gedichts.

„Gegen Verführung“ – dies meint Warnung vor einer Religiosität, die die Unterdrückten strafend und tröstend aufs Jenseits verweist und sie so erst recht, ohne Hoffnung auf Besserung ihrer wirklichen Verhältnisse, ans Jammertal fesselt. Aber Brecht empfiehlt statt Frömmigkeit nicht umgekehrt den unbekümmerten Lebensgenuß. Mit der zur rhetorischen Floskel verschlissenen Aufforderung „Schlürft es [das Leben] in schnellen Zügen!“ scheint das Gedicht zwar der Carpe-Diem-Philosophie jenes Lyrik-Typus zu folgen, der ohne Umschweife für das Recht auf sinnliche Freuden zu plädieren pflegte. Aber dieses Motiv findet sich hier, täuschend fast, in einem Zusammenhang, der auf beinah entmutigende Weise auf die Flüchtigkeit und Dürftigkeit der irdischen Dinge verweist.

Die erste Strophe könnte, isoliert betrachtet, geradezu als Ermahnung gelesen werden, angesichts knapp bemessener Lebenszeit („Ihr könnt schon Nachtwind spüren") törichten Sinnengenuß tunlichst zu vermeiden. – Die zweite Strophe scheint die Philosophie des Carpe-Diem gleichzeitig zu predigen und zu konterkarieren. Jene Philosophie ließe sich in dem Satz ausdrücken: „Laßt euch nicht betrügen (und sagen), daß Leben wenig ist". Brecht aber dichtet: „Laßt euch nicht betrügen!/Das Leben wenig ist". Aus einem Satzgefüge, das die Aussage des Nebensatzes aus dem Sinn des Hauptsatzes entwickelt, werden bei Brecht zwei Hauptsätze, die einen harten Widerspruch umreißen. – „Es wird euch nicht genügen/Wenn ihr es lassen müßt!" Auch das ist alles andere als eindeutig und scheint, auch hierdurch, nicht unbedingt eine Ermunterung. Ist das Ungenügen des Lebens durch den Gedanken an den Augenblick bestimmt, da man es endgültig lassen muß? Handelt es sich bei dem Satz um eine Prognose (Wer stirbt, wird zumindest dann wissen, daß das Leben nicht viel gewesen ist)? Oder genügt das Leben nicht, wenn (konditional) man – durch verkehrten Jenseitsglauben – gezwungen ist, im Leben immer schon aufs Leben zu verzichten?

Solches Räsonieren am Detail, unangemessen und unmusisch, wie es scheinen mag, erhellt doch, was auch bei raschem Lesen oder bloßem Hören empfunden wird: Gegen eine volksliedhaft-simple Oberfläche setzt sich eine irritierend komplexe Aussagestruktur durch. Zweideutige Redeweise, scheinbare oder tatsächliche Widersprüche (z. B. auch „Das Leben ist am größten:/ Es steht nicht mehr bereit") ergeben wahrlich kein Fundament, um einfache Lebenslust darauf zu gründen. Das Licht eines düsteren puritanischen Rigorismus scheint durch die Zeilen zu flackern. Enthalten nicht die beiden Schlußverse geradezu eine nihilistische, pessimistische Perspektive? „Ihr sterbt mit allen Tieren/Und es kommt nichts nachher."

Das Gedicht entsteht aus einer unruhevollen Spannung zwischen Wenig und Viel, zwischen Schon und Noch-nicht. Brecht unterminiert den vulgären Materialismus, dem der Appell, das Leben „in schnellen Zügen zu schlürfen", gerade recht wäre. Übrigens sagt Brecht – jedenfalls in der Text-Fassung der „Gesammelten Gedichte" – nicht: in „vollen" Zügen, wie die Redensart meist lautet; er scheint selbst noch mit dieser differenzierenden Nuance weniger das Vergnügen betonen zu wollen als die Eile, zu der das Gedicht antreibt.

Die Verse drücken eine intensive, aber gemischte Empfindung aus. Sie vermitteln einen nachwirkenden Impuls, der das Gefühl des Lesers gleichsam gedankenvoll werden läßt und es hindert, sich an bloße Gelegenheiten voreilig zu verschwenden.

Immanenz selbst erscheint als Transzendenz in diesem Gedicht. Zu jener nicht als einer bekannten, sondern einer durchaus noch unbekannten Größe zu „verführen", scheint der eigentliche Sinn des Hauspostillen-„Schlußkapitels" „Gegen Verführung".

8. LYRISCHES GESTARIUM DER WOLFSGESELLSCHAFT: GROSS-STADTPOESIE UND NEGATIVE DIDAKTIK

Schon in der Metaphorik der „Hauspostille" mit ihren Bildern leerer Meere und dschungelhafter Wälder ist zum Teil der Schock spürbar, den die Erfahrung der modernen Großstadt und des in ihr kraß sichtbar werdenden Zustands einer gestörten Gesellschaft in Brechts Gemütsleben ausgelöst hatte. Das letzte Gedicht der „Hauspostille", „Vom armen B. B.", jedoch, das den mythologischen Bann durchbricht, welchen der junge Dichter in seiner Lyrik über jene Erfahrung verhängt hatte, exponiert den verschwiegenen Zusammenhang zwischen der imaginativen Ebene des Zyklus und dessen „realem" Erlebniskern und verweist unverhüllt auf den wahren, eigentlichen Schauplatz, auf dem die „Abenteuer kühner Männer und Frauen in fremden Erdteilen" spielen.

Brechts frühes Großstadt-Erlebnis radikalisierte sich durch die Konfrontation mit der deutschen Großstadt par excellence, Berlin, wohin er 1924 endgültig übersiedelte. Ohne Berücksichtigung der Berlin-Erfahrung ist Brecht überhaupt nicht richtig zu verstehen. In gewisser Weise sind seine Wendung zum Marxismus und sein vehementer Antikapitalismus nichts als erweiterte und vertiefte Berlin-Kritik.

„Ich, Bertolt Brecht, bin aus den schwarzen Wäldern./Meine Mutter trug mich in die Städte hinein/Als ich in ihrem Leibe lag. Und die Kälte der Wälder/Wird in mir bis zu meinem Absterben sein": In diesen Sätzen ist das philosophische Grundschema der Großstadt-Kritik Brechts enthalten. Der Mensch in der „Großstadt" ist von der Natur, vom wahren Menschsein entfremdet. „Kälte der Wälder" – diese Wendung umschreibt bildhaft eine existentielle Verfassung, die zu radikaler Skepsis gegenüber der Großstadt und ihrer Ideologie einer Verheißung besseren menschlichen Lebens befähigt.

Der junge Brecht prophezeit:

> Von diesen Städten wird bleiben: der durch sie hindurchging, der Wind!
> Fröhlich machet das Haus den Esser: er leert es.

Wir wissen, daß wir Vorläufige sind
Und nach uns wird kommen: nichts Nennenswertes.

Ein knappes, epigrammatisches Gedicht der zweiten Lektion („Exerzitien“) der „Hauspostille“ drückt die gleiche Ansicht vom notwendigen Untergang der Städte aus:

Über die Städte

Unter ihnen sind Gossen
In ihnen ist nichts, und über ihnen ist Rauch.
Wir waren drinnen. Wir haben nichts genossen.
Wir vergingen rasch. Und langsam vergehen sie auch.

Der Kunstgriff dieser Zeilen, die bereits auf den späteren Lapidar-Stil Brechts vorausdeuten, ist die verfremdende Historisierung im apodiktischen Stil. Die Städte werden wie aus weiter Ferne betrachtet und wie von einem Zeugen, der späteren Geschlechtern von einer unaufhaltsamen, ja im Grunde schon vollzogenen Katastrophe Bericht erstattet.

Ein Gedicht von etwa 1924 handelt „Von der zermalmenden Wucht der Städte“. Der seitens kapitalistischer Großstadt-Ideologie gefeierte Enthusiasmus des entfesselten Bauens („immer größer, immer schöner“) erscheint in Brechts verfremdender Sicht als eine in angstvoller Panik angetretene Flucht in die Höhe:

(. . .) Plötzlich
Flohen einige in die Luft
Bauend nach oben; andere vom höchsten Hausdach
Warfen ihre Hüte hoch und schrien:
So hoch das nächste!
Aber die Nachfolgenden
Nach gewohnten Daches Verkauf fliehend vor Nachtfrost
Drangen nach und sehen mit Augen des Schellfischs
Die langen Gehäuse
Die nachfolgenden(. . .)

In einigen Städte-Gedichten schlägt Brecht einen moralisierenden Ton an, so in Gedichten, die für eine Bearbeitung des Stücks „Das Ölfeld“ von Leo Lania vorgesehen waren. Da werden Berlin und London mit Sodom und Gomorrha verglichen: „Ihre Sünden waren wie die unseren/Schal und schamlos (. . .)". An anderer Stelle wird die Großstadt als „Hölle der Enttäuscher" „gesehen".

Die Haltung, die Brecht in diesen Gedichten fingiert, ist die des rückwärts gewandten Propheten und Chronisten. Noch in den vierziger Jahren vermag er, hier offenbar im Blick auf die Menschen in der amerikanischen Großstadt, die seherische Attitüde einzunehmen – wobei er ausnahmsweise in den grotesk-„hohen" Stil gewisser später Rilke-Gedichte gerät („Städtische Landschaft"):

Ihr Ausgegabelten aus den Sardinenbüchsen
Einzelne wieder, Pläne eurer Mütter
Zwischen Teller und Lippe, noch einmal
Mit seltsamem Aug, vielleicht einer eigenen Brau!
Triefend vom Öl des Zuspruchs und des Trostes
Der euch frisch hält, etwas flachgedrückt
Mit Bügelfalten, ihr Buchhalter, euch
Suche ich auf, der Städte
Gepriesenen Inhalt!

Wäre Brecht bei der in den erwähnten Gedichten angewandten ästhetischen Methode stehen geblieben, könnte er heute allerdings kaum für einen Großstadtlyriker jenes Formats gelten, das für ihre Zeit ein Baudelaire (z. B. mit „Tableaux parisiens") oder Georg Heym mit Gedichten wie „Umbra Vitae", „Der Gott der Stadt", „Die Dämonen der Stadt" erreicht hatten. „Die Feindseligkeit der großen Stadt, ihre bösartige steinerne Konsistenz, ihre babylonische Sprachverwirrung, kurz: ihre Poesie"[40] – sie waren durch den Stil jener Brecht-Gedichte, so eindrucksvoll sie partiell sind, auf repräsentative Weise nicht zu erfassen.

Mit den Gedichten zu dem geplanten, aber Fragment gebliebenen Zyklus „Aus einem Lesebuch für Städtebewohner"[41] (1925/1926) jedoch hat Brecht einen originellen, neuartigen methodischen Ansatz zur lyrischen Darstellung des Themas entwickelt.

Wie die „Hauspostille" verfolgt auch dieser Zyklus eine didaktische Absicht; sogar dezidierter noch ist das hier der Fall als in dem ersten Werk. Wiederum ist das lyrische Subjekt hinter den Versen verborgen, ist der Sinn der poetischen Mitteilungen nicht ohne weiteres zu erschließen. Auch hat sich die Vielstimmigkeit der „Hauspostille" in dem „Lesebuch" fast noch verstärkt. Das eigentliche historische Objekt, das schon in wesentlichen Teilen der „Hauspostille" zur Debatte stand, wird jetzt freilich direkt ins Auge gefaßt. Es kommt gleichsam selbst zu Wort. Die Entfremdeten der Großstadt öffnen den Mund und reden. Der Leser, der Großstadtmensch, der selbst Entfremdete, gewahrt sich im Zerrspiegel einer Sprache, die seine und doch nicht seine ist.

Brechts Methode im „Lesebuch für Städtebewohner" ist weder „naturalistisch" noch „dokumentarisch". Gerade dieser Zyklus, der von der Brecht-Forschung gelegentlich in den Behaviorismus-Verdacht gebracht worden ist, weist eine bestimmte Strategie auf, er hat sein eigenes Prinzip der Stilisierung.

Geht man bei der Betrachtung des Werks von den literatursoziologischen Kategorien „Basis" (das ist: der tatsächlichen ökonomischen Verfassung der Großstadt-Gesellschaft) und Ideologie (das ist: der Art und Weise, wie sich jene Verfassung, wie sich die gesellschaftliche „Produktionsweise" im Bewußtsein der Menschen spiegelt) aus, dann erkennt man, daß Brechts Verfahren in dem „Lesebuch" darauf hinausläuft, die Wahrheit des falschen Bewußtseins dieser Gesellschaft, ihren hinter der ideologischen Peripherie versteckten ideologischen Kern zum Vorschein zu bringen. Hierbei wird die ästhetische Illusion erzeugt, jenes innerste falsche Bewußtsein teile sich dem Leser unmittelbar mit.

Falsches Bewußtsein verbirgt sich meist vor den anderen und vor sich selbst hinter schönen, angenehmen „Wahrheiten". Selten gesteht es sich selbst ein, was mit ihm los ist; es offenbart sich seine eigene Negativität nicht. Tut es dies, ist es, ohne deshalb schon wahres Bewußtsein zu werden, einen Schritt in der Selbsterkenntnis weiter.

Es ist dieser Schritt, der in den Gedichten des „Lesebuchs" vom Autor „vorgemacht" wird. Brecht demaskiert das falsche Bewußtsein und leistet damit, wozu dieses selbst im allgemeinen nicht fähig ist. Durch einen Akt der Verfremdung verhilft der Autor ihm zu der Chance, vor sich selbst zu erschrecken oder zumindest durch sich selbst aufgestört zu werden. Radikal sich offenbarende Negativität (Ideologie) als mögliches Mittel zur Gewinnung von Positivität (wahrem Bewußtsein) – das ist die Methode negativer, der Ironie verwandter Didaktik, die Brecht im „Lesebuch für Städtebewohner" anwendet, ausgenommenn einige, eine andere Tendenz ankündigende Verse in den sogenannten „Zum Lesebuch für Städtebewohner gehörigen Gedichten" (z. B. Nr. 17, Nr. 18, Nr. 20, Nr. 21).

Unter diesem Gesichtswinkel muß das Eingangsgedicht des Zyklus gelesen werden.

Verwisch die Spuren

Trenne dich von deinen Kameraden auf dem Bahnhof
Gehe am Morgen in die Stadt mit zugeknöpfter Jacke
Suche dir Quartier, und wenn dein Kamerad anklopft:
Öffne, oh, öffne die Tür nicht
Sondern
Verwisch die Spuren!

Wenn du deinen Eltern begegnest in der Stadt Hamburg oder sonstwo
Gehe an ihnen fremd vorbei, biege um die Ecke, erkenne sie nicht
Zieh den Hut ins Gesicht, den sie dir schenkten
Zeige, oh, zeige dein Gesicht nicht
Sondern
Verwisch die Spuren!

Iß das Fleisch, das da ist! Spare nicht!
Gehe in jedes Haus, wenn es regnet, und setze dich auf jeden Stuhl, der da ist

Aber bleibe nicht sitzen! Und vergiß deinen Hut nicht!
Ich sage dir:
Verwisch die Spuren!

Was immer du sagst, sag es nicht zweimal
Findest du deinen Gedanken bei einem andern: verleugne ihn.
Wer seine Unterschrift nicht gegeben hat, wer kein Bild hinterließ
Wer nicht dabei war, wer nichts gesagt hat
Wie soll der zu fassen sein!
Verwisch die Spuren!

Sorge, wenn du zu sterben gedenkst
Daß kein Grabmal steht und verrät, wo du liegst
Mit einer deutlichen Schrift, die dich anzeigt
Und dem Jahr deines Todes, das dich überführt!
Noch einmal:
Verwisch die Spuren!

(Das wurde mir gelehrt.)

Die fiktive Stimme dieses Gedichts, eindringlich durch Kraft der Versinnlichung und Intensität des Tons – redet sie zu sich selbst oder redet sie zu den Städtebewohnern? Es ist jedenfalls eine ungewöhnliche Stimme, und es ist eine ungewöhnliche Offenheit, mit welcher sie spricht. Nimmt man an, hier teile ein Städtebewohner, etwa einer, der sich auskennt, einem anderen, vielleicht einem „Neukömmling", eine für ihn brauchbare, vielleicht lebenswichtige Wahrheit mit, dann erkennt man, daß jene Stimme in einen fundamentalen Selbstwiderspruch verwickelt ist.

Der Rat „Trenne dich von deinen Kameraden" erweist sich dann selbst als der Gegenbeweis zu der in jenem Rat enthaltenen Anleitung für angeblich richtiges Verhalten in der Großstadt. Der jedenfalls, der da spricht, hätte, weil er so spricht, wie er spricht, sich von den „Kameraden" doch noch nicht ganz abgetrennt, seine eigene Lehre leugnend.

Obwohl hier also jemand mit geradezu sittlicher Kraft über sein eigenes Interesse hinwegzuspringen scheint, teilt er, subjektiv ehrlich, dennoch eine objektiv falsche „Wahrheit" mit. Der Leser des Gedichts soll, durch die Lektüre der folgenden Gedichte belehrt, eben dieses schwierige Verhältnis von Wahr und Falsch einsehen lernen. Das Eingangsgedicht, dessen scheinbare Unmittelbarkeit in Wirklichkeit sehr künstlich, dessen Stimme nicht eine empirisch-realistisch reproduzierte, etwa auf den Straßen und Plätzen der Städte jederzeit zu erlauschende, sondern die sich verfremdende Stimme und poetische „Rede" des Dichters Brecht ist, soll, mit Hilfe eines Moments schockartiger Überraschung, einen Erkenntnisprozeß beim Leser in Gang setzen.

Der konkrete historische Hintergrund für das Gedicht ist die krisenhafte Gesellschaft der Weimarer Republik. Die „goldenen" zwanziger Jahre waren, wie bekannt, so golden nicht. Immerhin, gewisse, auf die allgemeine Lage bezogene Hochgefühle waren den zeitgenössischen Städtebewohnern durchaus nicht fremd. Brecht nun umreißt, in grellem Widerspruch zu einem diffusen demokratisch-liberalen Wirklichkeitsbewußtsein, das Bild einer Realität, durch welches der angebliche Friedenszustand der Weimarer Republik als Kriegszustand entlarvt werden soll. Das ist die Quintessenz der im „Lesebuch für Städtebewohner" wirksamen poetischen Verfremdung: Die gesellschaftlichen Verhältnisse sind so schlecht geordnet, daß statt von Frieden und einem fürs Sozialprodukt förderlichen Konkurrenzkampf von Zeiten der Auflösung und der allgemeinen Verfolgung gesprochen werden muß; die Republik ist die

Wolfsgesellschaft; die Freiheit der Städte ist existenzbedrohend; der Städtebewohner in der inhumanen Welt, in der er lebt, braucht, so scheint es, inhumane Maximen, die ihm Überleben durch Anpassung ermöglichen.

Der Rat, die Spuren zu verwischen, wird fünfmal, wiederkehrend wie ein Refrain, gegeben. Es ist, als wenn in diesen Strophen die Angst des Menschen vor dem „Mitmenschen" selbst Stimme erlangt hätte. Mit den imperativischen Verhaltensanweisungen, die aus jener Angst und der Erfahrung des Verfolgtseins stammen, werden zugleich, als wären es Beweise, Situationen beschworen, in welchen auf der Hut zu sein dem Städtebewohner aufs dringlichste nahegelegt wird. Auch in diesen konkreten Vergegenwärtigungen wirkt ein emphatisches Prinzip der Wiederholung und Steigerung. Die Aufforderung, die Spuren zu verwischen, bezieht sich am Ende sogar noch auf das Sterben. Die Verfolgung, heißt das, reicht selbst übers Grab hinaus. Die Empfehlung solcher extremer Vorsicht scheint, wie vieles andere hier, an den Witz und das Absurde zu grenzen. Aber dieser Witz und dieses Absurde sollen lediglich, durch Übertreibung, die vielleicht auch nur eine scheinbare ist, den Aberwitz enthüllen, wie ihn die Geschichte selbst in Zeiten des Kriegs und Bürgerkriegs immer wieder produziert.

Walter Benjamins Deutung, es handle sich bei den im Gedicht gegebenen Anweisungen um solche für Widerstandskämpfer in der „Krypto-Emigration"[42] der Weimarer Republik, übersieht den Adressaten: die „Städtebewohner", und sie ignoriert die in Klammern gesetzte Anmerkung des Schlusses: „Das wurde mir gelehrt". Mit dieser weist der Autor darauf hin, daß er sich von den Ratschlägen der „Stimme" in dem Gedicht distanziert – so plausibel jene sich auch unter dem Gesichtswinkel der These ausnehmen mögen, daß der Friede unter den bestehenden Bedingungen in Wahrheit ein Krieg aller gegen alle sei.

Signalisiert wird dem Leser auf diese Weise, daß das, was er da vernimmt (und antwortet der fremdartigen Stimme nicht in ihm selbst eine unterdrückte, dennoch aber vertraute Stimme?), die Redeweise eines Bewußtseins ist, das sich ehrlich äußert und doch das Falsche sagt; daß hier das isolierte Individuum, der Jäger und der Gejagte der Wolfsgesellschaft, spricht, derjenige, der in der „Hauspostille" der „Gummimensch" und der „letzte Verführer" genannt wurde.

Brecht folgt einer harten didaktischen Logik, die aus dem Wissen von der Schwierigkeit stammt, ideologische Verfangenheit des Bewußtseins aufzubrechen. Das Gedicht wie der gesamte Lesebuch-Zyklus gehen von der Prämisse aus, daß das falsche Bewußtsein erst auf den Grund seiner selbst gebracht werden, daß ihm die eigene „innere", pervertierte Stimme zu Gehör gebracht werden muß, ehe ihm eine Änderung und Umkehr seines „Denkens" möglich werden.

Dieses Verfahren Brechts unterscheidet sich erheblich von jenen zeitgenössischen Formen lyrischer Gesellschaftkritik, in welchen negative Tatbestände auf die Weise angeprangert werden, daß das Gedicht sie „darstellt" oder „über" sie spricht, als geschehe das gleichsam von der Höhe eines selber intakten human-humanistischen Bewußtseins herunter. Brecht läßt die schlechte Wirklichkeit selbst sich äußern. In dem Eingangsgedicht redet sie irritierenderweise mit einer Stimme, die voll von einem bewegenden Ernst ist. In den folgenden Gedichten hört man andere Stimmen: verhaltene, rüde, schrille. So sehr sie einander widersprechen, es bleibt in ihnen doch eine geheime Stimme unüberhörbar: die des Verfolgten, der Angst um sein Leben hat, auch da noch, wo er als Verfolger in Erscheinung tritt.

Brecht pflegte die auf eine sozial repräsentative, konkrete Situation bezogene Redeweise einen „Gestus" zu nennen. Solche Sprach-„Gesten" sammelt das „Lesebuch für Städtebewohner". Es ist ein lyrisches „Gestarium" – um eine Genus-Bezeichnung zu verwenden, die Brecht selbst gelegentlich, wenngleich beim Versuch der Klassifizierung seiner Dramen, verwandt hat[43].

In dem Charakter des Zyklus als „Gestarium" liegt die Verwandtschaft dieses „Lesebuchs" mit dem Dramatischen: Figuren sprechen in Situationen; das Sprechen vergegenwärtigt Situationen, ja es schafft sie; jemand redet zu jemandem; Verhältnisse zwischen Menschen werden durch dieses Reden hergestellt oder verdeutlicht oder verändert.

Die „Gesten" sind zugleich Resultat künstlerischer Verfremdung. Es sind, genau genommen, Redeweisen, die auf Redeweisen zeigen, sie auffällig machen. Und: Es sind vielfach die vom falschen Bewußtsein verschwiegenen, ja nicht einmal „gewußten", „inneren" Redeweisen, solche, die es sich nicht eingestehen mag und deren Inhalt sich im wirklichen Leben oft nur in Gestalt unwillkürlicher Blicke oder Gebärden verrät. Solche offen oder im Verborgenen sich abspielenden, wahre Gemeinschaft eher leugnenden als bekräftigenden „kommunikativen" Handlungen der verschiedensten Art werden von Brecht im „Lesebuch" aus der Tiefe des sozialen

Lebens, die freilich immer noch deren entfremdeter Oberfläche zuzurechnen ist, hervorgeholt und der kritischen Betrachtung ausgeliefert.

Der Zyklus ist nicht fertig geworden. Auch einzelne Gedichte sind im gewöhnlichen Sinn des Wortes unfertig geblieben. Gegen Ende wird überdies Brechts Absicht erkennbar, von der negativen Didaktik zur positiven überzugehen. Es kündigt sich da jener Brecht an, der statt der zum Teil vieldeutigen lyrischen Aussageweise der Anfänge sich um eine Form bemüht, die, ohne Verlust an Tiefe, klar und eindeutig bestimmt sein sollte. So ist der Lesebuch-Zyklus in der Entwicklung Brechts ein Werk des Übergangs. Doch hat es von seiner Faszination nichts eingebüßt. Von der sozialen Psyche der Gesellschaft der Weimarer Republik und damit von der inneren Vorgeschichte des Nationalsozialismus, aber auch noch von den Störungen heutiger Gesellschaft vermittelt die Gedichtsammlung einen bei aller Kunst verfremdender Übersetzung ungemein spontanen und energischen Eindruck.

Einige Anmerkungen zu einzelnen Gedichten mögen eine Vorstellung vom Reichtum des „Lesebuchs“ geben, das in immer neuen Situationen und Gesten die böse „Poesie“ der Großstadt im kapitalistischen Zeitalter vergegenwärtigt.

In dem Gedicht „Vom fünften Rad“ greift Brecht das Thema der Mitmenschlichkeit aus der Hauspostillen-Zeit auf (vgl. „Vom Mitmensch“, „Ballade von den Geheimnissen jedweden Mannes“). Brecht dichtet die Zweideutigkeit der intersubjektiven Beziehungen nun aber – entsprechend dem „pragmatischen“ Konzept dieses lyrischen „Gestariums“ („pragmatisch“ im Sinn heutigen linguistischen Wortgebrauchs) – mit geschärftem Blick auf konkrete Situation und Interaktion; Hintergrund ist wie überall hier die krisenhafte Surplus- und Konkurrenzgesellschaft, in welcher den „Oberen“ eine proletarische Reservearmee jederzeit zur Verfügung steht.

Im kritischen Augenblick zerreißt die dünne Decke der Solidarität zwischen den Ausgebeuteten. Der, der nicht mehr gebraucht wird, steht plötzlich allein da. Die anderen, die noch gebraucht werden, froh, noch einmal davongekommen zu sein, können ihm als Trost nur die trübe Philosophie des So-ist-es verabreichen.

Das Gedicht beharrt auf dem Wort „erkennen“; fünfmal kommt es in Abwandlungen vor. Es ist hier Ausdruck einer rein passiven, nicht-handelnden Reaktion auf die Lage, einer fraglosen Unterwerfung unter das schlechte ökonomische Prinzip. – Eine ironische Dialektik wechselseitiger Täuschung, aus der die Erkenntnis der

Realität sich hervorarbeitet, bestimmt den im Gedicht abgebildeten „kommunikativen" Prozeß: Der eine, das „fünfte Rad", hat sein Schicksal bereits begriffen und will nach einigem Zögern, das noch Willen und Handeln vortäuscht, sich entfernen. Die anderen, die vier (deren Kollektivmonolog gleichsam das Gedicht ist) haben dies: daß da einer erledigt ist, noch nicht begriffen. Dies erlaubt ihnen vorübergehend den Luxus von Menschlichkeit; sich selbst und dem anderen können sie für einen Augenblick die Möglichkeit von Solidarität vorspiegeln. Paradoxerweise begreifen sie, was dem Kameraden widerfahren ist, aber im selben Augenblick, da sie „Bleibe!" zu ihm sagen. Sie geben den Kameraden eben da auf, als er, dessen „Hoffnung" schon von ihm gegangen ist, aufgrund der Aufforderung der Kameraden zu bleiben, wieder Hoffnung zu schöpfen beginnt und „nicht mehr" erkennt, was er anfangs doch erkannt hat: daß er das „fünfte Rad" ist.

Vom fünften Rad

Wir sind bei dir in der Stunde, wo du erkennst
Daß du das fünfte Rad bist
Und deine Hoffnung von dir geht.
Wir aber
Erkennen es noch nicht.

Wir merken
Daß du die Gespräche rascher treibst
Du suchst ein Wort, mit dem
Du fortgehen kannst
Denn es liegt dir daran
Kein Aufsehen zu machen.

Du erhebst dich mitten im Satz
Du sagst böse: du willst gehen
Wir sagen: Bleibe! und erkennen
daß du das fünfte Rad bist.
Du aber setzest dich.

Also bleibst du sitzen bei uns in der Stunde
Wo wir erkennen, daß du das fünfte Rad bist.
Du aber
Erkennst es nicht mehr.

Laß es dir sagen: du bist
Das fünfte Rad
Denke nicht, ich, der ich's dir sage
Bin ein Schurke
Greife nicht nach einem Beil, sondern greife
Nach einem Glas Wasser.

Ich weiß, du hörst nicht mehr
Aber
Sage nicht laut, die Welt sei schlecht
Sage es leis.

Denn nicht die vier sind zuviel
Sondern das fünfte Rad
Und nicht schlecht ist die Welt
Sondern
Voll.

(Das hast du schon sagen hören.)

Ein kleines Sozialdrama, komplex und spannungsvoll durch die Vergegenwärtigung einer schmerzhaften Gleichzeitigkeit des Ungleichzeitigen, läuft hier ab. Von der undurchsichtigen, gleichsam wattigen Beziehung zwischen Menschlichkeit und Unmenschlichkeit handelt das Gedicht auf genaue, subtile Art. Es macht einen Prozeß der Täuschungen und der Erkennungen durchsichtig. Aber die abschließende Erkenntnis („Und nicht schlecht ist die Welt/ Sondern/Voll") ist die wahre Täuschung, schwer durchschaubar deshalb, weil sie mit dem Anschein sowohl einer vernünftigen Einsicht als auch menschlichen Zuspruchs auftritt. Es ist, als sollte auch der Leser zum Einverständnis mit einer Praxis des Menschenverschleißes überredet werden.

Doch gerade die mit sanfter Freundlichkeit verabreichte Weisheit („Laß es dir sagen" usw.) ist die allerverkehrteste, sie ist die objektiv unfreundliche und unmenschliche. – Brecht stellt eine ideologische Redeweise aus. Gleichzeitig macht er durch die implizierte Darstellung einer Situation klar, wie tief Ideologie in objektiven, scheinbar nicht veränderbaren Strukturen verankert ist. Brecht demonstriert die Genese und Logik einer Ideologie. – Wieder macht dabei ein dem Ganzen hinzugefügter eingeklammerter Schlußsatz auf jene relativierende Absicht des Autors aufmerksam. Das Gedicht, auf knappem Raum ein Maximum an „Information“ übermittelnd, läßt auch von der emotionalen Seite des Geschehens durchaus einiges erkennen. Die Verszeilen sind von einem zarten Pathos, einer sublimen Trauer erfüllt. In der falschen, unmenschlichen Rede der „Kameraden“ ist etwas, was nicht ganz falsch und unmenschlich ist. In dem „Du“, mit welchem Solidarität aufgesagt wird – und das insofern dem Zusammenhang ideologischer Täuschung angehört – steckt doch auch ein vom Verstand nicht ganz auflösbarer Mehrwert, der nicht nur im formalen Sinn der lyrischen Dimension des Gedichts zugute kommt.

In gewissem Sinn handelt das Gedicht „Vom fünften Rad“ vom Verrat. Auffallend, wie Brecht jede moralisierende Auseinandersetzung vermeidet, auch im Fall eines Themas also, das in der Tradition des politischen Gedichts in besonderem Maß Anlaß zu rhetorischer Empörung gab. Nicht subjektive Empfindungen und Wollungen jedoch stehen hier bei Brecht im Mittelpunkt, sondern „objektive“ Strukturen der sozialen Wirklichkeit, freilich so, wie sie sich in Bewußtsein und Sprache der Betroffenen spiegeln.

Der „Bericht anderswohin“ (aus dem zweiten Teil der Lesebuch-Gedichte) behandelt ebenfalls das Thema Verrat, in einer anderen Perspektive als im Gedicht „Vom fünften Rad“, aber methodisch auf ähnliche Art. Die ironische Darstellungsform ergibt sich hier vor allem aus dem heiter-gelassenen Ton der Berichterstattung, der anzeigt, daß hier politische Arglosigkeit die schwierigen Probleme des Klassenkampfs und der Solidarität noch verkennt. – Gedicht Nr. 17 („Du, der das Unentbehrliche/Wenige machen sieht, verlaß sie nicht!“) führt das Thema weiter. Doch geschieht das nun in der Form einer positiven, direkten Anrede, durch welche der Autor Solidarität von dem Angesprochenen fordert. – Auch in dem thematisch einschlägigen Gedicht „Über das Mißtrauen des Einzelnen“, das dem im Titel genannten individualistischen, unproduktiven Mißtrauen das aus Solidarität mit der proletarischen Klasse stammende, produktive Mißtrauen als einen positiven Wert unzweideutig entgegensetzt, kündigt sich eine Änderung der ästhetischen Strategie Brechts an. Diese letztgenannten Gedichte weisen offenkundig über den ursprünglichen Ansatz negativer Didaktik, der den Reiz des „Lesebuchs“ ausmacht, hinaus und nähern sich einem agitatorisch orientierten Genus politischer Lyrik an.

Die methodisch genuinen Gedichte des „Lesebuchs“ sind die, in denen die „Wahrheit“ des falschen Bewußtseins der Städtbewohner durch Selbstdarstellungen entfremdeter Redeweise enthüllt wird.

Das Gedicht „An Chronos" hebt kraß den irrationalen Furor im Haß der Söhne auf die Väter – zentrales Thema der expressionistischen Literatur! – ans Licht; die Söhne sagen zum Vater: „Was immer wir an Lügen glauben müssen:/Du darfst nicht gewesen sein".

Eindringlich zumal sind die Gedichte, die Frauenrollen fingieren: provozierende Sprachgesten aus dem Untergrund oder vom Rande der Großstadtgesellschaft (Nr. 4 und 5 des ersten Abschnitts, Nr. 13, 14, 15 des zweiten Abschnitts). Einige der Stimmen sind als die von Prostituierten erkennbar. Brecht entwickelt gerade hier kunstvoll die Dialektik sittlicher Positivität inmitten moralischer Negativität. Aus der sprachlichen Eigenbewegung der scheinbar verkommenen, einen objektiv falschen Lebensentwurf verratenden Redeweisen läßt er einen zerreißenden Zwiespalt sich verdeutlichen. Selbsttäuschung und Wahrheit stellen sich als miteinander streitende Momente eines ideologischen Bewußtseins dar – zusammen mit Situationen, durch welche diese Frauen jenseits der Möglichkeit subjektiv-individuellen Eingreifens bis ins Innerste geprägt sind. – Diese Frauengedichte, die sozialen „Stoff" der Großstadt brutal vorstellen, ohne im Widerwärtigen zu wühlen, wären mit den insbesondere im Expressionismus beliebten Behandlungen des Sujets der „ehrbaren Dirne" zu vergleichen, um den methodischen Fortschritt kenntlich zu machen, den Brecht mit seiner Lyrik erzielt hat. – Brecht ist der erste deutsche Lyriker, der, statt die Großstadt von außen erschrokken und empfindsam zu beschreiben, sie von innen her, aus den Widersprüchen der in der Stadt sich konzentrierenden und dort ihr eigentliches Wesen offenbarenden modernen Gesellschaft erfaßt.

Die Gedichte Nr. 4, 5 und 7 des zweiten Abschnitts des „Lesebuchs", obwohl sie durch ihre vorherrschende Empfindungsweise und den Ich-Stil dem Begriff traditioneller Lyrik scheinbar nahekommen, sind doch ebenfalls neuartige Großstadtgedichte. Sie bieten kompakte, manchmal ins Groteske spielende Anschauung. Sie vergegenwärtigen die Stadt von der Seite verwahrloster oder ausgeräumter Interieurs, des permanenten Wechsels von Wohnungen und Menschen. Sie beschwören den Schrecken der Anonymität, die ans Pathologische grenzende Sorge total isolierter Existenzen, sich und den Allernächsten abhandenzukommen, ohne daß dies weiter auffällt. – Das „Ich", das in diesen Gedichten in Erscheinung tritt, ist im Kontext des „Gestariums" zu sehen: Brecht stellt den Rede- und Denkgestus subjektiver Angst aus als einen Teil des falschen Bewußtseins, das zur „Wahrheit" der Großstadt gehört.

Einige Gedichte führen, wie in höhnischem Gegensatz zur Redeweise der psychisch Erschütterten, von sich selbst überzeugte Ausbeuter-„Gesten“ vor. Die „Moral“ des kalkulierten Menschenverschleißes füllt diese Gedichte bis zum Rand. Die rohe, einschüchternde Redeweise ist keineswegs ohne Faszination, und der „Städtebewohner“ hat Gelegenheit zu prüfen, ob er, selbst vielleicht Abhängiger, diesen Ton seinen wahren Interessen zum Trotz insgeheim nicht etwa als den eigentlich erstrebenswerten forschen, dynamischen empfindet (vgl. Nr. 8 der ersten Abteilung, Nr. 2 der zweiten Abteilung). – Übrigens gehört es zum Plan des Lesebuch-Zyklus, mit hart einander entgegengesetzten, nicht aufgelösten Widersprüchen produktive Irritation beim Leser zu erzeugen. So werden jener inhumanen Ausbeuter-„Geste“ konträre Gesten gegenübergestellt, z. B. die zur Ideologie verkommene demokratische Werbe-Rede, die dem naiven, durchschnittlichen Zeitgenossen weismacht: „Die Städte sind für dich gebaut. Sie erwarten dich freudig“ usw. Werbe-Rede wird als Herrschafts-Rede entlarvt.

Nicht wenige Gedichte kreisen um ein herausragendes Großstadt-Phänomen: die Dummheit. Kritik an der Massengesellschaft ist in diesen Gedichten eng mit Demokratie-Kritik verbunden. Die USA z. B., die demokratische Vorkämpfer-Nation, werden durch kalauerhaftes Sprechen in zweifelhafte Beleuchtung gerückt (z. B. „Ich höre Sie sagen:/Er redet von Amerika“ usw.). Die publicity-routinierte Geschicklichkeit der Amerikaner, „Die es verstanden haben/Verstanden zu werden“, wird ironisch gelobt. Die großen Männer drüben, so wird angedeutet, besaßen leider das Talent, dumm genug zu sein, einen zweifelhaften Fortschritt nicht aufzuhalten („Ich will nicht behaupten, daß Rockefeller ein Dummkopf ist/Aber . . .“).

In dem prächtigen Gedicht von dem „Plattkopf“ (Nr. 9), der dummer, angepaßter Massenmensch ist, sich aber für jemand Besonderen hält, wählt Brecht den Gestus des Auf-den-Kopf-Zusagens. Der sanfte Terror, mit dem die geheimen Verführer der Massengesellschaft den Zeitgenossen, den „Konsumenten“ umwerben, äußert sich hier als offener Terror, der unumwunden ausspricht, was sonst die Reklame verschweigt: daß sie ihren Adressaten als dumm einschätzt und gründlich verachtet. Natürlich entgeht Brecht die Paradoxie nicht, die darin besteht, daß man dem „Plattkopf“ alles Mögliche einreden kann, nur eben nicht, daß er einer ist: „Ach, ist das schwer, einem Plattkopf beizubringen, daß er ein P ist./Es ist direkt anstrengend“.

In der Komik dieses Seufzers ist freilich die durchaus ernsthafte Einsicht in rezeptionsästhetische Schwierigkeiten verborgen, auf die Brecht selbst mit der kunstvoll mittelbaren Strategie seines Gedichtzyklus stoßen mußte und auf die er tatsächlich – wie die Wirkung der Sammlung zeigt – gestoßen ist. Der einzelne in der Masse der Großstädte – war er wenige Jahre vor dem Sieg der Hitler, Goebbels, Rosenberg durch ein so intelligentes Medium wie das der Ironie, der negativen Didaxe überhaupt zu erreichen?

Brecht schätzte die Vernunft der deutschen Städtbewohner der zwanziger Jahre hoch ein, als er sein „Lesebuch für Städtebewohner" konzipierte. Noch heute jedoch bedarf es einiger Mühe, dieser kleinen, kompakten Gestensammlung und wahrhaften imitatio urbis et civitatis des zwanzigsten Jahrhunderts interessierte Leser zuzuführen.

9. KRIEGSFIBEL MIT EPIGRAMMATISCHER TENDENZ: LYRIK IM ÜBERGANG ZU BESTIMMTER NEGATION

Die Schärfe der politischen Auseinandersetzung in der Weimarer Republik, aber auch wachsende Einsicht Brechts in die Anatomie der bürgerlichen Gesellschaft erzwangen in den dreißiger Jahren eine Änderung seines Konzepts lyrischer Poesie. Brecht wollte, in einer Epoche des Kampfs, in dem alles auf dem Spiel zu stehen schien, Partei ergreifen, Position beziehen, auch und gerade als Poet.

Die Bedeutung der neuen, nunmehr dezidiert politischen Lyrik Brechts im Zusammenhang einer historischen Poetik des modernen Gedichts liegt darin, daß Brecht deren Logik ungeachtet der dringenden Forderungen des Tages weiter zu entwickeln und die sich ihm stellenden politischen Probleme immer zugleich als ästhetische Probleme zu erfassen und zu lösen versuchte. Brecht sprang nicht einfach aus der Geschichte der neueren Lyrik heraus, um – etwa für einige Jahre – das Verseschreiben, auf höhere Ansprüche verzichtend, total in den Dienst der Politik zu stellen (eine Haltung, die nahegelegen hätte und die viele Gesinnungsgenossen damals in der Tat einnahmen).

Vielmehr sind die politischen Gedichte, die Brecht fortan schrieb, als ein wesentlicher Beitrag zur Realisierung des „Begriffs" von Lyrik anzusehen, wie er in Brechts Schaffen von Anfang an, in Auseinandersetzung mit konkurrierenden Begriffen moderner Poesie, intendiert war. Freilich wäre es verkehrt, hier etwas wie einen linearen Fortschritt annehmen zu wollen.

In einem kleinen Kommentar zu den „Svendborger Gedichten" (1939), die die neue ästhetische Tendenz am eindrucksvollsten bezeugen, hat Brecht selbst auf die innere Verbindung dieser Tendenz zu der früheren aufmerksam gemacht und eine Auffassung zurückgewiesen, die die Entwicklung seines Dichtens seit der „Hauspostille" undialektisch, etwa mit Hilfe wachstümlicher Kategorien wie Blüte und Verfall, deuten möchte. Der partielle „Abstieg" selbst, der sich in den „Svendborger Gedichten" unleugbar ausdrückt, muß in dialektischer Betrachtung als eine Form von „Aufstieg“ verstanden werden:

> – Die große Fesselung der Produktivkräfte durch die kapitalistische Produktionsweise kann die Literatur zum Beispiel nicht auslassen. Ich halte mich zunächst an meine eigene Produktion. Die „Hauspostille“, meine erste lyrische Publikation, trägt zweifellos den Stempel der Dekadenz der bürgerlichen Klasse. Die Fülle der Empfindungen enthält die Verwirrung der Empfindungen. Die Differenziertheit des Ausdrucks enthält Zerfallelemente. Der Reichtum der Motive enthält das Moment der Ziellosigkeit. Die kraftvolle Sprache ist salopp, usw. usw. Diesem Werk gegenüber bedeuten die späteren „Svendborger Gedichte“ ebensogut einen Abstieg wie einen Aufstieg. Vom bürgerlichen Standpunkt aus ist eine erstaunliche Verarmung eingetreten. Ist nicht alles auch einseitiger, weniger „organisch“, kühler, „bewußter“ (in dem verpönten Sinn)? Meine Mitkämpfer werden das, hoffe ich, nicht einfach gelten lassen. Sie werden die „Hauspostille“ dekadenter nennen als die „Svendborger Gedichte“. Aber mir scheint es wichtig, daß sie erkennen, was der Aufstieg, sofern er zu konstatieren ist, gekostet hat. Der Kapitalismus hat uns zum Kampf gezwungen. Er hat unsere Umgebung verwüstet. Ich gehe nicht mehr „im Walde so für mich hin“, sondern unter Polizisten. Da ist noch Fülle, die Fülle der Kämpfe. Da ist Differenziertheit, die der Probleme. Es ist keine Frage: die Literatur blüht nicht. Aber man sollte sich hüten, in alten Bildern zu denken. Die Vorstellung von der Blüte ist einseitig. Den Wert, die Bestimmung der Kraft und der Größe darf man nicht an die idyllische Vorstellung des organischen Blühens fesseln. Das wäre absurd. Abstieg und Aufstieg sind nicht durch Daten im Kalender getrennt. Diese Linien gehen durch Personen und Werke durch. (1938)[44]

Ein Aspekt der erwähnten Fortsetzung der Logik des neueren Gedichts durch Brecht liegt in der Tatsache, daß dieser die souveräne Mannigfaltigkeit lyrischen Schreibens, wichtiges Signum von Modernität, nicht aufgab etwa zugunsten eines monolithischen Stil-Ideals (von der Restituierung traditionellen subjektiven Ausdrucks ganz zu schweigen). Die Devise lautete vielmehr wie früher: „Weite und Vielfalt“ der „Schreibweise“, mag Brecht diese jetzt auch als „realistische“

bezeichnen (vgl. den Aufsatz „Weite und Vielfalt der realistischen Schreibweise“[45]).

Wichtiger noch war ein anderes Problem: das des „Positiven“. Dieses Problem stellte sich für Brecht im selben Augenblick, da er von der früheren Kunst „vieldeutigen“ Negierens zu der „bestimmten“ Negierens fortzuschreiten versuchte.

Dem nationalsozialistischen Regime, das den Krieg vorbereitete, war mit einer anspielungsreichen, komplexen poetischen Kritik nicht beizukommen. Das Prinzip Sozialismus/Kommunismus, in dem Brecht den einzigen geschichtlich bedeutenden geistigen Gegner des Nationalsozialismus sah, ließ sich als konkrete politische Kraft nicht durch ein hinter literarischen Masken und negativer Didaktik verborgenes Positives wirksam unterstützen.

Brecht geriet, unter dem Druck einer extremen geschichtlichen Situation, unversehens in eine Zwangslage, erzeugt durch jene Situation ebenso wie durch die immanente Logik der historischen Poetik des modernen Gedichts. Diese ist, aus den verschiedensten Gründen, seit Baudelaire dem Positiven in welcher Gestalt auch immer feindlich gesonnen. Die hervorragendste Trend-Kategorie dieser Poesie ist die des Negativen und der (abstrakten) Negation. Pointiert gesprochen: Positivität ist im Kontext dieser modernen Poetik fast gleichbedeutend mit schlechtem Stil: Positiv schreiben heißt für sie die Poesie in die Nähe des Erbaulichen bringen, heißt statt wirklicher Kunst Tendenzkunst machen.

Brecht, der sich über die „schlechte Tendenzdichtung“ kritisch geäußert hat (so in dem Aufsatz „Die Dialektik“[46]), sah sich mit einem epochalen ästhetischen Paradoxon konfrontiert: gute Tendenz-Lyrik zu schreiben, bestimmte Negation, eindeutige Positivität als wesentliche Struktur seines Gedichts zu konstituieren, ohne penetrant, geschmacklos, unelegant, verlogen, kurz: ohne unmodern zu erscheinen. Es galt für ihn, sozialistische und antifaschistische, im aktuellen Kampf sich engagierende Lyrik zu verfassen, die aus der vorhandenen weltliterarischen „Reihe“ nicht herausfiel, und also zu verhindern, daß sein politisches Gedicht in das Abseits ästhetischer Provinzialität geriet.

Dies ist das eigentliche, ästhetik-geschichtliche „Drama“, das sich in der Lyrik Brechts seit den endzwanziger und dreißiger Jahren abspielt[47], und man hat, da der Ausgang des Dramas durch die – gegenwärtig noch durchaus offene – Rezeption dieser Lyrik wesentlich mitbestimmt wird, keinen Grund, dessen glücklichen Ausgang voreilig zu feiern.

Der Brecht der dreißiger Jahre, dessen Spürsinn für die historischen Transzendentalien literarischen Schaffens ungeschwächt war, konzipierte „trotz Bedenken einer tieferen Schicht“[48] seine damalige politische Lyrik wesentlich als „Kunst“. Das läßt sich selbst an den 1936–1938 verfaßten Gedichten der ersten Abteilung der Svendborger Sammlung[49] aufzeigen, die den Titel „Deutsche Kriegsfibel“[50] tragen.

Brecht schrieb für diese „Fibel“ Verse in knapper Form und klarer, „gehobener“[51] Sprache. Wie der Begriff „Fibel“ anzeigt, ging es um die poetische Mitteilung elementarer Inhalte, adressiert an einfache Leser. Gleichwohl sind die Verse derart, daß sie durch ihr ästhetisches Niveau jedermann interessieren konnten und können. Der Anschluß an ein altes, bewährtes Genre, das des Epigramms, ist auf neue Art verbunden mit einer politischen Orientierung. Ungeachtet der Einschränkung, die Brecht sich in puncto ästhetischer Komplexität auferlegt, ist die Absicht unverkennbar, nicht nur einen aktuellen politischen Zweck zu erreichen, sondern auch einen ästhetischen Fortschritt zu bewerkstelligen, und zwar das eine um des andern willen.

Die in diesen Gedichten sich manifestierende epigrammatische Tendenz (sie wirkt bis in die Phase der „Buckower Elegien“ hinein) ist unter anderm Resultat der intensiven Bemühung Brechts um „Sprachwaschung“, von welcher er einmal im Zusammenhang der Arbeit an den „Finnischen Epigrammen“ spricht. Angestrebt war die Wiederherstellung der „schöne(n) widersprüchliche(n) Einheit“ deutscher Lyrik, wie sie – Brecht zufolge – einst bei Goethe vorhanden war, ehe diese Einheit im Verlauf des 19. und des 20. Jahrhunderts in die „völlig profane“ „Linie“ (Heine) und „die völlig pontifikale Linie“ (z. B. Hölderlin, George) zerfiel.[52]

Dabei ging es Brecht zugleich um Schaffung von poetischen Gebilden, denen eine „lange Dauer“ beschieden sein sollte – der Begriff „Dauer“ verstanden im Sinne der Bestimmungen des Gedichts „Über die Bauart langdauernder Werke“, einer Fundamentalpoetik in Versen, welche die Kategorien „langer“ und „kurzer“ Dauer vor dem Hintergrund der Einsicht in die prinzipielle Überholbarkeit jedes künstlerischen Produkts in eine lebendige dialektische Beziehung setzt.

„Ich schreibe meine Vorschläge in einer haltbaren Sprache/Weil ich fürchte, es dauert lange, bis sie ausgeführt sind“ (Dichter Kin in „Zitat“). „Haltbare“ Sprache, „gehobene“ Sprache – dies waren in jener Zeit mehr oder minder Synonyme für Brecht.

Die Verse sollten so verfaßt sein, daß man sie sich gegebenenfalls in den Stein öffentlicher Gebäude gemeißelt denken konnte (vgl. „Vorschlag, die Architektur mit der Lyrik zu verbinden“[53]). Prägnane Kürze sollte den Ausdruck bestimmen. Auch das seinem gesellschaftlichen Gebrauchswert nach unfertige Gebilde sollte soweit „fertig“ sein, daß es nicht leicht eine Zurücknahme erlaubte. Ferner: Wenn das Gedicht auch vielen einleuchtend sein mußte, durfte sein Stil dennoch nicht ins Populäre fallen.

Bei dieser Struktur der Gedichte mag auch die Überlegung im Spiel gewesen sein, mit Rücksicht auf den illegalen Kampf die lyrischen Formen transportabel zu halten. Tiefgreifende Wirkung sollte möglich sein, auch wenn die Gedicht-Lektüre notgedrungen in großer Eile vorgenommen werden mußte. – Die kriegsmäßige Beweglichkeit des Gedichts (Tendenz zum Handzettel oder Flugblatt) und der gedrungene, „lateinische“ Stil, der zu einer relativ langen Dauer qualifiziert (Tendenz zum Lapidaren) – diese oppositionellen Kategorien stellen in Brechts damaliger Poetik durchaus keine Widersprüche dar.

Der junge Brecht hatte 1920, lange vor der Veröffentlichung der „Hauspostille“, bereits in seinem Tagebuch notiert: „Immerfort beschäftigt mich: die geringe Macht, die der Mensch über den Menschen hat. Es gibt keine Sprache, die jeder versteht. Es gibt kein Geschoß, das ins Ziel trifft (. . .)“.[54] Jetzt, in den dreißiger Jahren, war für Brecht offenbar der Augenblick gekommen, diesen frühen poetologisch-linguistischen Impuls zu verwirklichen und für den in jungen Jahren erkannten Mangel vermittelst eines neuen Typs politischer Gedichte Abhilfe zu schaffen.

Nicht übersehen werden sollte, daß die poetische Beschaffenheit großer Teile der damaligen Brechtschen Lyrik mit ihrer Neigung zur einfachen Monumentalität, wie sie dem Epigramm eignet, als Gegenentwurf gegen die nebulöse, bombastische Diktion der Nazi-Propaganda und -Poesie und in „systematischem“ geschichtlichen Zusammenhang mit ihr, begriffen werden muß. Brecht suchte die Nazis gewissermaßen auf ihrem eigenen Feld zu schlagen: Ihrer falschen, aufgedonnerten Größe stellte er die intime Größe und schöne Klarheit seiner Verse entgegen. (Freilich: Er wußte sich gegebenenfalls auch ganz anderer, z.B. satirischer ästhetischer Strategien im Kampf gegen den Faschismus zu bedienen.)

Zu einer Zeit, als Europas Appeasement-Politiker noch an den friedliebenden „Führer“ glaubten, enthüllte Brecht den aggressiven Charakter der neuen Machthaber und warnte vor dem Krieg, den sie vorbereiteten. Brecht folgt in der „Kriegsfibel" jedoch nicht dem geläufigen pazifistischen Argumentationsschema, das darin besteht, „dem" Krieg als einem negativen Abstraktum „den" Frieden als positives Abstraktum unvermittelt entgegenzusetzen. Brechts Antikriegsgedichte sind insofern konkret, als sie den nachdrücklichen Hinweis auf eine verheerende Zukunft (die der Autor partiell bereits als unvermeidlich hinstellt) mit der Analyse des „gesellschaftlichen Kausalkomplexes" (wie Brecht zu sagen liebt[55]) verknüpfen.

Brechts sozialgeschichtlich fundierte Interpretation des Kriegs basiert auf der Annahme der Notwendigkeit, den „wahren" Krieg: den der Klassen, der bereits im sogenannten Frieden stattfindet, begrifflich zu sondern von dem „falschen" Krieg („the wrong war"), d. h. dem Krieg der Nationen, den die „Oberen" aufkosten der „Unteren" gegeneinander führen und der außer den Schrecken, die er erzeugt, die objektive Funktion hat, die unausweichliche Entscheidung in jenem anderen, „wahren" Krieg hinauszuzögern[56]. Wie auch immer die falschen Kriege, die der Nationen, ausgehen – es gibt immer dieselben Verlierer: das Volk, die „Unteren". Dies ist die Überzeugung Brechts.

Im Sinne dieser Theorie des Kriegs ist dem Eingangsgedicht der Kriegsfibel und damit der „Svendborger Gedichte" insgesamt die Aufgabe zugewiesen, vor allem gegen die damals vorherrschende deutsche chauvinistische Ideologie eine realistische, politisch-ökonomische Perspektive universellen Charakters aufzubauen.

Im folgenden soll nicht die politische Bedeutung dieses Ansatzes diskutiert werden. Es soll sich vielmehr darum handeln, den eigentümlichen ästhetischen Charakter dieser aus dem Geist des Epigramms entwickelten politischen Lyrik Brechts anhand einer absichtlich etwas mikrologisch angelegten immanenten Analyse des Inhalts und einiger formaler Strukturen der Eingangsverse zu beschreiben.

BEI DEN HOCHGESTELLTEN

Gilt das Reden vom Essen als niedrig.
Das kommt: sie haben
Schon gegessen.

Die Niedrigen müssen von der Erde gehen
Ohne vom guten Fleisch
Etwas gegessen zu haben.

Nachzudenken, woher sie kommen und
Wohin sie gehen, sind sie
An den schönen Abenden
Zu erschöpft.

Die Gebirge und das große Meer
Haben sie noch nicht gesehen
Wenn ihre Zeit schon um ist.

Wenn die Niedrigen nicht
An das Niedrige denken
Kommen sie nicht hoch.

Das Gedicht ist einfach, aber alles andere als simpel. Die Oben-Unten-Dialektik bzw. die von Hoch und Niedrig strukturiert die gesamte Aussage und mutet dem Leser, insbesondere dem damaligen, dem es an „materialistischer" Aufklärung mangelte, durchaus einiges zu.

Der logische Kern der politisch-ökonomischen Argumentation wird in der ersten und der letzten Strophe sichtbar. Die erste Strophe umreißt einen in der Sicht des Gedichts negativen gesellschaftlichen Tatbestand. Die letzte Strophe enthält in der Form scheinbar interesseloser Schlußfolgerung (Wenn nicht, dann nicht) die dringliche Mahnung an die „Niedrigen", ihr Denken und damit ihre schlechte Lage zu ändern.

Allgemein-theoretisch gesprochen, geht es in dem Gedicht um etwas Fundamentales: um den Zusammenhang von gesellschaftlichem Bewußtsein (Überbau, Ideologie) und gesellschaftlicher Basis sowie um die Kritik dieses Zusammenhangs unter den Bedingungen der Epoche. Das Vokabular, mit dessen Hilfe das bekanntermaßen komplizierte Verhältnis der beiden Bereiche dargelegt wird, ist dem Fibel-Konzept entsprechend drastisch-primitiv: Die „Hochgestellten", wie Brecht ein wenig archaisierend sagt, können es sich leisten, von dem nicht zu reden, was sie den „Niedrigen" voraushaben: daß sie genug zum „Essen" haben.

Ungeachtet der einfachen Diktion rückt das Gedicht durchaus zutreffend die triftige soziologische Wahrheit vor den Blick, daß erst ein gewisser Grad ökonomischer Sättigung ein Transzendieren des Bereichs bloßer Bedürfnisbefriedigung und etwas wie kulturelle Produktion möglich macht. Diesen Zustand, insofern nur erst die „Hochgestellten" ihn erreicht haben, kennzeichnet das Gedicht als Form von Herrschaft: Absichtlich oder unabsichtlich verdrängen die „Hochgestellten“ das Bewußtsein ihres fortdauernden Abhängigseins von den „Niedrigen“ und von dem „Niedrigen“. Mit der Wendung, daß bei den „Hochgestellten“ „das Reden vom Essen“ als „niedrig“ „gilt“, wird auf den ideologischen Charakter dieses Verdrängungsprozesses im Sinne einer Täuschung angespielt: Seitens der „Hochgestellten“ wird ein Denken durchgesetzt, das eben das für „niedrig“ (im pejorativen Sinn des Worts) erklärt, worauf die Existenz auch und gerade des „Hohen“ basiert. Dieses Denken nicht zu übernehmen, das Fragen nach der materiellen Basis der bestehenden Verhältnisse sich nicht verbieten zu lassen, ist die Aufforderung, die die letzte Strophe an die „Niedrigen“, die Adressaten des Gedichts, richtet.

Das Gedicht weist auf die Notwendigkeit, die Herrschaft einer Ideologie zu durchbrechen. Es verhält sich nicht so, daß das „Hohe“ gegenüber dem „Niedrigen“ abgewertet würde. Das Gedicht argumentiert dialektisch: Der Weg zum „Hohen“ geht über das „Niedrige“. In der Anweisung ist ein Paradoxon politischer Moral versteckt: Der „Niedrige“ kommt erst dann in die Höhe, wenn er an den Ort hinuntersteigt, an dem er sich schon befindet.

Wie so oft lehrt Brecht die Notwendigkeit, einen Aufstieg durch einen Abstieg zu bewältigen. Die „Botschaft“ des Gedichts richtet sich gegen ein damals auch in der Arbeiterschaft weit verbreitetes bürgerlich-kleinbürgerliches Denken, welches, insofern „idealistisch“, den Fortschritt vor allem in die Dimension des „Geistes“ setzte – unter Leugnung der Bedeutung des materiellen ökonomischen Elements. (Nicht zufällig konnte die Nazi-Propaganda die Wahrnehmung der politischen Interessen des Regimes erfolgreich durch permanenten Appell an Geist und Seele des „Volks“ betreiben.)

In der „Lehre“ und der (in der Aussageform latent enthaltenen) Mahnung zur Umkehr geht das Gedicht jedoch nicht auf. Die Strophen zwei, drei und vier vergegenwärtigen die Situation der „Niedrigen“. Der Ton ist hier auf verhaltene Weise elegisch. Stimmung durchweht vorsichtig die Zeilen – Stimmung ähnlich der, welche, nach einer Beobachtung Brechts, die „wunderbare Gegenständlichkeit“ und den „Sinn“ griechischer Epigramme „durchdringt“[57].

Die zweite Strophe greift das Thema „Essen“ der ersten Strophe auf. Die Wendung „vom guten Fleisch“, in einem sprachlich-rhythmischen Zusammenhang begegnend, der alles andere als „niedrig“ ist, deutet durch diese handgreifliche pars pro toto auf materiellen Lebensgenuß, welcher, über das existenzerhaltende Minimum hinaus, für wahres menschliches Leben unabdingbar ist. In einem späten Brecht-Gedicht[58] heißt es mit noch stärkerer Emphase: „(. . .) aber ich meine, in die Grube gelegt werden / Ohne einen Mundvoll guten Fleisches genossen zu haben / Ist unmenschlich (. . .).“ – Die dritte Strophe spielt auf die kulturelle Sphäre an, die – wie diese Brechtsche Initiation in die materialistische Philosophie des „Niedrigen“ nicht verhehlt – ebenfalls zum vollen Menschsein dazugehört. Das Grundbedürfnis „metaphysischer“ Reflexion, die nach Herkunft und Sinn des Daseins fragt, können die „Niedrigen“, deren Lebenszeit durch Arbeit und die physische Reproduktion ihrer Arbeitskraft aufgebraucht wird, nicht befriedigen; ja jenes Bedürfnis erhält in ihrem Leben erst gar keine Gelegenheit, überhaupt zu entstehen. – Die Aussage, die diesen negativen Tatbestand beschreibt, beschwört, durch syntaktische Inversion, vokalische Harmonien und rhythmische Stilisation zusammen mit dem Ton diskreter Klage, eine Andeutung des kulturellen Reichtums, dessen die „Niedrigen“ für immer verlustig gehen.

So knapp das Gedicht ist, es handelt die wesentlichen anthropologischen Möglichkeiten, die der sinnlichen, der rationalen und der ästhetischen Sphäre, gleichsam systematisch ab. Spricht Strophe eins vom „Essen“, Strophe drei vom „Nachdenken“, so spricht Strophe vier vom „Sehen“. Auch das Sehen, der Sinn par excellence für die Wahrnehmung des Schönen, ist für die „Niedrigen“ auf den dürftigsten Umkreis beschränkt. Wer aber die „Gebirge“ und das „Meer“, in klassischer Ästhetik erhabene Gegenstände, die ein Gefühl des Unendlichen in der Seele erzeugen, nicht gesehen hat, der ist nicht anders in seinem Menschsein verkümmert als der, der hungert und der begriffsblind leben muß.

Das einfache Gedicht folgt einer genauen Logik. Dennoch ist seine argumentative Struktur nicht ohne Überraschungen. So spricht die erste Strophe nicht etwa von der beneidenswerten Lebensform der „Hochgestellten“, sondern davon, wie eine bestimmte Denkweise, das Hohe und Niedrige betreffend, entsteht. Der Leser sieht sich einem Problem konfrontiert. Auch wenn dessen „Lösung“ gleich mitgegeben wird („Das kommt“ usw.), bleibt es doch ein Problem. Ein derartiger Anfang ist keineswegs selbstverständlich.

Die Strophen zwei, drei und vier reden von dem, was die „Niedrigen“ alles nicht besitzen: Es ist eben das, was die „Hochgestellten“ besitzen. Deren Privilegien werden indirekt ausgedrückt – aus einem Blickwinkel, von dem her jene Privilegien als Beraubungen erscheinen.

Die letzte Strophe mit der pointierten Redefigur (Wenn nicht/ dann nicht) fordert nicht dazu auf, das Leben der „Hochgestellten" nachzuahmen; sie ergeht sich nicht in der jakobinischen Rhetorik, die den Angesprochenen verheißungsvoll vor Augen stellt, auch sie, die „Niedrigen", müßten der Genüsse teilhaftig werden, über die ihre Herren verfügen. Gesagt wird nur eins: daß die „Niedrigen" an das „Niedrige" denken müssen, wenn sie hochkommen wollen.

Das Gedicht mündet in den Hinweis auf die Notwendigkeit einer „praktischen" Änderung des Denkens und Verhaltens. Nach allem vorher Gesagten ist das zwar ein logisches Ende, aber es ist nicht unbedingt auch ein erwartetes. Im Gegenteil: Die Ermahnung prallt mit Härte an gewohntes Denken an. Der Widerspruch, den die letzte Strophe formuliert, meldet Protest an gegen die landläufige Ermahnung wohlmeinender Lebensphilosophie, den Sinn stets aufs Höhere zu richten, insbesondere, wenn es einem schlecht ergeht. Der Grundsatz (einstiger) kleinbürgerlicher Pädagogik: „Der Mensch lebt nicht vom Brot allein", ein Satz, der gewiß eine richtige Einsicht enthält, aber eine, die immer wieder zu ideologischem Mißbrauch verführt hat, wird durch das Gedicht provoziert. Das Gedicht behauptet keineswegs das Gegenteil jenes Satzes. Es deutet vielmehr in eine Richtung, in welcher dessen Wahrheit sich konkret entfalten kann.

Das Gedicht enthält auch insofern einen überraschenden Aspekt, als es mit der Schlußstrophe diejenigen stutzig macht, die etwa angenommen haben, den „Niedrigen" falle es gleichsam leicht, an das „Niedrige" zu denken, eben da dieses doch ihr Lebenselement sei. Daß es im Gegenteil gerade den „Niedrigen" Mühe macht, an das „Niedrige" zu denken, daß das eigene Interesse wahrzunehmen für die Betroffenen meist das Allerschwerste ist, dieses politische Paradoxon zu bedenken, gibt das kleine und doch eine ganze politische Philosophie in sich tragende Gedicht einen Anstoß. Es scheint seinerseits aus jenem anstößigen Rätsel historischer Erfahrung seine gedrungene Kraft und seinen oppositionellen Elan zu beziehen.

Brecht hat in diesem Gedicht wie in anderen politischen Gedichten derselben Phase in auffälliger Weise sowohl die Sprache marxistischer „Wissenschaft" als auch die der gängigen sozialistischen Propaganda vermieden. Haltbarkeit sucht er der Sprache nicht zuletzt durch jenen Aspekt einer „Sprachwaschung" zu verleihen, der als Tendenz zu relativer Entaktualisierung bezeichnet werden kann. Nicht eine überzeitliche Wirkung des Gedichts war damit jedoch angestrebt, sondern eine durchaus zeitliche: Politik kennt auch das Maß großer Zeiträume, und einen großen Teil von Brechts politischer Lyrik zeichnet es aus, daß sie sich eben nach diesem Maß zu richten suchte.

Auch die auf die analysierten Verse folgenden Gedichte, von denen mehrere ein im üblichen Sinn des Worts aktuelleres Gepräge als das Einleitungsgedicht haben und die von der kleinsten, epigrammatischen Form (z. B. „Auf der Mauer stand mit Kreide“) bis zum literarischen Typus einer agitatorisch inspirierten „Vision“ reichen („Wenn der Trommler seinen Krieg beginnt“), überragen durch ihre intellektuelle Transparenz, ihren poetischen Witz und ihren imaginativen Gestus, mit anderen Worten: durch ihren Kunstcharakter, die zeitgenössischen Antikriegsgedichte der bekannten sentimental-rhetorischen Art.

Im Sinne der Brechtschen poetologischen Unterscheidung als Werk nicht „kurzer“, sondern „langer Dauer“ konstituiert, hat die „Deutsche Kriegsfibel“ bis heute viel von ihrer einstigen Aussagekraft bewahrt, auch wenn das von Brecht durchgehend angewandte Oben-Unten-Schema, zumindest in Westeuropa, inzwischen einiges von der sozialgeschichtlichen Aktualität verloren hat, die ihm für die Hitler-Epoche zugestanden werden muß.

10. POLITÖKONOMISCHE VERNUNFT CONTRA NAZI-PROPAGANDA: „DEUTSCHE SATIREN“ UND „EINGREIFENDES DENKEN“

Eingreifendes Denken“[59] in dem engeren, politischen Sinn, wie er sich aus der Notwendigkeit des antifaschistischen Kampfs ergab, hat Brecht kaum irgendwo anders so nachdrücklich in ästhetische Form umzusetzen versucht, wie in dem Zyklus der „Deutschen Satiren“ der „Svendborger Gedichte“.

Die Satiren wurden 1937/1938 für den „Deutschen Freiheitssender“ geschrieben. Dieser war der „Propagandasender“ der KP, des Schutzverbandes Deutscher Schriftsteller und der Moskauer linksorientierten Exilantengruppe. Er gab vor, aus Deutschland zu senden. In Wirklichkeit war er in Barcelona installiert. Nach dem Sieg der Franco-Truppen setzte der Sender seine Tätigkeit noch eine Zeitlang von der See aus fort, bis er sie, 1939, wahrscheinlich mit Rücksicht auf die inzwischen geänderte sowjetrussische Politik Nazi-Deutschland gegenüber einstellte.

Über die tatsächliche „propagandistische“ Wirkung dieser Sendungen, insbesondere auch der „Deutschen Satiren“ Brechts, ist wenig bekannt. Hier wie so oft sieht sich der rückschauende Interpret veranlaßt, die „eingreifende“ Wirkung der politischen Dichtung Brechts im Konjunktiv abzuhandeln.

Brechts hervorragende Lyrik und Dramatik teilten, bis zu einem gewissen Grad, offenbar das Schicksal vieler Werke zeitgenössischer antifaschistischer Autoren, die in weit geringerem Maße als Brecht das Problem der angestrebten politischen Wirkung zu einem Problem der ästhetischen Struktur ihrer Texte selbst gemacht hatten.

Im Fall der „Deutschen Satiren“ gibt es allerdings überdies Grund zu der Annahme, daß diesen Gedichten Brechts aus ihrer eigenen Anlage möglicherweise ein nicht geringes Rezeptionshindernis erwachsen wäre, auch wenn sie an die Ohren der damaligen Deutschen mit der Eindringlichkeit und in dem Umfang gelangt wären, wie im nachhinein jedenfalls der es ihnen wünscht, der sie heute liest.

Als Adressaten, den Brecht „erreichen“ und gegen den Nationalsozialismus motivieren wollte, erkennt man einen deutschen Zeitgenossen, Vertreter offenkundig der in der „Deutschen Kriegsfibel“ so genannten „Niedrigen“, der nüchternen, am eigenen Vorteil interessierten Verstand besitzt und der über eine an der materiellen „Basis“ orientierte Sinnlichkeit und entsprechende robuste Einbildungskraft verfügt.

Die Frage ist, inwieweit dieser Typus in Deutschland damals überhaupt realgeschichtlich existierte und ob sein angenommener Charakter sich nicht zu einem wesentlichen Teil einem imaginativen Identifikationsakt Brechts im Sinn einer bloßen Vorstellung und Idee von proletarischer Volkstümlichkeit verdankte.

Vielleicht war schon der bloße Versuch Brechts, mittels Witz, Ironie, Sarkasmus den mit weihevollem Pathos und verquollen-idealistischem Jargon wirkungsvoll sich in Szene setzenden Nationalsozialismus lächerlich zu machen, angesichts der damals vorherrschenden „deutschen“ Mentalität ein prekäres Unterfangen, dem schlicht das Publikum fehlte.

So hätte also Brecht vielleicht, indem er in den „Deutschen Satiren“ sich an einen Adressaten wandte, den es so noch kaum gab, und indem er in diesen Gedichten eine politisch-ökonomische Argumentation und eine „Ästhetik“ ansetzte, denen wesentlich der Rekurs auf eine „materialistische“ Wahrnehmungs- und Phantasiestruktur zugrunde lag, vielleicht etwas zustande gebracht, was Friedrich Schlegel einmal witzig als ein „Fragment aus der Zukunft“ bezeichnet hat. Brecht hätte, so betrachtet, für die Geschichte des Genres politischer Lyrik zwar einen methodologisch außerordentlich wichtigen Beitrag geleistet; dem Nationalsozialismus hätte er eine schmerzhafte Schlappe beigebracht, aber hauptsächlich in historisch-systematischer Hinsicht, weniger in Bezug auf die damalige konkrete Realität selbst. Er hätte mehr für die retrospektive geschichtliche Analyse geleistet als hinsichtlich der tatsächlichen Veränderung des Fühlens und Denkens der Deutschen. Diese fanden sich in den Jahren der Entstehung der Satiren von einem wahren Ozean ohrenbetäubender Propaganda umgeben und waren für den Appell der Vernunft, insbesondere einer, die aus dem ökonomischen Interesse sich begründen sollte, offenbar kaum noch erreichbar.

Zum Teil mußte sich für die rezeptionsästhetische Dimension der „Deutschen Satiren“ auch der damalige Stand der Brechtschen bzw. marxistischen Faschismustheorie – beide fallen im großen und ganzen zusammen – als problematisch erweisen. Brecht ging in jener Zeit, im Sinne der parteioffiziellen sogenannten „Agenten“-Theorie[60], noch von der These aus, der Nationalsozialismus sei eine Manipulation, mit der das in die Krise geratene kapitalistische Großbürgertum seine wirtschaftlichen Zwecke durchzusetzen versuchte. Die relative politische Autonomie im Terror des Nationalsozialismus, sein „faustlangertum“, wie Brecht später, im Arbeitsjournal, den doppelgesichtigen Charakter im Wesen des Faschismus nunmehr besser erfassend, sich ausdrückte[61], waren von ihm damals noch nicht genügend durchschaut worden.

Diese Grenze in Brechts Verständnis des Nationalsozialismus erweist sich partiell auch als Grenze der „Deutschen Satiren“. Nicht immer befinden sie sich auf dem Niveau, von dem aus die wesenhafte, ideologisch verankerte Gefährlichkeit des Gegners in den Blick geraten und durchschlagend bekämpft werden konnte.

Was ein Handicap für die damalige Wirkung der „Deutschen Satiren“ war, ist bezeichnenderweise offenbar auch noch eines für deren Rezeption seitens der späteren Brecht-Philologie gewesen. Zwei Umstände erklären möglicherweise die Reserviertheit, welche jedenfalls die westdeutsche Literaturwissenschaft den Brecht-Satiren gegenüber bislang an den Tag gelegt hat: einmal die Abneigung gegen das Satire-Genre überhaupt, wie sie in der deutschen idealistischen Ästhetik seit Hegel angelegt ist; und dann die Tatsache, daß eine in Teilen der Brechtschen Lyrik konstatierbare, wenngleich jeweils durchaus gesellschaftlich-politisch begründete Tendenz zu einer relativen stilistischen Entaktualisierung die Aufmerksamkeit zu den Gedichten hingelenkt hat, die aus eben jener Tendenz hervorgegangen sind. Diese Brecht-Gedichte schienen einem traditionellen Geschmack am ehesten dem Begriff der Lyrik als einer angeblich dezidiert zeitenthobenen Dichtung zu entsprechen. Die anderen, deutlicher bei der unmittelbaren politischen Aktualität sich engagierenden Beispiele Brechtscher Lyrik, so auch die „Deutschen Satiren“, behielten hingegen für viele Leser und Interpreten etwas insgeheim Anstößiges. Also wurden sie mehr oder minder verdrängt, so als bestünde zwischen dem einen und dem anderen Typus der Brecht-Gedichte ein essentieller und nicht, wie es tatsächlich der Fall ist, ein gradueller, durch die jeweils andere Wirkungsabsicht bestimmter Unterschied.

Trotz der Einwände, welche Aspekte der ästhetischen Strategie und des Faschismus-Verständnisses der „Deutschen Satiren“ betreffen, ist nachdrücklich hervorzuheben, daß diese Brecht-Gedichte

Kabinettstücke der satirischen Gattung sind und daß sie, als ein Beispiel antifaschistischer „Propaganda", die meisten ähnlichen Versuche der Zeit an Einfallsreichtum und Hellsichtigkeit überragen.

Selbst die angedeutete rezeptionsästhetisch-strategische Schwäche des Zyklus resultiert noch aus einem prinzipiellen methodologischen Vorzug, nämlich der Tatsache, daß Brecht auch als Lyriker und vor allem in diesen Satiren ernst zu machen suchte mit seiner auf dem I. Internationalen Schriftstellerkongreß (Juni 1935) vorgetragenen Überzeugung, der „Kampf gegen die Barbarei" sei nicht, wie es die Liberalen täten, vordringlich mit dem Hinweis auf Geist, Moral, Kultur zu führen, vielmehr komme es darauf an, in erster Linie von den „Eigentumsverhältnissen" zu sprechen[62]. Daß Brecht, derart dem Bewußtsein der Zeitgenossen, selbst vieler Antifaschisten, durch den Grad seiner „materialistischen" Einsicht in den Geschichtsprozeß weit voraus, in den „Deutschen Satiren" den polit-ökonomischen Gesichtspunkt sowohl argumentativ als auch hinsichtlich des ästhetisch-imaginativen Aspekts konsequent zur Geltung bringt, dies begründet, bei aller Problematik, was die Einschätzung des damaligen Adressaten angeht, das gattungspoetologisch aktuelle Interesse an dem Satiren-Zyklus. Auch ist die Art, wie Brecht die Mittel des Komischen hier einsetzt, von großem Reiz.

Gleich das erste Gedicht, „Die Bücherverbrennung", demonstriert einen Aspekt der Brechtschen Satire: den intelligenten Witz. Der hier erwähnte verbannte Dichter, „einer der besten", zeigt sich hell empört nicht etwa, weil seine Bücher verbrannt, sondern weil sie nicht verbrannt worden sind. Bücherverbrennung zu Nazi-Zeiten avanciert zum Qualitätsausweis. Die Ironie der Argumentation liegt in der als selbstverständlich vorausgesetzten, deshalb überhaupt gar nicht mehr erwähnten Annahme, daß die Bücher nur der guten, wahrhaftigen Schriftsteller der Vernichtung durch das Feuer der neuen Barbaren anheimfielen. Der Witz in der „Konstruktion" der Entrüstung tut dabei der ästhetischen Illusion der Darstellung spontaner, heftiger Gemütsbewegung keinerlei Abbruch. Umgekehrt dient diese dazu, jenen Witz und die Ironie des Vorgangs zu verstärken. (Übrigens hat Brecht hier eine wahre Begebenheit aus der Biographie O. M. Grafs aufgegriffen.)

Die politisch-ökonomische Maxime der „Kriegsfibel" „Wenn die Niedrigen nicht / An das Niedrige denken / Kommen sie nicht hoch" prägt nicht nur das Räsonnement, sondern auch die Bildstruktur vieler der satirischen Gedichte, so die im „Traum von einer großen Miesmacherin“. In der warnenden Demonstration einer gewaltigen Kartoffel vor der „Oper“, in welcher Hitler „seine große Rede hielt“, gewinnt jene Maxime drastische allegorische Gestalt. Kartoffel gegen Oper, das „Niedere“ gegen das „Höhere“, Ökonomie gegen „Ideale“ – vor diese Alternative sah sich der Leser gestellt. So handfest-einleuchtend die Logik des Gedankens war (zumal wenn man die „Kartoffel“ über den unmittelbaren aktuellen Sinn einer Anspielung auf Lebensmittelknappheit hinaus allegorisierte) – es erhebt sich die Frage, ob jene Logik damals dazu angetan war, die in entsagungsvoller Tugendhaftigkeit geübten Deutschen vom Abgrund zurückzureißen.

Hier wie in anderen Satiren unternimmt es Brecht, auf der Basis der Annahme einer Kluft zwischen „Volks“-Interesse und Nazi-Ideologie und -Führung seine satirische Argumentation zu entwikkeln. Eine gewisse „materialistische“ bzw. anarchistische Idealisierung des Begriffs Volk ist, gerade auch in den humoristischen Aspekten der Darstellung, manchmal unverkennbar, so in „Der Dienstzug“ und „Schwierigkeit des Regierens“. Angesichts der historisch bedingten Obrigkeitsgläubigkeit der Deutschen, auch angesichts der wachsenden „unbewußten“ Einsicht der Menschen in die Kompliziertheit einer modernen Staatsmaschinerie scheint der Witz in Brechts wiederholten Andeutungen, eigentlich gehe es ganz gut auch ohne alle Regierung, doch etwas zu „niedrig“ und also für den Verständnishorizont des tatsächlichen Adressaten etwas zu „hoch“ gegriffen, um den beabsichtigten politisch-aufklärerischen Effekt zu machen.

Seiner Idee von Volkstümlichkeit entsprechend liebt es Brecht, mit groteskem, hyperbolischem Bildwitz und sarkastischer Pointierung zu arbeiten. „Selbst Hungernde“, heißt es mit beizender Ironie in dem Gedicht „Notwendigkeit der Propaganda“, „müssen zugeben / Daß der Minister für Ernährung gut redet“. Die Werbung für Hitlers in Millionenauflage herausgebrachtes Buch „Mein Kampf“ wird in demselben Gedicht, in welchem Brecht durchweg den Kunstgriff der ironischen Lobrede gebraucht, zeugmatisch mit der Propaganda „für den Abfall“ in Verbindung gebracht. Goering erscheint eben dort in unmißverständlichem Doppelsinn als „größter Lumpensammler aller Zeiten“. – In diesem und ähnlichen Gedichten verfährt Brecht witzig, aber nicht eigentlich subtil, vielmehr eher bewußt grob. Die Ironie stellt sich gern selbst bloß, und am Schluß wird manchmal deutlich und direkt ausgesprochen, was vorweg auch schon gemeint war. In dem erwähnten Gedicht gegen Nazipropaganda, dessen letzter Versabschnitt nur noch durch Gebrauch einer Stilfigur der Untertreibung artistische Mittelbarkeit des Ausdrucks andeutet, faßt Brecht klar den satirischen Grundgedanken zusammen: „Und noch etwas macht ein wenig bedenklich / Über den Zweck der Propaganda: je mehr es in unserm Land Propaganda gibt / Desto weniger gibt es sonst“.

Die Kunst der Versinnlichung des polemischen Einfalls durch „Gesten“, die auch in der „Deutschen Kriegsfibel“ ästhetisch höchst wirkungsvoll angewandt wird (eindringlich besonders in dem Gedicht „Wenn der Anstreicher durch die Lautsprecher über den Frieden redet“), bekundet sich ähnlich überzeugend in dem Gedicht „Die Ängste des Regimes“. Das komisch-witzige Element tritt hier freilich stark zurück, die Satire wird „pathetisch“. Allerdings beweist dieses Gedicht auch eine gewisse Fehleinschätzung der Lage. Brecht war sich der großen Zustimmung offenbar nicht bewußt, die das Regime seitens der Massen erfuhr. – Auch die Hoffnung, die sich in dem Gedicht „Die Jugend und das Dritte Reich“ auf den angeblich gleichsam automatisch sich durchsetzenden Realitätssinn derer richtet, von denen Brecht annimmt, daß sie, wenngleich jetzt noch begeistert, später ernüchtert sein würden, läßt einige Illusion hinsichtlich der Gründlichkeit erkennen, mit welcher faschistische Ideologien in den Köpfen und Herzen der durch sie Unterdrückten arbeiteten.

Andererseits wiederum sind manche der „Deutschen Satiren“ bemerkenswert durch die Genauigkeit, mit der Brecht, der als Exilant lediglich auf Information aus zweiter Hand angewiesen war, an bestimmte „mythologische“ Topoi und „Gesten“ der Nazi-Propaganda anknüpfte, um sie ad absurdum zu führen. So greift Brecht wirkungsvoll jene speziell aberwitzige Strategie des Führerkults an, die darauf abzielte, Hitler als höheres Wesen und Ausnahme aus dem kriminellen Kontext, in welchem er agierte, loszulösen („Was der Führer nicht weiß“).

Der erste Versabschnitt des Gedichts „Die Sorgen des Kanzlers“ beginnt mit einer satirisch-witzigen Kontrastierung von Ursache und Wirkung und läßt zugleich exakte Beobachtung Goebbelscher Rhetorik erkennen. Goebbels, der eigentliche Ikonograph des propagierten Hitler-Kults, pflegte in seinen Reden nach bedeutungsschwerer Pause effektvoll mit einem phrenetischen Crescendo der Stimme einzusetzen; Brecht spielt eben darauf an: „Wenn der Propagandaminister von der Not des Volkes spricht / Hält er mitunter erschüttert ein, und dann kommt ein Aufschrei: / Unser Führer / Bekommt graue Haare!“.

Glanzvoll als Satire, aber doch nicht unproblematisch durch die Auffassung ist das Gedicht „Der Jude, ein Unglück für das Volk“. Messerscharf wird „bewiesen“, daß, wenn die Logik der Nazis stimmt, das Regime selbst, von dem alles Unglück stammt, „vom Juden kommen“ muß. Jedoch langt das zugrundeliegende Argumentationsschema Brechts kaum in die Zone, in welcher nationalsozialistische Rassen-Ideologie ihre Schrecken gebar. Die ökonomisch-pragmatische Sündenbock-Theorie, mit der Brecht damals den Antisemitismus zu erklären versuchte, spiegelt sich in dem rationalen Witz, der satirischen Umkehr-Logik, mit welcher Brecht das Phänomen, das ernstzunehmen ihm schwerfiel, lächerlich zu machen suchte. An der fürchterlichen politischen Wirklichkeit, jedenfalls der, wie sie inzwischen ins Bewußtsein gedrungen ist, scheinen das Gedicht und seine materialistische Vernunft wie ohnmächtig abzuprallen.

Eine der intelligentesten Einsichten Brechts betraf den Zusammenhang zwischen faschistischer Politik und spätbürgerlicher und partiell auch avantgardistischer Ästhetik, jene – wie Benjamin etwa zur gleichen Zeit formulierte – „Ästhetisierung des politischen Lebens“ durch den Faschismus[63]. Brecht hat diesen vielleicht originellsten Teil damaliger linker Faschismus-Theorie in seinen „Deutschen Satiren“ in eine griffige, witzige Argumentation übersetzt.

In dem Gedicht „Die Regierung als Künstler“ dient die polemisch gebrauchte Metaphorik des „Künstlers“, deren abschätzige Assoziationen aus einem kleinbürgerlich-proletarischen Verständnis des Begriffs hergeleitet sind, dem Autor dazu, die Vertreter des Nazi-Regimes als ruhmsüchtig, irrational, ungebildet, dumm, ökonomiefremd erscheinen zu lassen. Hier bahnt sich imgrunde keimhaft schon eine Auffassung vom Nationalsozialismus an, die über die damalige mechanistische „Agenten“-Theorie hinausdeutet und in welcher das politische Verhalten der neuen Machthaber als Ausdruck einer eigentümlichen, autonomen „Künstler“-Logik begriffen wird.

Das Gedicht „Verbot der Theaterkritik“, das den Zyklus abschließt, vertieft diese Perspektive. Es zeigt sämtliche Vorzüge der „Deutschen Satiren“: scharfsichtige politische Analyse, plastische „Gesten“ statt der Rhetorik sittlicher Entrüstung, hyperbolischen Witz, der bei aller Realistik einen Zug spielerisch-phantastischer Souveränität entwickelt.

Der Leser denkt bei dem Gedichttitel zunächst an das Verbot von

Theaterkritik in der üblichen, begrenzten Bedeutung des Worts. Bald aber erkennt er, daß ein „Verbot“ gemeint ist, welches jegliche Kritik betrifft, und daß da ein System Kritik zu befürchten hat, welches als ganzes das schlechte Theater ist, von dem das eigentliche, bürgerlich-kulinarische nur einen Teil darstellt, allerdings einen ausgezeichneten insofern, als es für jenes durchgehend die enthüllende satirische Metapher abzugeben vermag. Freilich zeigt „Verbot der Theaterkritik“ auch die mehrmals schon erwähnte Schwäche, die ebenfalls charakteristisch für den Satire-Zyklus insgesamt ist. Brecht operiert mit der nur partiell richtigen These, daß die nationalsozialistische Ideologie eine bloße Täuschung im Dienst des „Kapitals“ sei. Im letzten Satz, also an herausragender Stelle, heißt es mit deutlicher Anspielung auf den nach Meinung Brechts politisch-ökonomischen Primat des „Kapitals“, daß in dem Wirklichkeits-Theater, das die Nazi-Politik inszenierte, „Nicht einmal gesagt werden (darf), was gespielt wird / Wer die Vorstellung finanziert und / Wer die Hauptrolle spielt“.

Wie sehr es dem Nationalsozialismus, der, wenn es ihm paßte, auch das „Kapital“ terrorisierte, in aller seiner opernhaften Theatralik ernst war mit dem, was er unternahm, konnte sich die in Brecht versammelte politische Vernunft offenbar nicht immer leicht vorstellen. Die satirischen Pfeile, die er verschoß, haben gleichwohl ihren Gegenstand nicht verfehlt (auch wenn Brecht damals mehr als jemals sonst weit davon entfernt war, in das politische Geschehen mit nachhaltiger Wirkung konkret „einzugreifen“). Brechts Leistung als Satiriker ist bemerkenswert. Ehe noch der Nationalsozialismus sein Wesen voll offenbarte, hatte Brecht sehr viel davon erkannt, und was er erkannte, kritisierte er, indem er es der Lächerlichkeit preisgab, sei es auch nur für die „Lektüre“ der Späteren, für die der Faschismus, selbst als er besiegt war, Problem blieb.

Was Brecht am Nationalsozialismus in jener Zeit noch verborgen blieb, war eine Dimension geistiger, sittlicher und politischer Entartung, der auch mit noch größerer Kunst der Satire wohl nicht beizukommen gewesen wäre. Es gibt offenbar geschichtliche Prozesse von einer pathologischen Ernsthaftigkeit, der gegenüber jedes Lachen, zumindest ein menschlicher Vernunft entspringendes, als unangemessen und hilflos erscheint.

11. „EBENSO KALT WIE DER WIND IST DIE LEHRE IHM ZU ENTGEHEN": EINIGE VORAUSSETZUNGEN UND TENDENZEN DES BRECHTSCHEN „LEHRGEDICHTS".

Es könnte nicht unangebracht scheinen, Brechts Lyrik insgesamt dem Begriff des Lehrgedichts zu subsumieren und sie damit in eine alte, seit dem Sturm und Drang bei uns weitgehend in Vergessenheit geratene literarische Tradition einzuordnen: Fast immer „lehrt" der Lyriker Brecht etwas; fast immer gibt es bei ihm etwas zu „lernen" – auch dort, wo er nicht ausgesprochene „Lehrgedichte" schreibt.

Nur scheinbar jedoch war Brecht bestrebt, mit seinen Gedichten den Leser bloß zu „belehren", ihm bloß zu „nützen". Gewisse polemische Statements, gerichtet gegen die „bürgerliche" Ästhetik, dürfen einen über das große und anhaltende Interesse Brechts am „Schönen" nicht täuschen. Schon in den beiden scheinbar besonders radikal anti-ästhetischen Manifesten des „Lyrik-Wettbewerbs" von 1927, in denen Brecht provokant behauptet, daß Lyrik „ zweifellos etwas sein" müsse, „was man ohne weiteres auf den Gebrauchswert untersuchen können muß", geht es ihm, recht besehen, um die Schaffung eines zeitgemäßen Begriffs von Schönheit. Vor allem der zweite der erwähnten Aufsätze macht diese Absicht ganz klar. Die These lautet: Die „bürgerliche" Lyrik der Epoche ist „Weder nützlich noch schön"; also muß es sich darum handeln, eine neue Lyrik zu schaffen, die beides wieder ist: „nützlich" und „schön"[64].

Grundsätzlich ist auch dies wiederum eine alte Forderung. Sie wurde im Umkreis der Lehrdichtung, insbesondere während des 18. Jahrhunderts, häufig diskutiert. Schon die älteren Lehrdichter waren sich im allgemeinen bewußt, daß die „Belehrung" in der Lyrik auf genuin ästhetische Weise und nicht durch äußerliche, mechanische Anpassung an die Manieren der „eigentlichen" Poesie, etwa durch bloße Versifikation der Inhalte, zu erfolgen habe. Selbst der Wechsel der Töne und die Mischung der Gattungen, charakteristisch für Brechts Lyrik, kennzeichnen bereits Verfahren dieser älteren Lehrdichtung; sie dienten dort ähnlich wie bei Brecht dazu, mit gewissen Problemen ästhetischer Ökonomie, die sich aus der zwischen Theologie, Philosophie, Wissenschaft und Dichtung oszillierenden Gattung des Lehrgedichts notgedrungen ergeben mußten, besser fertig zu werden.

Läge das Neue, das mit Brechts Lyrik im Zusammenhang der modernen Poesie heraufgekommen ist, dann also doch wesentlich im Versuch der Wiederherstellung eines älteren Gedichttypus, nämlich des Lehrgedichts? – Ein solcher Versuch, in großer Weise unternommen, wäre ja schließlich nichts Geringes.

So sehr diese Argumentation zunächst einzuleuchten scheint – sie erweist sich bei näherer Betrachtung doch als höchst bedenklich. Wollte man Brechts Lyrik der Gattung des Lehrgedichts zuordnen, hätte man die Eigentümlichkeit seiner Gedichte verkannt; man hätte vor allem wesentliche historische Voraussetzungen seines Dichtens insgesamt ignoriert.

Man wird gern zugeben, daß Brecht Lehrgedichte geschrieben hat. Auch ist richtig, daß er sich von gewissen Unterarten bzw. Spielarten des traditionellen Lehrgedichts hat inspirieren lassen, z. B. dem Epigramm, der Satire, dem Preisgedicht, der Allegorie. Aber Brechts Lyrik als ein Ganzes kann keinesfalls als die Ausformung einer bestimmten Gattung, wie sie das Lehrgedicht darstellt, gedeutet werden.[65]

Brecht geht, historisch-systematisch betrachtet, offensichtlich von der seitens der frühromantischen Poetik und Literaturkritik festgestellten und propagierten Aufhebung der traditionellen Scheidung von „Poesie“ und „Prosa“ und der prinzipiellen Gleichsetzung aller literarischer Gattungen als möglicher Medien von Poesie (in einem neuen, universellen Sinn des Worts) aus.

„Romantische“, d.i. moderne Poesie soll nach den Bestimmungen Friedrich Schlegels, Novalis' und anderer „progressive Universalpoesie“, sie soll „Transzendentalpoesie“ sein. Ihr Wesen wird darin gesehen, daß sie „noch im Werden“ ist, ja daß sie „nie vollendet“ sein kann (wie F. Schlegel im Athenäum-Fragment 116 formuliert). Überdies wird „romantische“ Poesie von ihren damaligen Theoretikern tendenziell bereits als Gemeinschaftswerk, als „Sympoesie“ und nicht mehr als individuelles, in Einsamkeit hervorgebrachtes Genieprodukt angesehen (Lyceum-Fragment 112).[66] – Das ist, grob skizziert, das Poesie-Konzept der „romantischen“ Literaturrevolution; es handelt sich zu einem großen Teil dabei um nichts als den konzentrierten diagnostischen und prognostischen Reflex tatsächlicher literarischer Tendenzen der modernen Epoche bis auf den heutigen Tag.

Vor diesem literaturgeschichtlichen Hintergrund begreift man besser, wieso in Brechts Werk die Gattungen des Epischen, Dramatischen und Lyrischen ihren traditionellen Umriß verloren haben und wieso seine Dichtungen sich in permanentem „inneren" Übergang von der einen Gattung zur anderen befinden: Bis zu einem gewissen Grad sind Brechts Dramen lyrisch, seine Gedichte sind episch; seine Prosaschriften sind manchmal alles zugleich; z.B. kann der „Messingkauf", Brechts ehrgeizigster Versuch, seine Theatertheorie zu skizzieren, als ein „romantisches", d.i. episch-lyrisch-dramatisches Gesamtliteraturwerk aufgefaßt werden; daß diese Schrift Fragment geblieben ist, hängt nicht zuletzt mit den Prämissen moderner „Poesie" als einer „progressiven Universalpoesie" zusammen.

Eine ähnliche Übergänglichkeit der Gattungen, und zwar sowohl der Fundamentalgattungen des Epischen, Lyrischen, Dramatischen als auch der zahlreichen lyrischen Untergattungen (z. B. Lehrgedicht, Hymne, Ode, Satire, Spruch, Gelegenheitsgedicht), konstatiert man bei Brecht auch im engeren Bereich der Lyrik selber. Wechsel und Mischung der Töne, Universalisierung von Form und Inhalt ist für sie ebenso charakteristisch, wie es die ins Auge fallende, tendenziell unendliche Fortschreitung[67] in der Bewegung der lyrischen Massen ist. Diese letztgenannte Struktur ist Ursache dafür, daß das außerordentlich vielseitige, auch quantitativ gewaltige Oeuvre des Lyrikers Brecht einem dennoch als merkwürdig unabgeschlossen und unfertig erscheint – gewissermaßen als eine einzige große „romantische" Fragmenten-Sammlung, freilich ohne deren zum Teil sehr andersartige, „idealistische" Prämissen.

„Transzendentalpoesie", ein Zentralbegriff romantischer Dichtungstheorie und -praxis (vgl. Athenäum-Fragment 238[68]), will sagen: moderne Poesie, die sich in besonderem Maß die historischen und ästhetisch-logischen Bedingungen der Möglichkeit ihrer eigenen literarischen Existenz bewußt hält, ist Brechts Lyrik unter anderem aufgrund ihres ausgeprägten reflektierenden Charakters sowie aufgrund der Tatsache, daß der Lyriker Brecht die überlieferten lyrischen Gattungen nicht einfach ignoriert hat, sondern sie als Material und Substrat für poetische Neuschöpfungen verwendet (Stichwort: „Produktion" aus „Rezeption"). Der Versuch „Transzendentale(r) Übersetzungen" „ganze(r) Gattungen", von denen Friedrich Schlegel einmal sprach[69], wird in der Lyrik Brechts mit Entschiedenheit und großem Erfolg unternommen. Auch und gerade das Lehrgedicht Brechts ist durch eine solche „transzendentale Übersetzung" des traditionellen Lehrgedichts zustande gekommen; jenes hat hierdurch eine neue ästhetische Qualität gewonnen.

Natürlich hat dieser Umwandlungsprozeß wesentlich mit inhaltlichen Fragen zu tun. Insofern Brecht als Lehrdichter auftritt, kann und will er sich nicht mehr an einer vorgegebenen Lehre orientieren. Die ältere Lehrdichtung ging mehr oder minder von einer feststehenden Weltanschauung aus; die Dichter sahen ihren Ehrgeiz darin, diese einem größeren Publikum ästhetisch zu vermitteln. Brechts Lehrdichtung dagegen erwächst auf dem Boden eines historischen Bewußtseins, für das alle Weltanschauung grundsätzlich relativiert ist.

Der Marxismus, dem Brecht sich etwa Mitte der zwanziger Jahre zuwandte, hat an dieser Grundeinstellung nichts geändert. Für den Marxismus ist trotz seiner geschichtsphilosophischen, eine Idee von Totalität festhaltenden Voraussetzungen eine Lehre im Sinn eines Korpus systematisch geordneter Begriffe nicht das Wesentliche. Das marxistische Hauptinteresse gilt der gesellschaftlichen „Praxis". Die „Theorie" begreift der Marxismus, jedenfalls in dem Teil seiner Überlieferung, der Brecht durch seinen „Lehrer" Karl Korsch vermittelt wurde, als aktiven Teil eben jener Praxis selbst, darin der elften der Marxschen Thesen über Feuerbach folgend: „Die Philosophen haben die Welt nur verschieden *interpretiert;* es kommt aber darauf an, sie zu *verändern"*.[70]

Diesem Praxis-Primat entsprechend formuliert Brecht in seinem Gedicht „Lob des Kommunismus": „Er [der Kommunismus] ist das Einfache / Das schwer zu machen ist". Diese Einsicht liefert dem Brechtschen Gedicht seine wesentliche methodologische Maxime. Jener Satz weist ins Zentrum des politisch-ökonomisch aufgeklärten, praxisorientierten Charakters dieser Lyrik, der sich auch in deren seltenen privateren Erscheinungsformen nicht verleugnet.

Das Lehrgedicht Brechts „lehrt" demzufolge keine alle Zeit gültigen philosophischen, politologischen, wissenschaftlichen oder sonstigen „Inhalte". Es ist, pointiert gesprochen, ideenlos. Durch sein in diesem Tatbestand gründendes neues politisches Ethos ist das Brecht-Gedicht deshalb grundverschieden von der Lyrik beispielsweise des deutschen „Vormärz", deren Dichter sich jakobinisch-rhetorisch (von Brecht her gesehen: politisch-abstrakt) für Forderungen, „Gedanken" wie Gleichheit, Brüderlichkeit, nationale Einheit einsetzten.

Was Brechts Lehrgedicht zu „lehren“ sucht, ist das materielle, gemeinschaftliche „Produzieren“ einer besseren Gesellschaft und das „Vergnügen“ daran. Das ist der Hauptzweck. Die Nebenzwekke, die sich aus der Reflexion auf das je besondere Bedürfnis der verschiedenartigen geschichtlichen und politischen Lagen ergaben, werden jenem Hauptzweck untergeordnet; selten nur geschieht es, daß das Brecht-Gedicht diesen aus dem Blick verliert.

Eben dieser universelle Horizont trennt Brechts Lyrik und nicht nur seine Lehrgedichte auch von jener zeitgenössischen politischen Lyrik, die sich als „operationell“ definiert und ausschließlich festumrissene aktuelle politische Zwecke verfolgt. Auch diese Eigentümlichkeit kann im Gefolge „romantischer“ (moderner) Literaturrevolution als ein Aspekt von „Transzendentalpoesie“ verstanden werden, von welcher Friedrich Schlegel im Athenäum-Fragment 238[71] forderte, daß sie „das Produzierende mit dem Produkt“ darstellen müsse, das heißt: daß diese Poesie mit den je besonderen Inhalten und Formen zugleich und vor allem die Art und Weise des Schaffens selbst und damit dessen eigentliches dynamisches Prinzip sehen lassen solle, und zwar so, daß der „Rezipient“ dadurch selbst zum Schaffen angeregt werde.

Von den verschiedensten Seiten wird so immer wieder die These bekräftigt, daß Brechts Lyrik die ästhetische Logik, die innerhalb der Entwicklung des modernen Gedichts festzustellen ist, auf deren höchstem Niveau fortsetzt, auch wo diese Lyrik sich auf eine neue Art zu konzipieren sucht. Was aber das Lehrgedicht angeht, so übernimmt es als eine besondere Aussageform im fortschreitend sich entwickelnden „System“ Brechtscher Lyrik die Aufgabe, jenen allgemeinen Horizont gesellschaftlichen „Produzierens“ explizit dem Leser immer wieder ins Bewußtsein zu heben.

Trotz zeitweiligen oder auch dauernden „elegischen“ Bewußtseins von der Differenz zwischen sozialistisch-kommunistischem Geschichtsziel und tatsächlicher geschichtlicher Realität (vgl. „An die Nachgeborenen“), trotz des Wissens um die Mühen, die das „Besteigen hoher Berge“ bereitet, erfüllt eine Art latenter Hochstimmung große Teile der Dichtung Brechts. Das Vergnügen am „Produzieren“, die Lust, „alles so zu begreifen, daß wir eingreifen können“ („Kleines Organon für das Theater“, § 46), ist ein zentrales Brecht-Motiv.

In der Tat: Brecht, dieser große Realist, dem Skepsis im allgemeinen näherlag als stürmische Begeisterung, glaubte in einem neuen, zukunftsträchtigen Zeitalter zu leben. Dieser Grundenthusiasmus, aber auch das diesem keineswegs widersprechende, produktiv und positiv angstvolle Verantwortungsgefühl (wurzelnd in der Einsicht, daß nicht die Geschichte sich selbst hervorbringt, sondern der Mensch die Geschichte produzieren muß) dürften Ursache dafür sein, daß das Dichten Brechts bisweilen pathetische Züge annimmt und daß man bei ihm einem kunstvoll-mühsamen lyrischen Sprechen begegnen kann, das den Anschein erweckt, als solle das geschichtlich Neue vom Anfang und von der Wurzel der Dinge her heraufgeholt werden.

Vor allem in den letzten Jahren der Weimarer Republik, als viele Linke, so auch Brecht, in einer Art gespannter Endzeitstimmung den Untergang der bürgerlichen Gesellschaft erwarteten, findet sich dieser quasi fundamentalphilosophische, der äußeren Form nach von fern her klassizistische Duktus lyrischen Sprechens; doch kann man den gleichen Ton, häufig gemischt mit anderen Tönen, auch in den übrigen Phasen Brechtschen Schaffens antreffen.

Das große Lehrgedicht „Über die Bauart langdauernder Werke" (von ca. 1931/1932) ist ein hervorragendes Beispiel für Brechtsche „transzendentalpoetische" Reflexion in dialektisch-materialistischem Zusammenhang. Brecht handelt hier, in nicht leicht verständlicher, zugleich elementar-einfacher Diktion – ein für den Stil manches seiner Lehrgedichte charakteristischer Widerspruch – von der Beziehung zwischen Theorie und Praxis, zwischen kulturellem und politisch-ökonomischem Prozeß und von der Dialektik zwischen „Werken" „langer" und „Werken" „kurzer" Dauer in einem gesellschaftlichen Gesamtzusammenhang, der durch permanente aktive Selbstüberholung gekennzeichnet ist.

Dieses Lehrgedicht ist eines von neuer Art. Gelehrt wird kein „Inhalt", sondern eine Methode, nämlich rechtes „produzierendes" Verhalten in einer gesamtgesellschaftlich begriffenen Interaktion. Die einstmals in Produzenten (Autoren) und Verbraucher (Rezipienten), in Obere und Untere geschiedenen Teilnehmer des Produktionsprozesses werden von Brecht durch eine neue, umfassende Theorie des „Werks" und des „Bauens" zur Identität gleichberechtigt Schaffender begrifflich einander angenähert. Statt zeitüberdauernde Weisheit zu übermitteln, statt eine unangreifbare Formen-Welt, wie sie im Werk-Begriff spätidealistischer Ästhetik gedacht war, zu beschwören, deutet die Lehre des Gedichts gewissermaßen auf das genaue Gegenteil. Der Autor gibt Anweisungen, wie die „Bauleute" durch zielbewußte kollektive Planung „unfertiger" Werke künstlerisch-kulturellen, technischen, wirtschaftlichen usw.

Charakters (der „Werk"begriff umgreift alles dies) deren gesellschaftlichem Gebrauch und Verbrauch, wie sie also – traditionalistisch geredet – dem Verfall, der Zerstörung durch produktive Gegenwirkung positiven Vorschub leisten können. In der Sicht des Gedichts begründet sich die „Dauer" des „Werks" wesentlich aus der zeitlich grundsätzlich begrenzten materiellen Funktion im Zusammenhang gesellschaftlichen Gebrauchs, ja das „Werk" ist in gewisser Weise diese Funktion („Rezeption"), und es ist erst dann „fertig", wenn es sie nicht mehr üben kann.

Wie lange
Dauern die Werke? So lange
Als bis sie fertig sind.
So lange sie nämlich Mühe machen
Verfallen sie nicht.

Einladend zur Mühe
Belohnend die Beteiligung
Ist ihr Wesen von Dauer, so lange
Sie einladen und belohnen.

Die nützlichen
Verlangen Menschen
Die kunstvollen
Haben Platz für Kunst
Die weisen
Verlangen Weisheit
Die zur Vollständigkeit bestimmten
Weisen Lücken auf
Die langdauernden
Sind ständig am Einfallen
Die wirklich groß geplanten
Sind unfertig.

Unvollkommen noch
Wie die Mauer, die den Efeu erwartet
(Die war einst unfertig
Vor alters, vor der Efeu kam, kahl!).

Unhaltbar noch
Wie die Maschine, die gebraucht wird
Aber nicht ausreicht
Aber eine bessere verspricht

So gebaut sein muß
Das Werk für die Dauer wie
Die Maschine voll der Mängel.

Auffallend an dem – hier nicht vollständig zitierten und nur andeutungsweise interpretierten – Gedicht ist die lapidare, schmucklose, „erhabene“ Sprechweise. Seine rhetorische Kraft entwickelt es vorzugsweise aus den wie gehämmert wirkenden syntaktischen Redefiguren. Sein gedrungenes Pathos gründet nicht zuletzt in dem großen Anteil an ahistorisch-formalisierten sprachlichen Wendungen: Das Brechtsche Lehrgedicht, das keine allgemeinen Wahrheiten, keine traditionellen Verhaltensregeln mehr übermitteln kann, bemüht sich gleichwohl um eine Art poetischer Meta-Sprache, welche im Stil unbedingten, „zeitlosen“ Sprechens die Initiation des Lesers in eine dieser Form gleichsam konträre Dimension: in den radikal transitorischen und bedingten Charakter geschichtlicher Praxis, zu geben versucht.

Für die Bereitschaft, Vergänglichkeit des „Werks“, das einer schafft oder an dem einer mitschafft, nicht nur im nachhinein zu bejahen, sondern sie im schöpferischen Akt gleichsam selbst mit zu erzeugen – für die Beschwörung dieser neuartigen Haltung, die traditionell-individualistischem Bewußtsein höchst entsagungsvoll, ja ruinös scheinen muß, hat Brecht eine poetische Aussageform angestrebt, die beim Adressaten ein trotzdem enthusiastisches, quasi heroisches Reflexions- und Produktionsklima zu schaffen imstande ist. –

Das „Werk“, das Brecht von allen „Werken“ am meisten am Herzen lag, war seine Theaterarbeit. Im vorliegenden Zusammenhang interessiert vor allem Brechts „Messingkauf“, weil sich in diesem großangelegten, während des Exils verfaßten theater-theoretischen Werk neben Dialogen, Abhandlungen und Reden auch zahlreiche Lehrgedichte finden.

Es handelt sich bei diesen „Messingkauf“-Gedichten[72] (sie stammen, mit wenigen Ausnahmen, aus den Jahren 1935–1940) keineswegs um lyrische Neben- oder Gelegenheitsarbeiten. Auch ist klar, daß es angesichts des Brechtschen praxisorientierten Lyrik-Konzepts keinen Sinn hätte, in diesem Fall von „Gebrauchspoesie“ zu reden. Keine Frage ferner, daß einige der „Messingkauf“-Gedichte zum Besten gehören, was Brecht überhaupt an Lyrik geschrieben hat.

Diese Gedichte sind im einzelnen recht verschiedenartig. Einige sind großräumig gebaut. Andere haben knappen Umfang und nähern sich epigrammatischer Form. Zum Teil verkündet Brecht Grundlehren des Theaters. Zum Teil hat man Schauspielerbelehrungen und -selbstbelehrungen zu begrenzten Gegenständen des Theaters vor sich. Manche Gedichte sind Polemiken; gelegentlich kommt der Typus der „Vision“ vor (z. B. „Mein Zuschauer“).

Brecht geht auch im „Messingkauf“, wie so oft, von einem fundamentalen Widerspruch aus. Sein Theater des „wissenschaftlichen Zeitalters“[73], das anti-kultisch, anti-irrationalistisch konzipiert ist und seine Maßstäbe aus der Beobachtung des gewöhnlichen Lebens nimmt, soll gleichwohl als „Kunst“, als „großer“ kultureller Gegenstand menschlichen Interesses ernstgenommen werden. Damit die Atmosphäre einer Erhöhung des Gegenstands Theater und der Weckung eines mehr-als-gewöhnlichen Interesses, damit „Jene große Haltung (. . .) der Forscher und Pioniere“[74] entstehen kann, hat Brecht zusätzlich zu anderen Mitteln das Medium des Lehrgedichts hier eingesetzt. – Ein Gedanke aus der Epoche der Frühromantik scheint wieder aufzuleben; er ließe sich folgendermaßen auf Brecht anwenden: Die gesellschaftliche Produktion ist „Poesie“ (im ursprünglichen Sinn des Worts: Hervorbringung); das Theater, das jene Produktion nicht nur zum Thema macht, sondern selber befördert, ist „Poesie der Poesie“; von Poesie aber kann und soll man „poetisch“ reden. – Diesen Impuls kann man mittelbar auch einer Notiz Brechts entnehmen; zu der ursprünglich beabsichtigten „dialektische(n) wendung in der *vierten nacht* des MESSINGKAUFS“ macht Brecht die Anmerkung: „dort geht der plan des philosophen, die kunst für lehrzwecke zu verwerten, auf in dem plan der künstler, ihr wissen, ihre erfahrung und ihre fragen gesellschaftlicher art in der kunst zu plazieren“[75]. Mit dem Hauptzweck der „Messingkauf“-Gedichte: das Theater „in der Kunst zu plazieren“, verbinden sich andere, partikulare Absichten. Brecht blickte mit seinem „Messingkauf“-Projekt voraus auf die Probleme eines Nachkriegstheaters. Schauspieler, die durch die bürgerliche und die Nazi-Form geprägt waren, würden nach der Zerschlagung des Hitler-Regimes für ein Theater des „wissenschaftlichen Zeitalters“ erst gewonnen und ausgebildet werden müssen. Durch das Sprechen der genauen, schönen, leidenschaftlichen Brecht-Verse nun, die den Gegenstand des neuen Theaters und der neuen Schauspielkunst betrafen, sollten diese Schauspieler in eine erregende produktive Stimmung versetzt werden. Das Pathos, die wie an einem Magischen sich entzündende Begeisterung, mit denen in der bürgerlichen, „kulinarischen“ Sphäre von allem gesprochen zu werden pflegte und pflegt, was mit Theater zu tun hat – diese Formen, diese Haltungen sollten, gereinigt und geläutert, einem scheinbar profanen Inhalt, dem „Alltäglichen Theater“[76] Brechts, zugewandt werden.

Das Eingangsgedicht „Rede an dänische Arbeiterschauspieler über die Kunst der Beobachtung“ zeigt sogleich die für viele Brechtsche Lehrgedichte charakteristische, beim Grund der Sache ansetzende Reflexion: „Hergekommen seid ihr, um Theater zu spielen, aber jetzt / Sollt ihr gefragt werden: Was soll das?“

Brechts „Messingkauf“ ist prima philosophia des neuen Theaterhandwerks. Aber sie zielt auf etwas, was im herkömmlichen Theater verpönt war. Statt der faszinosen Formel des „kulinarischen“ Theaters von der „Ewigkeit im Augenblick“ entwickelt Brecht die scheinbar ernüchternde Theorie vom vergehenden Augenblick: Er sucht in die Kunst des „Historisierens“ einzuführen. Mit ihrer Hilfe soll die Wirklichkeit, auch und gerade die der Gegenwart, so verfremdet werden, daß sie als das erscheint, was sie ist: eine im Fluß befindliche, veränderliche und veränderbare Wirklichkeit. Selbst das im „Messingkauf“ hier und jetzt vonstatten gehende Sprechen über die Notwendigkeit des „Historisierens“[77] soll seinerseits noch historisiert und der kritischen, eingreifenden Betrachtung ausgeliefert werden: „(Selbst was hier geschieht, eben jetzt, bei uns, könnt ihr / So als ein Bild betrachten: wie euch der landflüchtige / Stückschreiber unterweist in der / Kunst der Beobachtung.)“[78]

Die Distanzhaltung, die dem „Historisieren“ entspringt ebenso wie sie dieses ermöglicht, erzeugt eine Struktur, die Brechts Lyrik ebenso wie seinem Theater eigentümlich ist. Brecht spricht von dieser Struktur, die als die wahrscheinlich entscheidende Transzendentalie seiner gesamten poetischen Produktion bezeichnet werden muß, mit einer Intensität, wie sie einst Metaphysikern eigen war, wenn sie vom dauernden Wesen der Dinge sprachen. – Typisch für den zugleich inbrünstigen und philosophisch angestrengten, „hermeneutischen“ Stil vieler Brechtscher Lehrgedichte sind „Messingkauf“-Gedichte wie „Das Zeigen muß gezeigt werden“ oder „Der Nachschlag“. – In dem letztgenannten Gedicht scheint der Schauspieler, der über das Geheimnis des „Nachschlags“ als eines Mittels der erwähnten „Historisierung“ spricht, dem eben im Augenblick seines Sprechens selbst erzeugten Nachschlag hinterherzusinnen und -zulauschen. Die Form des Gedichts reflektiert da symbolisch seinen Inhalt. Nebenbei erhält der Leser eine Anleitung zum rechten Sprechen und Hören der lyrischen Gedichte Brechts.

Meine Sätze spreche ich, bevor
Der Zuschauer sie hört; was er hört, wird
Ein Vergangenes sein. Jedes Wort, das die Lippe verläßt
Beschreibt einen Bogen und fällt
Dann ins Ohr des Hörers, ich warte und höre
Wie es aufschlägt, ich weiß
Wir empfinden nicht das nämliche und
Wir empfinden nicht gleichzeitig.

Der zugleich historisierende und heroisierende, der zugleich ernüchternde, profanisierende und beflügelnde, neues Pathos anstrebende Stil vieler Gedichte Brechts, insbesondere vieler seiner Lehrgedichte, muß noch von einer anderen Seite her dem Verständnis nahegebracht werden: von der Seite der Moral.

Auch hier gibt es eine Art transzendentaler Reflexion, die – auf dem Boden dialektisch-materialistischen Denkens – nach den Bedingungen der Möglichkeit des „Guten" fragt. Auch hier spielen das Moment des „Historisierens" und entsprechende Form-Inhalt-Kriterien eine wichtige Rolle.

Der junge Brecht sah die Begriffe von Gut und Böse in den Sog der immanenten Selbstbewegung der Geschichte hineingezogen; das „Hauspostille"-Gedicht „Ballade von den Geheimnissen jedweden Mannes" bezeugt Brechts schockierende Erfahrung moralischer Ambivalenz und reflektiert sie bereits im Blick auf die Konsequenzen für praktisches Handeln. Angesichts der Erschütterung auch der letzten Bastion, des Rigorismus Kants, der auf die Frage nach dem Guten bezeichnenderweise nur mehr eine „formale" Antwort gegeben hatte, versucht Brecht das Problem im Sinne marxistischer Ethik dialektisch zu fassen: „Gut" ist nicht die individuelle Gesinnung, das private Rechttun; „gut" ist, was der materiellen Veränderung der Gesellschaft im Blick auf solche Zustände hin dient, die es im Endeffekt allen Menschen erlauben, „gut" zu sein; kurz: das „Gute" wird prozeßhaft und von den ökonomischen Bedingen her gedacht. Es ist nicht länger eine absolute geistig-sittliche, „innere" Qualität.

Für die Entstehung eines solchen „Bewußtseins", das dem Zeitgenossen noch durchaus fehlte, obwohl er in praxi bei der Lösung moralischer Fragen längst relativistisch zu verfahren pflegte, ständig Konzessionen an den konkreten Geschichtsprozeß machend, suchte Brecht in zahlreichen Lehrgedichten ohne Leichtfertigkeit die Voraussetzungen zu schaffen.

Das Wesentliche ist, daß das Brechtsche Lehrgedicht, welches das moralische Problem thematisiert, ein Klima rücksichtlos-nackter Wahrheitsoffenbarung erzeugt, in der die entscheidenden Widersprüche unnachsichtig, ja grausam (manchmal bis an die Grenze scheinbar schamlosen Sarkasmus) herausgestellt werden. Von dem oft bis zur Unkenntlichkeit auf die gesellschaftliche Praxis „angewandten", „historisierten" „Guten" spricht Brecht auf eine bewußt anstößige Weise, in welcher die einstige Kantische, fordernde Härte und Unbedingtheit weiterzuleben scheinen. Da scheint an die frühere, mit der Idee des Guten und der Moral verknüpfte Kategorie des Absoluten, die den Menschen immer schon schwer erträglich war, in eben dem Gestus noch erinnert werden zu sollen, der ihren geschichtlichen Untergang vermeldet.

So konstatiert Brechts „heilige Johanna von den Schlachthöfen" in ihrer „letzten Rede"[79] den Zusammenbruch der Liebesmoral der christlichen „Schwarzen Strohhüte" in einem mühsamen, ringenden Sprechduktus, der verrät, daß der heldische Charakter ihres einstigen, nutzlosen Glaubens in dem neuen, nützlichen Unglauben nicht verloren gegangen ist:

Eines habe ich gelernt und weiß es für euch
Selber sterbend:
Was soll das heißen, es ist etwas in euch und
Kommt nicht nach außen! W a s wißt ihr wissend
Was keine Folgen hat?
Ich zum Beispiel habe nichts getan.
Denn nichts werde gezählt als gut, und sehe es aus wie immer, als was
Wirklich hilft, und nichts gelte als ehrenhaft mehr, als was
Diese Welt endgültig ändert: sie braucht es.
Wie gerufen kam ich den Unterdrückern!
O folgenlose Güte! Unmerkliche Gesinnung!
Ich habe nichts geändert.
Schnell verschwindend aus dieser Welt ohne Frucht
Sage ich euch:
Sorgt doch, daß ihr die Welt verlassend
Nicht nur gut wart, sondern verlaßt
Eine gute Welt!

Johannas Vers-Rede endet mit Sätzen von erschreckender Unerbittlichkeit. Diese zeigen an, was zu Brechts dialektisch-materialistischer „Theorie“ der Moral unleugbar gehört: die Bejahung von – gegebenenfalls unmenschlicher, tödlicher – Gewalt.

> Darum, wer unten sagt, daß es einen Gott gibt
> Und ist keiner sichtbar
> Und kann sein unsichtbar und hülfe ihnen doch
> Den soll man mit dem Kopf auf das Pflaster schlagen
> Bis er verreckt ist.
>
> Und auch die, welche ihnen sagen, sie könnten sich erheben im Geiste
> Und steckenbleiben im Schlamm, die soll man auch mit den Köpfen auf das
> Pflaster schlagen. Sondern
> Es hilft nur Gewalt, wo Gewalt herrscht, und
> Es helfen nur Menschen, wo Menschen sind.

In dem Gedicht „Verhör des Guten“ manifestiert sich eine – hier durch Spott noch verstärkte – Grausamkeit. Offenbar ist sie die Rückseite jener „großen Haltung“, die Brecht auch in der poetischen Debatte, die in seinen Lehrgedichten und Lehrstücken über das Thema Moral geführt wird, zu erzeugen suchte. Es ist bei der Beurteilung solcher Dichtungen zu bedenken, daß die Grausamkeit in der poetischen Entwicklung des „Motivs“ nicht nur auf die Gewalt verweisen dürfte, die andern angetan wird, sondern auch auf die, die nötig war, die eigene, aus der christlich-bürgerlichen Herkunft erklärbare sittliche Empfindsamkeit zu unterdrücken.

> Tritt vor: Wir hören
> Daß du ein guter Mann bist.
>
> Du bist nicht käuflich, aber der Blitz
> Der ins Haus einschlägt ist auch
> Nicht käuflich.
> Was du einmal gesagt hast, dabei bleibst du.
> Was hast du gesagt?
> Du bist ehrlich, du sagst deine Meinung.
> Welche Meinung?
> Du bist tapfer.
> Gegen wen?
> Du bist weise.
> Für wen?

Du siehst nicht auf deinen Vorteil.
Auf wessen denn?
Du bist ein guter Freund.
Auch guter Leute?

So höre: Wir wissen
Du bist unser Feind. Deshalb wollen wir dich
Jetzt an eine Wand stellen. Aber in Anbetracht deiner
Verdienste
Und guten Eigenschaften
An eine gute Wand und dich erschießen mit
Guten Kugeln guter Gewehre und dich begraben mit
Einer guten Schaufel in guter Erde.

Das Gedicht fingiert ein Tribunal. Ein „guter Mann" ist herzitiert worden. In der Charakteristik derer, die ihn in autoritärem Stil befragen und richten, erscheint er als Vertreter einer „formalen", idealistisch-individualistischen Gesinnungsethik. Dieser Position wird die konträre einer „praxis"orientierten, parteilich-klassenkämpferischen Moral abrupt entgegengestellt. Die, die diese Moral vertreten, sehen in dem „Guten", der offenkundig „nichts Böses" getan hat, überraschenderweise den Schädling, den „Feind". Sie verurteilen ihn zum Tod durch Erschießen, wobei sie ihm ironischerweise in Anbetracht seiner „Verdienste und guten Eigenschaften" die Vergünstigungen in Aussicht stellen, von denen im Gedicht abschließend die Rede ist. Das Prädikat „gut" in der üblichen, arglosen, durch die Frage-Sequenz im ersten Teil der Verse schon unterminierten Bedeutung wird da der Lächerlichkeit preisgegeben. Das geschieht durch Häufung seines Vorkommens, vor allem aber durch einen verfremdenden Wortgebrauch, durch den jenes „gut" als Bezeichnung einer sittlichen Charakter-„Eigenschaft" einem „gut" als Bezeichnung der Nützlichkeit vielseitig verwendbarer Gebrauchsgegenstände (Wand, Kugel, Schaufel usw.) nebengeordnet wird. Diese „zeugmatische" Verwendung des Worts dient nicht nur komisch-satirischer Wirkung. Sie hat auch „Logik". Indem dem „Guten" angekündigt wird, man werde ihn mit „Guten Kugeln guter Gewehre" erschießen usw., wird ihm handgreiflich demonstriert, daß es nicht ausreicht, gut „für sich" zu sein. In extremer Lage (z. B. des Klassenkampfs) heißt gut „für sich" sein vielmehr eine Gefahr für die Umwelt sein, so wie der „Blitz" es ist, der „ins Haus einschlägt". Der zum Tode verurteilte „Gute" stirbt also gewissermaßen durch sich selbst: durch seinen verkehrten, „formalen“ Begriff von Moral; Moral dieser Art kann, in der praktischen politischen Konsequenz, zur Kugel werden, die einen „guten Mann“ trifft. – Was das Gedicht, das ein triftiges Problem in einer drastischen Anekdote erörtert, aufgrund seiner „Fabel“ verschweigt und verschweigen muß, ist die Tatsache, daß der „gute Mann“, insofern er „gut“ seinem eigenen, wenngleich beschränkten Begriff nach wirklich noch ist, sich zu der Beteiligung an der Liquidierung eines Mitmenschen, wie sie hier gedichtet wird, wohl keinesfalls verstehen würde.

Auch wenn der Anschein eines Gedichts wie des gerade vorgestellten dagegen spricht, war Brecht kein voreiliger Befürworter von Gewalt; es gibt so gut wie keine poetischen Zeugnisse, die ihn im Gefolge der „Fleurs du Mal“ fasziniert vom „Bösen“ zeigten. In Gedichten wie „Lied vom Freundlichsein“ (aus: „Der gute Mensch von Sezuan“) oder „Die Maske des Bösen“ äußert Brecht im Gegenteil fast naiv wirkenden Glauben an die gute Grundnatur des Menschen, meint er zu wissen, „Wie anstrengend es ist, böse zu sein“, und daß „Ein gutes Wort / Entschlüpft wie ein wohliger Seufzer“. – Die Lektion von der Gewalt als einem in Extremsituationen unvermeidbaren Mittel „praktischer“ Humanität mußte gerade Brecht offenbar erst lernen, und da sich dies so verhält, spielt das Thema in seinen Lehrgedichten eine so wichtige Rolle.

Brecht ist bemüht, das moralische Problem wirklich als Problem zu präsentieren; ästhetisch heißt das: in „großer Form“. Brecht zeigte damit an, daß das Thema Moral in der zeitgenössischen Beleuchtung, die ihm unerläßlich schien, für ihn „tragische Fallhöhe“ besaß.

Die Sprache, die Brecht in diesem Zusammenhang verwendet, sucht das ideologische Gespinst zu zerreißen, durch das damals wie heute vorherrschendes Denken sich über Tatbestände des eigenen Lebens zu täuschen versteht. Die „Strenge“, mit der Brecht die Gültigkeit traditioneller, „idealistischer“ Moralauffassung leugnet, hat selber moralische Qualität. Indem er der „Wirklichkeit“ Stimme verlieh, gab er zu verstehen, daß er mit der Wirklichkeit und dem in ihr üblichen amoralischen Betrieb keineswegs fertig war.

Me-Tis Strenge

Wenn ich mit dir rede
Kalt und allgemein
Mit den trockensten Wörtern
Ohne dich anzublicken

(Ich erkenne dich scheinbar nicht
In deiner besonderen Artung und Schwierigkeit)

So rede ich doch nur
Wie die Wirklichkeit selber
(Die nüchterne, durch deine besondere Artung
unbestechliche
Deiner Schwierigkeit überdrüssige)
Die du mir nicht zu erkennen scheinst.

Für die „Strenge“ der poetischen Redeweise, mit welcher Brecht insbesondere während der Jahre von ca. 1927 bis ca. 1930 das Thema Moral behandelt, sind vor allem die Lehrstücke „Untergang des Egoisten Johann Fatzer“, „Der Brotladen“, „Die Maßnahme“ charakteristisch. Brechts Lehrgedichte dieser Schaffensphase stammen entweder aus diesen Dramen oder sie partizipieren an dem in ihnen herrschenden Klima der Reflexion. Von allen Dichtungen dieser Zeit gilt in besonderem Maß, daß da Krisenphänomene ausgestellt werden sollen; der Inhalt, um den es jeweils geht, auch der, der die Krise heilen soll, wird strikt „historisiert“. Die Lehrstücke Brechts, im Rahmen seines Konzepts einer „Großen Pädagogik“[80] entwikkelt, waren nicht zufällig als Vorlagen zur Selbstverständigung revolutionärer Arbeiter-Schauspieler-Kollektive (ohne Anwesenheit traditionellen „Publikums“) vorgesehen; deren kritischer Diskussion sollten sie ausgesetzt werden.

Zur Dialektik von Menschlichkeit/Unmenschlichkeit – Freundlichkeit/Grausamkeit gehört, als ein besonderer inhaltlicher Aspekt, die Problematisierung der herkömmlichen Kategorie des „Individuums“. Davon handeln nicht wenige Lehrgedichte.

Für Brecht ist das „Gute“ Ergebnis eines Gemeinschaftswerks und eines permanenten, großen Umwälzungsprozesses. Der einzelne, auch der Große, Siegreiche, hat seine Funktion darin nur auf Zeit. Hat er seinen Beitrag geleistet, tritt er ab, wird, gegebenenfalls, neu in jenen Prozeß eingegliedert. Für die Reduktion der Kategorie des „Individuums“ (das tendenziell Ewigkeit seines seelischen und materiellen Besitzstandes anstrebt) appelliert Brecht in seinen Lehrgedichten interessanterweise an die Einsicht des Individuums selbst. Nicht sucht er das Kollektiv als anonyme Instanz zur Unterdrückung des Individuums zu ermuntern. Intendiert ist im Endeffekt etwas wie eine revolutionäre universelle Elastizität des individuellen Charakters. In diesem Bestreben wirkt wie oft bei Brecht ein utopischer anthropologischer Impuls: Die Vorstellung, das in beschränkten Lebensumkreis eingesperrte Individuum zum „Gesamtarbeiter" weiterzuentwickeln, wird erkennbar.

Im „Fatzer"-Fragment heißt es kritisch mit Blick auf das groß, siegreich sich dünkende Individuum und in direkter, herausfordernder Ansprache: „Du hast nicht ausgereicht / Du bist nicht fertig / Jetzt hast du die Erfahrung und reichst aus / Jetzt kannst du beginnen: / Verlaß den Posten"[81]. Die Zeilen zeigen, ebenso wie das Stück, eine dialektische Gedankenbewegung: Satz für Satz wird individualistischem Denken und den aus diesem entstehenden Ansprüchen auf Beharren in fixer Position widersprochen.

Das „Gute" ist bei Brecht nichts, was ruht, in der „Seele" dauert, was ist. Es muß, in gewaltiger und oft gewalttätiger Anstrengung, herbeigeschafft werden. Die „Fatzer"-Chöre „Gut so. Schlecht so!" ahmen, gestisch bis in das unvermittelt antithetische, massiv-lapidare Sprechen hinein, die notwendige Anstrengung der kollektiven Produktion des „Guten" nach. Für einen Augenblick taucht da noch einmal ein zentrales Motiv der expressionistischen O-Mensch-Dichtung bei Brecht auf. Die Botschaft des einstigen idealistisch-spiritualistischen Humanismus aber ist transponiert in eine Tonart, die zielbewußt das Rohe, ja die notfalls unvermeidliche Beimischung von Inhumanität in der neuen Humanität und deren moralischer Praxis hörbar werden läßt:

Schreit um einen Menschen!
Soll er hingehn?
Schlecht so!
Was geschieht, muß nicht geschehen

Ändert es.
Gebt euren Teller nicht her
Ach, wozu denn?
Schlecht so!
Nichts ist gut, was der Mensch nicht
Gut macht![82]

Vor dem Hintergrund des dialektisch-materialistischen Moralkonzepts ist auch die poetische Diskussion der Beziehung Einzelner/Partei in Brechts Lehrgedichten zu sehen. Da Brecht das moralische Problem als ein dialektisches der gesellschaftlichen Praxis faßt, wird die Frage des rechten Wegs, der Methode wichtig. Damit taucht zugleich die Frage der Erkenntnis auf: Wer hat, bei gleicher allgemeiner Zielsetzung, recht – der einzelne oder die „Partei“?

Das Lehrgedicht „Wer aber ist die Partei?“, ursprünglich in dem Drama „Die Maßnahme“ enthalten, aber in die Sammlung „Lieder Gedichte Chöre“ (1934) aufgenommen, kreist um dieses Problem. Eine doppelte Absicht des Gedichts läßt sich herausheben. Zum einen soll der Auffassung von (kommunistischer) Partei als einem anonymen Etwas, das von oben oder aus dem Hintergrund die Anhänger lenkt, widersprochen werden. Ein demokratisches Konzept von Partei wird vorgestellt, das den Gedanken der prinzipiellen Gleichheit aller Mitglieder zur Voraussetzung hat. Zum andern wendet das Gedicht sich gegen die Maxime bürgerlich-liberaler Politik und Moral: daß der einzelne seinem Gewissen und niemandem sonst verantwortlich sei und im Zweifelsfall seinen eigenen Weg gehen müsse.

Auf diesem zweiten Aspekt liegt der Akzent. Brecht hat als Adressaten den idealistischen „jungen Genossen“ vor Augen, der es als seine Pflicht ansieht, in dem Augenblick aus der Gemeinschaft der Gesinnungsgenossen, der Partei, auszubrechen und auf eigene Faust zu handeln, da er überzeugt ist, daß nur er die Wahrheit über den rechten Weg weiß, nicht aber jene. Diesem individualistischen Konzept, einem traditionell vorherrschenden, setzt Brecht die Forderung entgegen, trotz der eigenen besseren Einsicht in der Gemeinschaft der Mithandelnden, wenngleich im Augenblick vielleicht Irrenden zu verbleiben. Das entscheidende Argument, welches das Problem der Erkenntnis als eines wesentlich der politischen Praxis, der Funktion und der materiellen Effektivität, definiert, bringt das Gedicht mit Schärfe heraus:

> Gehe nicht ohne uns den richtigen Weg
> Ohne uns ist er
> Der falscheste.
> Trenne dich nicht von uns!
> Wir können irren, und du kannst recht haben, also
> Trenne dich nicht von uns!

Das Gedicht ist ein hochinteressantes Dokument der inneren Geschichte der KP, insofern es, nebenbei gleichsam, gegen eine ganze Tradition kommunistischen sacrificium intellectus anzureden scheint: Brecht lehrt gerade nicht die überlegene Allwissenheit der Partei, sondern, umgekehrt, die Notwendigkeit, daß der einzelne zäh die eigene Wahrheit verteidigt, dies allerdings in der Partei. Die Partei „steckt" in „deinem" Anzug, sie „denkt in deinem Kopf", heißt es – gewissermaßen in aufklärerisch-entmythologisierender Wendung gegen jede Idee von Partei als einer hierarchischen Apparatur, die die jeweiligen Wahrheiten im Instanzenweg verkündet. Brechts kritischer Impuls, der ganz dem geschichtlichen Kontext der späten zwanziger und frühen dreißiger Jahre zuzurechnen ist, richtet sich hier freilich noch nicht – wie in einigen Gedichten der „Buckower Elegien" – vordringlich gegen die konkrete, kritisierbare Partei-Wirklichkeit selbst. In der damaligen Krisenphase ging es Brecht um das für ihn Naheliegende: dem einzelnen für die schwierigen Probleme politischen Handelns überhaupt erst einmal die Augen zu öffnen. Brecht, der sich hier an den „jungen Genossen" wendet, spricht zugleich den isolierten Menschen in der Wolfsgesellschaft an, dem er vor wenigen Jahren im „Lesebuch für Städtebewohner" Stimme verliehen hatte; die Stimme, scheinbar eine erfahrene, hatte damals dem Neukömmling, offenbar einem ebenfalls jungen Menschen, den Rat erteilt: „Trenne dich von deinen Kameraden (. . .) Verwisch die Spuren!". Mit der gleichen beschwörenden Eindringlichkeit wie damals, jedoch mit räsonierendem Appell an die praktische politische Vernunft wird nun der gegenteilige Rat gegeben: „Trenne dich nicht von uns!"

Einsichten, wie sie Brechts Lehrgedichte zu vermitteln suchen, sind im Fortgang deutscher Geschichte ironischerweise in gleichem Maß aus dem Denken des Zeitgenossen verdrängt worden, in dem jene Geschichte zunächst immer gewalttätiger und blutiger, dann zunehmend pragmatisch und moralisch-indifferent wurde. Erst in den fünfziger und sechziger Jahren wurde mit Hilfe von Schriften vor allem französischer Autoren wie Sartre, Merleau-Ponty, Camus ein Horizont politischer Moral wiederentdeckt, vor dem der „gute Mann" und der, der sich schmutzige Hände machen muß, keine einander unbedingt ausschließenden Figuren mehr sind.

Brechts Lehrgedichte sind nicht wie jene Schriften nach der genauen Bekanntschaft mit dem Nazi-Faschismus, sondern unmittelbar davor entstanden. Aber der Schatten faschistischer Gewalt liegt spürbar schon über diesen Gedichten. Im Bannkreis dieser Gewalt reflektiert Brecht über die Notwendigkeit von Gegengewalt. Das verhaltene, dem Prosatonfall gleichsam abgerungene Pathos, mit dem er im Gegensatz zur Sprache der Späteren das Thema darstellt, verrät, daß das Denken sich damals in den Umgang mit der „guten" Gegengewalt als in etwas Fürchterliches, Neues erst noch einüben mußte.

Mit wem säße der Rechtliche nicht zusammen
Dem Recht zu helfen?
Welche Medizin schmeckte zu schlecht
Dem Sterbenden?
Welche Niedrigkeit begingest du nicht, um
Die Niedrigkeit auszutilgen?
Könntest du die Welt endlich verändern, wofür
Wärest du dir zu gut?
Wer bist du?
Versinke in Schmutz
Umarme den Schlächter, aber
Ändere die Welt: sie braucht es! (. . .)

„Menschlichkeit" und „Unmenschlichkeit" korrespondieren in den Brechtschen Lehrgedichten jener und gelegentlich auch noch der vierziger Jahre aufs engste miteinander. Auf einem fundamentalen inneren, emotionellen und intellektuellen Widerspruch sind sie aufgebaut. Durch die Anstrengung des Autors, eine Synthese zwischen konträren Momenten zu bewerkstelligen, erhalten sie zum Teil eine in der Geschichte der modernen Lyrik einzig dastehende Wucht der Formulierung. Von der Dimension der Größe, des „Erhabenen" in dem Zusammenhang zu sprechen, ist gewiß nicht verfehlt.

Das große Gedicht „An die deutschen Soldaten im Osten" ist für die skizzierte widerspruchsvolle ästhetische Struktur des Brechtschen Lehrgedichts in besonderem Maße bezeichnend. Es beweist auch, wie schwierig es ist, im Fall Brechts das Lehrgedicht genau zu erfassen, ohne daß man doch auf diesen Gattungsbegriff einfach verzichten könnte.

Das Gedicht dürfte nach der sowjetischen Gegenoffensive vom Dezember 1941 geschrieben worden sein – in einem Augenblick, als deutlich wurde, daß die stets siegreichen Nazi-Heere besiegbar waren. Ähnlich wie Brechts „Deutsche Satiren" haben diese Verse einen konkreten, wenn man so will: propagandistischen Bezug. „schrieb AN DIE HITLERSOLDATEN IN RUSSLAND, nachdem viel über eine belieferung des moskauer radios gesprochen wurde", notiert Brecht am 9. 1. 1942 in sein „Arbeitsjournal".[83] Seine Entstehung verdankt das Gedicht dieser Eintragung zufolge also einer aktuellen „Gelegenheit" und einer bestimmten politischen Absicht.

Dennoch ist dies kein Propaganda-Gedicht im abschätzigen Sinn. Vielmehr handelt es sich um ein Beispiel bedeutender Lyrik. Der zentrale Kunstgriff des Gedichts besteht in der Verbindung zweier konträrer „Haltungen“: einer unmenschlicher Distanz und einer menschlicher Nähe. Mit jener reicht das Sprechen hart an die Grenze der Grausamkeit. Selten hat Brecht Verse in einem so unerbittlichen Ton geschrieben:

> (. . .) ich werde sterben in der Mitte der Jahre
> Ungeliebt, unvermißt
> Eines Kriegsgeräts törichter Fahrer.
>
> Unbelehrt, außer durch die letzte Stunde
> Unerprobt, außer beim Morden
> Nicht vermißt, außer von den Schlächtern.
>
> Und ich werde unter der Erde liegen
> Die ich zerstört habe
> Ein Schädling, um den es nicht schad ist.
> Ein Aufatmen wird an meiner Grube sein.
>
> Denn was wird da eingescharrt?
> Ein Zentner Fleisch in einem Tank, das bald faul wurde.
> Was kommt da weg?
> Ein dürrer Strauch, der erfroren ist
> Ein Dreck, der weggeschaufelt wurde
> Ein Gestank, den der Wind wegwehte.

Doch nähert sich der selbe Autor denen, zu denen er hier wie ein Prophet des Alten Testamentes spricht, sie gleichsam mit Worten vernichtend, zugleich mit der Gebärde brüderlicher Anteilnahme. Viermal redet er die zum Untergang Verurteilten mit der Liebesformel „Brüder“ an. „Brüder, wenn ich bei euch wäre“, beginnt das Gedicht. „Aber Brüder, liebe Brüder“, so läßt der Autor sich zu Anfang der zweiten Strophe des ersten der elf Abschnitte des Gedichtes, das auch dem äußeren Umfang nach gewaltige Dimension hat, vernehmen. Das „Ich“, das die Verse spricht, und das Innere der Soldaten vermischen sich; äußerste „Ferne“ schlägt in intime „Nähe“ um, ohne daß jedoch die Spannung aufgehoben würde; sie hält sich konstant durch das gesamte Gedicht. Jenes „Ich“ spricht mit der Stimme der Soldaten. Diese sprechen, bald in der Ich-, bald in der Wir-Form, mit der seinen.

Der Gestus unbestreitbaren Wissens vom Untergang der Soldaten in Schande und Tod – ein Wissen, das sich in Form des Selbstbekenntnisses der Betroffenen ausspricht – ist von großer, suggestiver Wirkung, suggestiv auch hinsichtlich der „propagandistischen“ Wirkungsabsicht: Der damals wahrscheinlich noch längst nicht vollzogene innere Abfall von den Idolen des Nationalsozialismus, die „Anagnorisis“ der verführten Soldaten, wird als bereits existente Wirklichkeit behauptet. Als die Überlebenshoffnung noch nicht erloschen war, ist sie schon als Illusion entlarvt. Das Gedicht packt den Widerstandswillen der Kämpfenden am innersten Nerv.

Gleichwohl täuscht das Gedicht nicht. Der partiell unerträgliche Rigorismus der Untergangsverkündung unterscheidet das Sprechen wesentlich von den Vorspiegelungen, mit deren Hilfe die übliche Kriegspropaganda in der Absicht zu werben pflegt, aus den Feinden Überläufer zu machen.

Auch kann die brüderliche Form der Anrede nicht für List gelten. Der Gestus der Solidarität ist und wirkt aufrichtig; er entspricht dem auch sonst bekundeten politischen Denken Brechts. Die wiederkehrende Formel „Brüder, wenn ich bei euch wäre“ scheint noch den Gedanken anklingen zu lassen, daß auch Brecht, wäre sein Leben anders verlaufen, einer der verführten Soldaten hätte sein können.

Der Nazi-Soldat erscheint nicht als Verbrecher von Geburt und Wesen. Als Verbrecher erscheint er deshalb, weil er „Knecht“ war und weil er den „Rock des Räubers“, das „Hemd des Mordbrenners“ anzog. Brecht gibt selbst in diesem äußersten Moment seine Landsleute nicht an ein Denken preis, welches das, was mit Deutschland und den Deutschen geschah, irrationalistisch vom Begriff des radikal Bösen her deuten möchte.

Politische und menschliche, moralische Bedeutung kommt auch dem Umstand zu, daß die Fiktion des Gedichts dahin geht, die Soldaten selbst sprechen zu lassen. Sie erkennen selbst ihren Irrtum, beklagen dessen schreckliche Folgen selbst. Das Gedicht, für das zunächst der Titel „Totenklage“ vorgesehen war, scheint den objektiv Schuldigen damit etwas von der Handlungsfreiheit zu belassen, die sie, als „Knechte“, aufgegeben haben. Denen, über die unnachsichtig das Urteil ergeht, bleibt trotz allem ein Stück ihrer Menschenwürde bewahrt. Der „heilige“ Zorn mäßigt sich durch die Redeweise und die Kraft des Einfühlens. Noch wo das überlegene, richterliche Ich aus der Ferne, gewiß auch mit Grausamkeit, spricht, ist es den Menschen nahe, ist es selbst erkennbar Mensch.

Brecht hat in diesem Gedicht ein ästhetisches Problem glücklich gelöst, das ihm, dem lyrischen Dichter (also: dem von der modernen

Tradition her „menschlichen“ Dichter par excellence), häufig als ein schwer lösbares, jedenfalls unvermeidliches erschienen ist. Wie muß der Dichter sprechen, wo der Menschlichkeit Gewalt stets beigemischt scheint und wo der Ausdruck subjektiven Mitgefühls, selbst wenn er noch gelänge, so wenig nützen würde? – In dem Fragment gebliebenen „Lehrgedicht von der Natur der Menschen“ hat sich Brecht unter anderem mit dieser Frage, einer zentralen Frage seiner „Poetik“, auseinandergesetzt. Für die Haltung außerordentlicher Distanz, aus der heraus insbesondere viele Lehrgedichte Brechts geschrieben worden sind, sucht er hier das Verständnis derjenigen zu gewinnen, über deren dringendste Bedürfnisse jene Gedichte kalt hinweggeschrieben scheinen.

Denk nicht: es sah dich nicht, der dies schrieb: dich am Grunde des Schachtes
Über die Hacke gebückt mit dem schmerzenden Rücken! Dich Ärmeren
Der du noch jenen beneidest, die eisigen Straßen durchlaufend
Bis sich der Mensch, mit dem du dein Bett teilst, erhebt und, müde noch, weggeht
Denk nicht, es sah dich nicht, der dir dies schrieb, als er schrieb, als er solches
Weit Entferntes besprach, so Schwieriges, so nur Gedachtes
So als hätte er Jahre noch Zeit, um zu Ende zu denken
Du aber hast nur mehr Stunden, und wenn jetzt die Kälte noch zunimmt
Kann dir bald keiner mehr sagen, was tun, um dem Tod zu entrinnen.
Wärme ist's, was du brauchst, und Brot und schnell brauchst du's und von allen
Lehren der Welt nur die, wie du schnell bekommst, was dir mangelt.
Und jetzt erfährst du als erstes: verbanne zuvörderst die Schnelligkeit
Ganz aus dem Kopf!
Wo die Not am größten, ist die Hilfe am fernsten.
Ebenso kalt wie der Wind ist die Lehre ihm zu entgehen
Ebenso dürftig wie deine Nahrung der Rat sie endlich zu mehren.

Also gibt dich der Lehrende auf? Also meint er dich nicht mehr
Weiter sprechend und dich übergehend, der du doch
Eile hast und schnell etwas brauchst? Und spricht so, als brauchtest du
Nichts oder wenig oder vor allem nicht gleich etwas?

12. „O GROSSER OKTOBER ...": BRECHTS PREISGEDICHTE

Von den Gedichten, die unter dem Gesichtswinkel einer historischen Poetik der eigentlichen, risikoreichen Experimentalzone der Brechtschen Lyrik zugerechnet werden müssen, sind diejenigen nicht die unwichtigsten, in denen Brecht, dezidiert, sozialistischen Vorstellungen rühmend und preisend poetische Gestalt zu verleihen sucht.

Diese Gedichte werden aus dem gegenwärtigen Brecht-Bild gern wegretuschiert. Doch gehören sie wesentlich hinein. Der erklärende bzw. entschuldigende Hinweis, diese Gedichte hätten im Unterschied zu anderen eine zeitbedingte gesellschaftliche, politische Funktion geübt, verfängt nicht. Denn solche Aufgabe nahmen seit der „Hauspostille" mehr oder minder alle Brecht-Gedichte wahr; und eben jene Aufgabe als eine immer auch der ästhetischen Logik zu begreifen, war Kern Brechtscher Poetik.

Auch ist es keine Frage, daß in die Brechtschen Preisgedichte (wie sie in Zusammenfassung einer relativ großen Erscheinungsmannigfaltigkeit hier kurz genannt seien) beträchtliche künstlerische Energien des Autors eingeflossen sind.

Der Gestus lyrischen Preisens hängt, vermittelt über eine Idee von sozialistischer Positivität, bei Brecht mit dem Aspekt der Größe aufs engste zusammen. Eine Disposition zu dieser Form-Inhalt-Tendenz läßt sich schon in der frühesten Schaffensphase konstatieren.

Die Absicht, der Gattung Lyrik den in der Poetik des neunzehnten Jahrhunderts ihr zugewachsenen Autonomie-Anspruch zu nehmen und ihr wieder gesellschaftlichen „Gebrauchswert" zu geben, hat für Brecht nie bedeutet, das Gedicht völlig im Reich der aktuellen politischen „Zwecke" und in der „Prosa" des alltäglichen Lebens aufgehen zu lassen (um Wendungen abschätziger Bedeutung aus der idealistischen Ästhetik zu zitieren, von deren positiven Prinzipien Brecht sich nicht so total entfernt hat, wie manchmal behauptet wird).

Aufschlußreich für die in Brechts Poetik virulente produktive Verschränkung der Kategorie gesellschaftlichen „Gebrauchswerts" und der einer neuen Art von Größe sind die Bild- und Bildungsassoziationen einer Tagebuchaufzeichnung von 1920. Das Darinstehen der Poesie inmitten des wirklichen Lebens wird in dieser Notiz ebenso betont wie die distanzierende Gebärde, mit welcher das Gedicht, indem es sich den höheren Interessen jenes wirklichen Lebens verpflichtet, sich von dessen trivialen, profanen Ansprüchen abwendet:

> Mir schwebt im Arrangement meiner Verse das Beispiel Rodins vor, der seine „Bürger von Calais" auf den Marktplatz stellen lassen wollte, auf einen so niederen Sockel, daß die lebendigen Bürger nicht kleiner gewesen wären. Mit unter ihnen drinnen wären die mythischen Bürger gestanden, Abschied nehmend aus ihrer Mitte. So sollen die Gedichte da stehen unter den Leuten.[84]

Die Erinnerung an Rodins „Bürger von Calais" (implizit wohl auch an Georg Kaisers denselben Stoff behandelndes Drama) weist auf das Thema des Opfers, das bereits den fünfzehnjährigen Brecht in seinem erstaunlichen Einakter „Die Bibel" beschäftigt. Der sich Opfernde besitzt oder erlangt Größe.

In den dreißiger Jahren wird dieser Ideenkomplex, der gelegentlich auch schon in der „Hauspostille" in grotesken Verkleidungen erscheint, in einen Zusammenhang dialektisch-materialistischer Reflexion eingebracht. Als Repräsentant wahrer Opfergesinnung gilt jetzt zum Beispiel der antifaschistische Widerstandskämpfer.

Diesen zu rühmen und damit einen neuen Begriff von Größe ästhetisch zu entwickeln, unternimmt Brecht in dem Gedicht „Lob der illegalen Arbeit": „Schön ist es/Das Wort zu ergreifen im Klassenkampf (...) Schwer ist und nützlich die tägliche Kleinarbeit" usw.

Zwei Formen, zwei historische Gestalten von Größe werden in diesem Preisgedicht programmatisch einander gegenübergestellt: die einstige heldenhafte, öffentlich anerkannte Größe, wie sie den mannigfachen Führer-Gestalten expressionistischer Literatur von deren Autoren noch angesonnen wurde, und eine andere, anonyme, „unberühmte" Form von Größe. Auch und gerade diese verlangt nunmehr Anerkennung jenseits der Anerkennung, die früher „Ruhm" hieß.

Die formale Entsprechung der eigentlich paradoxen Rühmung der in der Illegalität kämpfenden „Ruhm"losen – Entsprechung eines notgedrungen verschwiegenen, kargen Zeremonials, auf dessen

Recht das erwähnte Gedicht gleichwohl öffentlich verweist – läßt vorsichtige Anlehnung an den odisch-hymnischen Stil der Tradition erkennen. Syntaktische Inversion, Zeilensprünge, die den Satzfluß kunstvoll stauen, viermalige emphatische Heraushebung des Adversativpartikels „aber" unterstreichen den schmerzhaften Widerspruch von in der Sache großem Handeln und der Nicht-Anerkennung, mit welcher die legale, bürgerliche Öffentlichkeit es quittiert.

Für neue, gesellschaftlich bedeutsame Tätigkeiten und Leidenschaften, für einen neuen, sozialistischen Begriff von Positivität eine rühmende, preisende Form zu finden, wird mehr und mehr zu einem wichtigen Impuls Brechtschen Schaffens. Die „Inhalte", um die es geht, reichen von der Revolution als welthistorischem Ereignis über den Widerstandskampf, die Arbeit in der kollektiven gesellschaftlichen Produktion und deren große und kleine „Werke" bis hin zu den einfachen Genüssen des Lebens, zum „Alltag". Dieser wird als scheinbar niedere Sphäre von der anderen, scheinbar höheren in Brechts „Weltbild" nicht abgetrennt; er besitzt ebenfalls seine Größe, die an jener anderen partizipiert so wie dieser, der individuelle Alltag, durch die in der „großen" Geschichte getanen kollektiven Taten und die dort sich abspielenden Ereignisse erst ermöglicht wird und von ihnen abhängig bleibt.

Ein Preislied, das Heroisches in einem scheinbar ganz unheroischen Zusammenhang entdeckt und herausstellt, ist das Gedicht „Kohlen für Mike" von 1926: vielleicht Brechts erstes dezidiert „sozialistisches" Gedicht überhaupt und interessanterweise gleich eines, das dem rühmenden Typus angehört. Die rühmende Absicht teilt das in neusachlichem Stil gehaltene, dennoch einige deutliche Pathos-Akzente setzende Gedicht am Ende selbst mit: „Dieses Gedicht ist gewidmet den Kameraden/Des Bremsers Mike McCoy/(Gestorben wegen zu schwacher Lunge/Auf den Kohlenzügen Ohios)/Für Kameradschaft".

Wesentlich ein Preisgedicht ist, ungeachtet seiner erzählerischen Struktur, auch das weiträumige Gedicht aus den „Chroniken" der „Svendborger Gedichte": „Inbesitznahme der großen Metro durch die Moskauer Arbeiterschaft am 27. April 1935".

Der Leser soll an einem unerhörten Vorgang teilnehmen: Erstmals in der Weltgeschichte treten bei der Besichtigung eines eben fertiggestellten gewaltigen Bauwerks als die „Bauherren die Bauleute" in Erscheinung. Nicht so sehr die Metro als der Triumph nichtentfremdeter Arbeit wird von Brecht gefeiert. „Als nun die Bahn gebaut war nach den vollkommensten Mustern/Und die Besitzer kamen, sie zu besichtigen und/Auf ihr zu fahren, da waren es diejenigen/Die sie gebaut hatten (...)“. Dieser Satz spannt auf die Pointe. Man erwartet eine Aussage über die Pracht des Werks. Aber die eigentliche Überraschung ist nicht das Werk, so großartig es sich darstellt, sondern das neuartige Verhältnis der Arbeitenden zu ihrem Produkt.

Brechts „Metro“-Gedicht ist Preisgedicht und Beispiel einer sozialistischen Idylle. Dargestellt wird, wie die kommunistische „Idee“ (einer klassenlosen Gesellschaft, in der die Arbeitenden über ihre Produktionsmittel selbst verfügen) und die konkrete historische Wirklichkeit in einem bestimmten, durch Datumsangabe exakt bezeichneten Vorgang miteinander verschmelzen. – Inwiefern gibt das Gedicht ein tatsächliches Erlebnis Brechts wieder, der bei der Einweihung der Moskauer Metro Ende April 1935 anwesend war? Inwiefern handelt es sich um idealisierende Überhöhung des beobachteten Geschehens? – Die damalige Rolle der Sowjetunion, zumal im Bewußtsein der Exilschriftsteller, ist bei der Beurteilung dieses Gedichts zu bedenken. Poetologisch ist das Gedicht interessant, weil es Brecht hier unternimmt, Strukturen der Chronik, der visionären Idylle und des Preisgedichts zu synthesieren und auf diese Weise einer sozialistisch konzipierten Idee von Größe ästhetisch gerecht zu werden.

Hier wie bei den anderen Gedichten dieses Typs von einer Brechtschen Entgleisung zu sprechen, mag unter dem Gesichtswinkel einer sozialismus-kritischen historischen Retrospektive angebracht sein. Vom Standpunkt der Entwicklung Brechts erweisen diese Gedichte sich als Verwirklichung einer bedeutenden und charakteristischen Tendenz, und für eine Betrachung, deren Interesse der Logik einer historischen Poetik des modernen Gedichts gilt, äußert sich hier, wie problematisch im einzelnen immer, das mehr-als-subjektive, prinzipielle Bedürfnis einer Generation, vom Stil der abstrakten Negation avantgardistischer Lyrik und vom Stil der bestimmten Negation polemischer, kämpferischer Lyrik fortzuschreiten zu einer Dichtweise, die offen, werbend positiv sein will und die insofern eine neue, geschichtlich weitgehend noch dunkle und unerschlossene Dimension der Poetik betritt – mit allen Risiken, die ein solches Unternehmen birgt.

Im Gegensatz zum „Metro“-Gedicht ist Brechts Preisgedicht „Der Große Oktober“ („Zum zwanzigsten Jahrestag der Oktoberrevolution“) eindeutig hymnisch in der Form. Die Erinnerung an einen großen weltgeschichtlichen Vorgang verbindet sich mit einer verklärenden Darstellung der sowjetrussischen Gesellschaft. Nicht im

Reich der Ideen oder zukünftiger Größe sucht diese Hymne ihren imaginativ fruchtbaren „Ort“, sondern sie hat ihn, „gegenwartshistorisch“, in der Sowjetunion, im Moskau der dreißiger Jahre, in „der berühmten Hauptstadt/Aller Arbeiter“, gewählt. Der Enthusiasmus und die edle Natur-Metaphorik, die in der Überlieferung des hohen Stils eine vorzugsweise auf die Kräfte des Irrationalen gegründete spekulative Geschichtshoffnung bezeugten, entspringen in diesem Brecht-Gedicht einem ganz anderen „Motiv“: dem Gedanken an einen in der wirklichen Geschichte manifest gewordenen, durch konkrete gesellschaftliche Umwälzung beglaubigten Zusammenhang historisch-politischer Vernunft. Das gattungsspezifische pathosgeladene „aber“ („Aber in Moskau ...“), das im klassisch-idealistischen Gedicht den Widerspruch des Subjekts gegen die „prosaische“ Wirklichkeit anzumelden pflegte, dient, auffällig plaziert, in Brechts „chronikaler“ Hymne dazu, den Übergang zu der Anschauung einer Wirklichkeit zu markieren, die als Wirklichkeit, nicht als Idee das Gemüt erheben soll, deren Macht auf Waffen beruht und deren Transparenz („so daß/All dies zugleich sichtbar ...“) nicht mehr eine von Gnaden genialer dichterischer Einbildungskraft ist.

Ein neuer ästhetischer Ansatz im Bereich der Gattung macht sich hier bemerkbar. Brecht hat diesen poetologischen Aspekt selbst angedeutet, indem er die Hymne vom „Großen Oktober“ in die Abteilung „Chroniken“ seiner „Svendborger Gedichte“ aufnahm.

Historische Kritik mag es heute nahelegen, diese Hymne auf Sowjetrußland, die von der Exilsituation antifaschistischer Autoren und ihren seelischen und intellektuellen Nöten indirekt mehr verrät als manches ausdrückliche Exilgedicht, für den Reflex eines objektiven Irrtums zu halten. Aber das heißt auch zugeben, daß der „Irrtum“ nicht listiger Absicht bloßer „Propaganda“ entstammte.[85]

Das Problem, das im Fall Brechts exemplarisch sichtbar wird, hat, von dem besonderen historischen „Substrat“ und den Peripetien seiner Entwicklung abgesehen, seine gattungsgeschichtlich prinzipiellen Tücken: Wo positiver Inhalt als ein geschichtlich immanenter definiert und ästhetisch artikuliert wird, da ist das Ergebnis notgedrungen in besonderem Maß der Gefahr des Verschleißes ausgesetzt, am meisten, wenn in Formen überschwenglichen künstlerischen Ausdrucks – auf die andererseits doch schlecht verzichtet werden kann, wo geschichtlich Positives konkret bewerkstelligt werden soll – eine „handelnde“ Kooperation zwischen Kunstproduktion und gesellschaftlicher Produktion angestrebt ist.

Am Typus der Hymne, der von Haus aus „transzendierenden“ Gattung, lassen sich am deutlichsten jene Schwierigkeiten ermessen, die einer „hohen“, begeisterten und begeisternden Poesie auf dem Boden „materialistischer“ geschichtlicher Vernunft erwachsen.

Das „preisende“ Dichten im allgemeinen und das Brechtsche im besonderen spiegeln ein objektives Dilemma der historischen Poetik moderner Poesie, und es wundert nicht, daß die Mehrzahl moderner Dichter es zu vermeiden trachtet. Brecht, der Züge großartiger Naivität besaß, ist ihm nicht ausgewichen.

Brecht verwirklicht den rühmenden Impuls oft in knappen Formen, z. B. in denen des Epigramms (das Epigramm hat aus seinem Ursprung eine Affinität zum Preisgedicht). Ebenso häufig finden sich großräumige Formate. Poetologisch interessant sind die Mischungen der Töne, der Empfindungsweisen. Das große Gedicht „Verschollener Ruhm der Riesenstadt New York“ basiert durchgehend auf dem Gestus ironischer Rühmung. Aber ein Rest echter Begeisterung für den Gegenstand hält sich hartnäckig gegen die Ironie. Zumal Synthesierungen von Lehrgedicht und Preisgedicht scheinen eine Brechtsche Spezialität. Eine Gattung widersetzt sich da im Innern der Gedichte auf produktive Art der jeweils anderen. Geschichtlich problematisch gewordene Gattungen werden durch solche Verfahren bisweilen gestützt, partiell geradezu ermöglicht.

Das nicht enden wollende Gedicht „Die Erziehung der Hirse“ von 1950 ist ein „Produktionsgedicht“; als solches ist es zugleich Lehr- und Preisgedicht in volkstümlicher epischer Gestalt. Es handelt von einem, „der das Unmögliche wahrgemacht hat“. Die letzte Zeile der letzten, zweiundfünfzigsten Strophe ist ein Epigramm, eine Grabinschrift. „Er vergab das Saatgut. Lebt ihm nach!“, heißt es von der Mittelpunktsfigur, einem Nomaden, Bauern, Experimentator, Wissenschaftler, einem kleinen und doch großen Mann, den die Hirse „erzog“, so wie er die Hirse. – Das Gedicht lehrt das Lernen und das Vergnügen am Lernen. Brecht geht mit diesem Klein-Epos in Strophenform, das offenkundig für Volksschullesebücher geschrieben wurde, an die äußerste, ästhetisch entsagungsvolle Grenze seines Lyrik-Konzepts, zu dem die offene, unmittelbare Parteinahme für das sozialistisch Positive gehört. Es ist insofern ein genuines Brecht-Gedicht, entstanden aus „logischen“ Zusammenhängen seines Schaffens und übrigens mit zahlreichen charakteristischen Merkmalen des Brechtschen „epischen“ Stils versehen.

Brecht begann die Einübung in die Kategorie des Positiven und dessen Rühmung bereits mit seinen frühen balladesken Darstellungen des Überlebenkönnens mitten in einem universellen Verfall („Ballade auf vielen Schiffen") und mit den romantisch-anarchischen Glorifizierungen der Abenteuer und des Scheiterns „kühner Männer und Frauen in fremden Erdteilen". Als Marxist dann, einem bestimmten positiven Inhalt sich zuwendend, schrieb er Gedichte wie „Lob des Lernens", „Lob des Kommunismus", „Lob der Partei": außerordentlich präzise, gestisch imposante Lehrgedichte, bestimmt zu agitatorischem Zweck. Aber zugleich waren es Preisgedichte. Ihre lapidare, distanzierte Form sollte den Gegenstand der Politik, die bei den Deutschen, auch bei vielen Linken, als niedere Angelegenheit galt, ausschließlich zugehörig der häßlichen Sphäre materieller Bedürfnisbefriedigung, als ein Thema von Bedeutung und Größe erscheinen lassen.

Angesichts der besonderen stilistischen Realisierung der Tendenz dieser Gedichte zur politischen Lehre und Agitation ebenso wie zur Rühmung der in ihnen vertretenen Sache ist der Geschichtsaugenblick zu bedenken: Die Epoche, in der Brecht lebte, besaß nicht den großen Atem jenes elementar-spontanen revolutionären Aufbruchs, wie er für die russische Oktoberrevolution charakteristisch war und wie er noch heute als Reflex in den stürmischen Revolutionsgedichten Majakowskijs und ihrem großen Rhythmus zu verspüren ist. Historisch gesehen, ist das politische Pathos der Brechtschen Gedichte eines, das Züge einer zweiten Liebe zeigt; es ist merklich während eines Aufstiegs entwickelt worden, der den Umweg über einen historischen Abstieg nehmen mußte.

Die parabolisch verhüllte Rühmung, die Brecht in dem kleinen, delikaten Gedicht „Aurora" 1943, in besonders schwieriger Zeit, der Oktoberrevolution zuteil werden läßt, ist charakteristisch für die Neigung Brechtschen Preisens insgesamt zur Verhaltenheit – abgesehen freilich von jenen „hymnischen" Ausnahmen, deren Überschwenglichkeit auch nur eine relative ist und hauptsächlich aus dem Vergleich mit dem übrigen Kontext sich als die Besonderheit heraushebt, die sie ist.

Mit der Besiegung des Nationalsozialismus und dem Versuch des Aufbaus einer sozialistischen Gesellschaft schien die Brechtsche Tendenz zum Rühmen neuen Stoff und eine neue Funktion zu erhalten. Doch hatte die DDR-Variante des Sozialismus die notgedrungen kleinlichen und grämlichen Züge einer importierten Revolution und einer Umwälzung von oben nach einem verlorenen Krieg. Die „Produktion" war eher mühseliger Wiederaufbau als stürmische Neuerung. Das Gedicht von der „Erziehung der Hirse", unter solchen Umständen geschrieben, gewiß mehr als Lippenbekenntnis und bloße Pflichtübung, verrät doch – mehr durch seine Form als durch seinen Inhalt – einiges von der Enge, in die die preisende Gattung wie das sozialistisch Positive insgesamt sich damals getrieben sahen.

In dem poetologischen Zusammenhang des Preisgedichts und des Themas „Größe" ist grundsätzlich auch ein völlig andersartiges dichterisches Projekt angesiedelt: das mit Blick auf die Nachkriegszeit verfaßte, bezeichnenderweise Fragment gebliebene große „Lehrgedicht" „Das Manifest". Es stellt den Versuch dar, Marx' „Kommunistisches Manifest" von 1848, das den Deutschen, jedenfalls der Bürgerklasse, stets unheimlich gewesen war, dem Kanon klassischer Lektüre einzuverleiben.

Nicht nur die sprachliche Stilisation dieses groß angelegten Lehrgedichts, sondern auch und vor allem die metrische Behandlung des spröden Stoffs läßt die Absicht Brechts erkennen, „die propagandistische Wirkung" des Originals unter anderem dadurch zu „erneuern"[86], daß dessen wesentlicher Gehalt sinnfällig als erhabener Gegenstand in Erscheinung trat: Brecht, der die strengen, insbesondere antikischen Versmaße sonst mied, verwendet überraschenderweise den Hexameter, das heroisch-epische Versmaß, das der frühromantisch-idealistischen Poetik (z. B. A. W. Schlegels) als hervorragendes rhythmisches Medium der freiheitlichen, transzendentalen „Setzung" des „Subjekts" und Ausdruck objektiver dichterischer Größe gegolten[87] und das diesen Nimbus nie ganz verloren hatte. Das Unternehmen Brechts ist vielfach als neo-klassizistische Fehlgeburt mißverstanden worden. Tatsächlich handelt es sich jedoch um einen der interessantesten Versuche in der Geschichte moderner Lyrik, eine schwierige „Philosophie" in die allgemeine literarische Sphäre eines Volks zu überführen. Von einer bloßen didaktischen Absicht zu reden, hieße Brechts weit komplexere Intention verkennen. Es ging ihm bei dem „Manifest" wesentlich auch darum, aus der Perspektive des Siegs einer politischen Bewegung deren historische Leistung rühmend zu feiern und Begeisterung für den von ihm erhofften Aufbau des Sozialismus in vielen bislang bürgerlichen Gesellschaften zu wecken.

Solche Hoffnungen erwiesen sich angesichts der Entwicklung, die die europäische Nachkriegsgesellschaft und die sich herausbildende DDR-Gesellschaft nahmen, als zu hoch gegriffen. Die sozialistischem Denken naheliegende, von Brecht mehrmals markant bezeugte Neigung zur rühmenden, preisenden dichterischen Form hat in seiner nach 1945 geschriebenen Lyrik nicht zufällig einen alles in allem bruchstückhaften, gehemmten Ausdruck gefunden. Repräsentativ für jene letzte Phase Brechtschen Schaffens ist nicht der Hymnus, sondern es sind die anspielungsreichen, in mancherlei Weise Verzicht und Kritik andeutenden Kurzgedichte der „Buckower Elegien". Innerhalb dieser späten, „reduzierten" Poesie, in deren Mitte der Begriff der Elegie steht, findet man jedoch noch immer Zeugnisse eines Dichtens, das den Gestus des Preisens, auch ohne volkstümlich-lehrhafte Beimischungen wie in „Die Erziehung der Hirse", wagt.

In dem Gedicht „Vergnügungen" nimmt jener Gestus eine Gestalt an, in der jeder pathetische Ton vermieden ist, auch kein welthistorischer Moment, kein explizit sozialistischer Inhalt, kein ideologisch greifbarer Zusammenhang rühmend beschworen wird. Dennoch gelangt ein positives, ja enthusiastisches Daseinsgefühl zu seinem Ausdruck. Das Gedicht ist von der Epoche seines Entstehens und der zeitgenössischen Rezeption gewiß nicht abzuschneiden. Doch geht es andererseits, infolge der „Entaktualisierung" der Sprache, auch nicht darin auf; es kann grundsätzlich ebenso als Widerschein vorhandener Wirklichkeit wie als Antizipation zukünftiger, erst noch zu schaffender Verhältnisse, ja als verschwiegene Andeutung einer konkreten Utopie gelesen werden.

Vergnügungen

Der erste Blick aus dem Fenster am Morgen
Das wiedergefundene alte Buch
Begeisterte Gesichter
Schnee, der Wechsel der Jahreszeiten
Die Zeitung
Der Hund
Die Dialektik
Duschen, Schwimmen
Alte Musik
Bequeme Schuhe
Begreifen
Neue Musik
Schreiben, Pflanzen
Reisen
Singen
Freundlich sein.

Der Abfolge der Vorstellungen in diesem Gedicht fehlt es in zielbewußter Weise an Systematik: Die „Dialektik" befindet sich neben dem Hund" und dem „Duschen, Schwimmen"; die „Schuhe" trifft man neben „Alter Musik" und „Begreifen" an. Die Wendung „Freundlich sein" am Schluß (mit nicht ganz bedeutungsloser Trennung in der Schreibweise) gibt gleichwohl etwas wie eine Zusammenfassung von der Gemütsseite her und verweist auf ein aus der genossenen Mannigfaltigkeit resultierendes, diese, als eine genossene, aber auch allererst ermöglichendes positives Grundgefühl. – Überhaupt: Eine Totalität zeichnet sich ab: Einheit, aber nicht ohne schönes Chaos; Ordnung, aber nicht ohne produktive Anarchie. Dies ist wahrlich keine Vision, typisch für ein auf rigide Ordnung und „Einheit" festgelegtes Staatswesen. – Intellektuelle und natürliche Lebensweise durchdringen einander: „Schreiben", aber auch „Pflanzen"; „Dialektik", aber auch „Duschen". Nicht zu vergessen die Tugend der Toleranz: Sowohl „Alte Musik" als auch „Neue Musik". Soziale Bezüge und Genüsse sind reichlich vorhanden: „Begeisterte Gesichter", „Der Hund" (ein eminent soziales Tier), „Freundlich sein". – Die Zeit für persönliche Annehmlichkeiten und für Kultur, Umgang mit der Tradition ist gekommen: „Bequeme Schuhe", „Das wiedergefundene alte Buch". Lebhafte Aufmerksamkeit, Lust am Fortschreiten, am „Reisen" (im buchstäblichen und übertragenen Sinn) deuten sich an. Also keine privatistische Altersidylle, kein Zustand passiver Beschaulichkeit. – Neugier auf den neuen Tag – damit, mit einem diskreten „futurischen" Signal, beginnt nicht von ungefähr das Gedicht. Dieser Neugier entspricht die Neugier auf Gedanken: „Dialektik", „Begreifen".

Das Leben, den ganzen Umkreis zu rühmen – wie kann dies noch geschehen? – Die Art, wie Brecht die naheliegende Haltung „später Goethe" unterläuft, wie er bis an die Grenze der Nachlässigkeit das „große" Thema behandelt, zeigt, daß er sich des Prekären des Versuchs, unternommen zu diesem Zeitpunkt, bewußt war.

Die unfertige, lockere Struktur widersteht programmatischer Inanspruchnahme und der groben politisch-konkreten Applikation. Trotz der „Chaotisierung" des sprachlichen Materials handelt es sich nicht um ein Beispiel „automatischer" Schreibweise oder dergleichen. Dies ist, im Gegenteil, ein Sprechen, das sich ganz in der Hand behält, sich ebenso aber auch völlig entkrampft hat; es stellt eine neue und letzte Variante der „größeren Geste des ‚Mehr-als-Fertigen'" dar, die der frühe Brecht als seine Idee „klassischer" Schreibweise bezeichnet hatte. Daß „Vergnügungen" ein genuines

Preisgedicht ist, das sich vom Genus, dem es zugehört, nur scheinbar zu befreien sucht, macht auch eine Vorform und Variante des Gedichts deutlich: „O Lust des Beginnens“. Das vorliegende, spätere Gedicht zeigt gegenüber dem früheren Verzicht auf jede traditionelle hymnische Apparatur. Es ist, als suchte die Begeisterung, aller subjektiven Prätention entkleidet, sich in das bloße Benennen, die elementarste Grundform des preisenden Stils, hinein zu vergegenständlichen.

Das Gedicht unpolitisch zu nennen, wäre voreilig. Die Verse, 1954/1955 entstanden, veröffentlicht 1957 im Sonderheft der Zeitschrift „Sinn und Form“, konnten zu jener Zeit als eine in aller Öffentlichkeit übermittelte, die offiziell verordnete Lebensform provozierende Geheimbotschaft Brechts „gelesen“ werden: als Erinnerung an das aus sozialistischer Staatsräson unterdrückte sinnlich-geistige Bedürfnis des ganzen Menschen und damit an das eigentliche, längst noch nicht erreichte Ziel der Geschichte und des wahren Kommunismus.

13. GEGENENTWURF ZUM ARISTOKRATISCHEN GESCHICHTSBILD: ZU DEN „CHRONIKEN“ DER „SVENDBORGER GEDICHTE“

Die formal und inhaltlich sehr verschiedenen Gedichte, die Brecht unter dem Titel „Chroniken“ in die Sammlung der „Svendborger Gedichte“ aufgenommen hat, sind mit wenigen Ausnahmen in den dreißiger Jahren, noch vor Beginn des zweiten Weltkriegs entstanden. Ihr innerer, gemeinsamer Bezugspunkt ist die kritische Auseinandersetzung mit „Deutscher Ideologie“, in welcher die Begriffe des Heldischen und der Größe eine zentrale und zunehmend verhängnisvolle Rolle spielten.

Schon die „Chroniken“ der „Hauspostille“, die freilich fast sämtlich „Balladen“ sind, standen quer zum deutschen Zeitgeist. Vor allem durch ihren ästhetischen Habitus widersprachen sie Vorstellungen der Größe, wie sie in den damaligen Schullesebüchern, in der hier fast nie fehlenden Balladen-Sparte, gehätschelt wurden. Mokierte sich Brecht, der da vorgab, Balladen zu schreiben, nicht immer zugleich über das ganze Balladen-Genre? Auch zeigten die Helden der frühen Brechtschen Balladen in ihren romantisch illuminierten schäbigen Untergängen selten jene heroischen, selbstlosen Charaktereigenschaften, die anerkanntermaßen geeignet waren, den Effekt tragischer Katharsis als Spitze des berühmten balladesken Eindrucks zu erzeugen.

Die „Chroniken“ der „Svendborger Gedichte“ knüpfen, insofern sie einen Gegenentwurf gegen verkehrte Ideale vorbildlichen Verhaltens darstellen, bei den „Chroniken“ der „Hauspostille“ an. Freilich verzichtet Brecht jetzt in der Regel auf die Ironie und die ambivalenten Lichter. Seine Gestalten „kühner Männer und Frauen“ haben nunmehr deutlichen Umriß gewonnen. Es sind – wenngleich partiell sagenumwobene – historische Gestalten: Empedokles, Laotse, Buddha, Lenin, und wo sie nicht so hoch stehen, sollen sie doch als Angehörige einer sozialen, nämlich der proletarischen Klasse und insofern als geschichtlich konkrete Akteure erkennbar werden.

Das Handeln dieser Figuren ist unzweideutig auf eine Positivität hin angelegt, der das Moment der Gemeinschaftlichkeit wesentlich ist. Selbst die „Chronik“ vom „Abbau des Schiffes Oskawa durch die Mannschaft“ – Brecht fand den Stoff dafür in Louis Adamics Buch „Dynamite. The Story of Class-Violence in America“ (1931) – ist nicht der literarische Versuch, einen anarchistischen Exzeß und die Destruktion um der Destruktion willen zu glorifizieren. Die Ironie, die hier in den „Chroniken“ ausnahmsweise noch einmal ins Spiel kommt, stark dem Humor allerdings sich annähernd, enthält in wenig verhüllter Form eine Handlungsanweisung, bezogen auf die Situation des zugespitzten Klassenkampfs zu Beginn der dreißiger Jahre. Der Autor, der „berichtet“, wie die schlecht entlohnten Matrosen nach und nach ihr Schiff demontieren, ermuntert mit diesem Beispiel eines ganz unheroischen Aufstands, nämlich eines durch Sabotage erfolgreichen, die Proletarier, tatkräftig und mit List, ohne Wut, aber zielbewußt und gründlich die eigenen Interessen wahrzunehmen. Dies ist ein neuerliches, durchaus als „Allegorie“ zu lesendes Schiffsgedicht Brechts, das den inzwischen erreichten Stand der „praktischen“ politischen Philosophie ihres Autors belegt. – Aber da ist noch immer die alte, in der „Hauspostille“ schon zu konstatierende quasi heitere Gelassenheit, wie sie für Brechts poetische Einbildungskraft als ein ihr keineswegs nur äußerliches Element charakteristisch ist. Materielle Negation äußert sich in der Schilderung des Gedichts auf eine Art, die in der Abwesenheit irrational-prinzipiellen, „unglücklichen“ Zerstörungseifers erkennen läßt, daß die hier angewandte Gewalt einem begrenzten Zweck dient und daß sie, so wie sie aus einem positiven, unerschütterten Selbstvertrauen der Handelnden hervorgeht, jederzeit auch widerrufen und für ein anderes, substantielles Ziel eingesetzt werden kann.

Bezeichnend für die Tendenz dieser neuartigen Brecht-„Chroniken“ der dreißiger Jahre ist es, daß die Folge der Gedichte in der dritten Abteilung der „Svendborger“ Sammlung mit Versen abschließt, die „chronikal“ nur insofern sind, als sie den 20. Jahrestag der Oktoberrevolution zum Anlaß für eine überschwengliche Rühmung des Sowjetkommunismus nehmen („Der Große Oktober“). Seiner Gattung nach wäre das Gedicht zutreffend als Hymnus zu bezeichnen. Ein Grundimpuls der „Chroniken“-Reihe: eine neue Form von geschichtlicher kollektiver und individueller Größe bedeutend in Erscheinung treten zu lassen, gewinnt hier den unverhüllten Ausdruck der Begeisterung.

Auch macht diese Hymne deutlich, daß die geschichtliche Perspektive der „Chroniken“ in einem durchaus gegenwärtigen gesellschaftlichen „Interesse" verankert ist, einem freilich, das sich seinerseits an der Vorstellung einer vollkommenen, „kommunistischen" Gesellschaft orientiert: Brechts Rühmung des „Großen Oktober" verbindet in auffälliger Weise eine gegenwartshistorische und eine idyllisierend-antizipatorische Darstellung. Das Gedicht gibt damit dem Leser einen Hinweis zu bedenken, ob nicht auch einige der anderen „Chroniken", statt historische Figuren und Situationen als solche zu reflektieren – und ungeachtet der Diskretion, mit welcher die betreffenden Gedichte verfaßt sind – geradezu den Typus rückwärts gewandter Prophetien erfüllen.

Der Begriff „Legende", der im Titel einer dieser „Chroniken" auftaucht, dürfte auf einen solchen Aspekt anspielen. Legendendichter pflegen ihren Stoff in ferner Vergangenheit anzusiedeln, oder sie wählen ihn aus ihr; sie tun es meist in der Absicht, Vorbilder und moralische Exempel für gegenwärtigen und zukünftigen Gebrauch zu entwerfen. In Brechts „Chroniken" geschieht zum Teil Ähnliches. Allerdings wird im Unterschied zu herkömmlichen Legenden der Bezug auf das Bewußtsein des Rezipienten in sehr konkreter Weise hergestellt: Brecht hebt auf das damals in Deutschland vorherrschende kleinbürgerlich-bürgerliche Geschichtsbild ab. Dieses soll erschüttert werden.

Brechts ästhetische Strategie ist variantenreich. In den „Chroniken", jedenfalls in deren charakteristischsten Beispielen, verfährt er anders als in den übrigen Gedichten der Svendborger Sammlung. Brecht „erzählt", bisweilen mit ausholender Gebärde, detailfreudig, sinnlich prägnant. Die „allgemeine" Reflexion, die „Kritik" sind in der Schilderung versenkt. Weder agitatorische Schärfe noch epigrammatische Konzentration greifen die Aufmerksamkeit des Lesers im allgemeinen an. Der Ton, wo er nicht begeistert wird wie in „Der Große Oktober" oder in „Inbesitznahme der großen Metro durch die Moskauer Arbeiterschaft am 27. April 1935", ist nur wenig angehoben, prosanah, milde, freundlich. Die Form entspricht darin einer der wesentlichen inhaltlichen Botschaften der „Chroniken", jener dem genuinen Marxismus durchaus nicht fremden geschichtsphilosophischen Weisheit aus der „Legende von der Entstehung des Buches Taoteking (...)": „Daß das weiche Wasser in Bewegung/Mit der Zeit den mächtigen Stein besiegt". Es ist diese politische Philosophie, die die „Poetik" der eindrucksvollsten der Brecht-„Chroniken" konstituiert.

Zugleich kommt in der Form dieser Gedichte die Kategorie der „Volkstümlichkeit" in neuer Weise zur Geltung. Die ruhig-eindringliche Art des Erzählens, die Brecht anwendet, dient ihm als Mittel zugleich des Leseanreizes und der Legitimation des vorgetragenen Inhalts – eine der alten „auktorialen" Funktionen des „Epischen" wird da (trotz einiger hermeneutischer „Relativitätstheorie" im zweiten Teil der „Chronik" vom Empedokles) wiederbelebt. Das Lyrische im üblichen Sinn tritt zurück, fehlt aber nicht ganz und verdichtet sich bisweilen zum Ausdruck hymnischen Enthusiasmus.

Der den Gedichten zugedachte Adressat wird in dem Einleitungsgedicht, „Fragen eines lesenden Arbeiters", erkennbar. Der Arbeiter, vorausgesetzt, er war nicht durch eine seiner Organisationen politisch aufgeklärt, partizipierte damals wie heute am durchschnittlichen Denken der bürgerlichen Klasse. Deren „Chroniken" berichteten von Kaisern und Königen, Kriegszügen, berühmten Bauwerken, nationalen Triumphen und Katastrophen. Der Raster, durch den die Mannigfaltigkeit der Historie unentwegt zur Einheit gefiltert wurde, war in der Regel durch die Namen der „großen" geschichtlichen Individuen gebildet. Der Faschismus übernahm dieses Schema. Es lag ganz in seinem Interesse, den Kult der großen Männer fortzusetzen. Die phrenetische „Führer"-Verehrung, die er inszenierte, übertrumpfte bei weitem die nationalistische Idolatrie der Wilhelminischen Ära.

In dem „lesenden Arbeiter" Brechts meldet sich das Mißtrauen gegen die neuerlich oktroyierte „aristokratische" Geschichtsbetrachtung. Der Autor fingiert mit dieser Lesergestalt einen in der geschichtlichen Empirie noch keineswegs unbedingt bereitgestellten Horizont der Rezeption – in der Absicht, ihn durch solchen Kunstgriff erzeugen zu helfen und so den anachronistischen, aber zäh überdauernden Kult falscher Größe zu erschüttern.[88] „Fragen eines lesenden Arbeiters" und die folgenden Gedichte sind, auch wenn ihr Duktus das nicht immer unmittelbar signalisiert, nicht weniger „antifaschistisch" als beispielsweise die Verse der „Deutschen Kriegsfibel" oder der „Deutschen Satiren".

Natürlich wäre es naiv, von jenem Gedicht eine erschöpfende Reflexion über die schwierige Beziehung zwischen den großen einzelnen und der „Masse" im Verlauf der Geschichte erwarten zu wollen. Mit Hilfe der durchgehenden Frageform ist Brecht dem eigentlichen Problem auch geschickt ausgewichen. Es ging ihm 1934/1935 nicht um einen Beitrag zur Geschichtstheorie in lyrischer Form. Dies ist ein politisches Gedicht. Durch insistente Fragen, die sich gleichsam selbst beantworten und insofern rhetorisch sind, greift es eine politisch verhängnisvolle, zur Ideologie herabgesunkene Form von Geschichtsbetrachtung an. In der schnellen Folge jener Fragen, die wie Hiebe sausen und denen bei aller Leichtigkeit des Tons eine agitatorische Leidenschaftlichkeit nicht fehlt, soll es den geheimen Gestus der Unterdrückung und Menschenverachtung entlarven, der in zahlreichen offiziellen „bürgerlichen" Geschichtsbüchern enthalten war und der diese in der Tat mittelalterlichen Chronik-Werken mit ihrem Verzicht auf andere als theologische Erklärungszusammenhänge „systematisch" annäherte. – Mit solchen Chroniken verglichen, stellen sich die Brechtschen, sowohl durch ihre generelle Optik als auch durch ihre epische Mikroskopie großer Figuren, als wahre Anti-Chroniken dar.

Bei alledem ist zu bedenken, daß Brecht die Idee der Größe – wie schon angedeutet – nicht schlechterdings zu vernichten suchte. Wie so oft handelt es sich auch hier um eine Aufhebung im dialektischen Sinn. Nicht zuletzt die formale Konstitution der „Chroniken" (Anlehnung an überlieferte Genres) unterstreicht deren doppelten Aspekt einer Verneinung und Bewahrung der Kategorie geschichtlicher Größe.

So stehen im Mittelpunkt der zwei Brecht-„Chroniken" „Der Schuh des Empedokles" und „Legende von der Entstehung des Buches Taoteking auf dem Weg des Laotse in die Emigration" jeweils große Weise und philosophische Lehrmeister. Im Gegensatz zu Usancen der Avantgarde-Literatur werden diese Figuren nicht satirisch destruiert. Brecht beläßt ihnen ihren geistigen Rang und ihre Autorität. Ja diese Qualitäten werden um eine wichtige Dimension erweitert: um die Tugend der Freundlichkeit. Man mag darin eine Tendenz zur Entmythologisierung erblicken. Aber man bliebe mit solcher Einschätzung bei einer rein negativen Beschreibung des Phänomens stehen. Entscheidend an den Gedichten ist die Umwandlung der historisch vorgegebenen, durch eine einseitige Rezeptionsüberlieferung „geprägten" Figuren im Sinne eines neuen, positiven Konzepts von Menschlichkeit.

Mit diesem setzte sich Brecht in deutlichsten Gegensatz zu dem Götzenkult, den zumal das damalige Deutschland mit seinen „Dichtern und Denkern" trieb. Daß sich Brecht berühmte Gestalten aus dem Bereich kultureller „Bildung" wählte, um jenes Konzept poetisch darzustellen, war vom Standpunkt der ideologiekritischen Absicht, die er implizit mitverfolgte, ein auch in didaktischer Beziehung sehr glücklicher Griff: Eine bestimmte, auf einen Begriff halbgottähnlicher Größe fixierte Erwartung des Lesers wurde enttäuscht, aber keineswegs in „radikaler", ein Hohngelächter auf

Kultur und Bildung erzeugender, schockierender Weise. Um sein „demokratisches“ Bild menschlichen Verhaltens zu vergegenwärtigen, knüpfte Brecht selbst wiederum bei Beständen der Tradition an, solchen, die durch den spätbürgerlich-wilhelminischen Heroen-Kult und depravierte romantische Genieästhetik lediglich verdrängt worden waren und in denen Freundlichkeit, Sanftheit immer schon als vorbildliche Charaktereigenschaften und soziale Tugenden gegolten hatten; partiell wird selbst noch die Erinnerung an frühchristlich-einfache Lebensformen in die legendenhafte Aura dieser zwei Gedichte aufgenommen.

Im Empedokles-Gedicht übernimmt Brecht aus dem überlieferten Mythos den erzählerischen Kern: den Aufstieg zum Ätna, den frei gewählten Tod, die am Krater zurückbleibenden Schuhe. Die Interpretation der mythischen „Fakten“ jedoch wird geändert. Brecht betont vor allem den „sozialen“ Aspekt. Empedokles ist nicht einsamer Heros, sondern Zoon politikon. Er lebt mit seinen Schülern wie mit seinesgleichen. Dieser Empedokles hat einen Körper. Der Berg, den er besteigt, ist ein wirklicher Berg. Die Mühen der Bergbesteigung werden nicht verschwiegen, aber auch nicht die Lust, schließlich oben angekommen zu sein. Der Schuh des Empedokles ist nicht der eiserne der Überlieferung, sondern „der aus Leder/Der greifbare, abgetragene, der irdische“.

Die Freundlichkeit des Empedokles ist nicht eine von der übermenschlichen Art. Brecht zeigt einen skeptisch-listigen Weisen. Da Empedokles weiß, wie sehr die Menschen zu Wunder-Glauben neigen, „hinterlegt“ er den Schuh als Beweis für die Zurückgebliebenen, daß da nicht jemand zu den Göttern entrückt worden ist, sondern daß da einer so menschlich-natürlich gestorben ist, wie er gelebt hat.

Auffallend, daß im gesamten Gedicht mit keinem Wort die Lehre des Empedokles erwähnt wird. Das ist charakteristisch für Brechts Grundanschauung: Leben, Handeln, die „Praxis“ sind ihm das Entscheidende. Daß Empedokles Freundlichkeit bereits verwirklicht hat, macht seine Größe aus.

Der Test auf das Lebenkönnen aber ist das Sterbenkönnen. Davon handelt das Gedicht. Empedokles überführt seinen Tod in eine gesellige Handlung. Hierin liegt für Brecht der „utopische“ Kern des neu interpretierten Mythos. Dem heroisch-numinosen Tod der Überlieferung, der auf seiten des Helden unbändigen Ehrgeiz zur Absonderung verriet (oder von der entscheidenden Dimension, der der Rezeption, her gesehen, die Neigung der Lebenden bekundet, der Herausforderung ihrer großen Toten durch deren Überführung ins Pantheon der Erinnerung auszuweichen), stellt Brecht einen unfeierlichen Freitod, gewählt aus freundschaftlicher Rücksicht, entgegen. Sein Empedokles verwischt bei den Zurüstungen zu seinem Ende jede metaphysisch auslegbare Spur. Er stattet sein Sterben mit dem Schein alltäglichen Handelns aus, „Zufall“ in das „gesamte Unternehmen“ mengend. Er hinterläßt keine bedeutungsschweren, letzten Sätze, geschweige denn ein geistiges Testament.

Woher stammt Empedokles' Heiterkeit zum Tode? Brecht verweist auf diesen entscheidenden Aspekt des Gedichts in den Zeilen, die dem eigentlichen Sterben des Empedokles gewidmet sind: dem geschichtlichen Sterben nach dem physischen.

> (. . .) Als seine Freunde
> Ohne ihn und ihn suchend zurückgekehrt waren
> Fing durch die nächsten Wochen und Monate mählich
> Jetzt sein Absterben an, so wie er's gewünscht hatte.
> Immer noch
> Warteten einige auf ihn, während schon andre
> Ihn gestorben gaben. Immer noch stellten
> Einige ihre Fragen zurück bis zu seiner Wiederkehr, während schon andere
> Selber die Lösung versuchten. Langsam, wie Wolken
> Sich entfernen am Himmel, unverändert, nur kleiner werdend
> Weiter weichend, wenn man nicht hinsieht, entfernter
> Wenn man sie wieder sucht, vielleicht schon verwechselt mit andern
> So entfernte er sich aus ihrer Gewohnheit, gewöhnlicherweise.

Empedokles stirbt leicht, weil er das hier umschriebene Sterben nach dem Sterben geistig vorweggenommen und bereits in seiner Lebenspraxis, als das offenbare Geheimnis seiner Freundlichkeit, geübt hat. Geschichte, angeschaut mit den Augen des Brechtschen Empedokles, verliert den Schrecken sukzessiver Vernichtung großer und kleiner individueller Existenzen. Sie erscheint als unendlich werdender, produktiver Gesamtzusammenhang der Menschheit als Gattung, in den alle einzelnen, auch die größten, sich auflösen – „langsam, wie Wolken / Sich entfernen am Himmel“.

Hier taucht das alte Brecht-Motiv der „Auslöschung“ verwandelt wieder auf. Auch Brechts prozessualer Werk-Begriff („Über die Bauart langdauernder Werke“) spielt hinein: Das „Werk“, den je einzelnen Schöpfer und dessen Produkt übergreifend, ist eine gemeinschaftliche Hervorbringung; es ist „fertig“, wenn es zu keinerlei (gesellschaftlichem) Gebrauch mehr stimuliert; und es stimuliert hierzu am meisten, wenn es seinem eigenen Abbau durch „Lücken“ Vorschub leistet („Die wirklich groß geplanten [Werke] / Sind unfertig“).

Dem Gesetz dieser Geschichts- und „Kultur“-Philosophie hat sich Empedokles souverän unterworfen. Sein Sterben und sein Leben versteht er als einen Beitrag zu einer universellen Produktion, den er aus dem heiteren Bewußtsein geleistet hat, jene gefördert und sich selbst überflüssig gemacht zu haben. – In dem Schein der Alltäglichkeit, den das Leben des Empedokles trägt, liegt ein neues, schwer zu erlernendes, nach äußerlichen Begriffen alles andere als grandioses Heldentum verborgen.

Brecht „lehrt“ nicht die Nichtigkeit alles Seienden. Zwar wird das Individuum relativiert, aber nicht annihiliert. Charakteristisch in dieser Hinsicht scheint das Ende des Gedichts. Da wird die Trauer der Zurückbleibenden erwähnt, festgehalten im Umriß einer Gebärde. „Bekümmert“, heißt es, hielten die Schüler den Schuh ihres Lehrers in Händen. Der Weisheit des Alten, der die Prätention auf sich selbst aufgegeben hat, scheint dieser natürlich-einfache Schmerz der Jungen zu entsprechen. Der Blick ist gesenkt, eine Ahnung vom tragenden Ganzen einer sehr irdischen Menschengeschichte – fern von „Geheimnis“ und „Metaphysik“ – mag in ihnen erstmals heraufdämmern. Aber dem Individuum, dem einmaligen, vergänglichen, wird doch nicht nur pflichtschuldiger Tribut entrichtet.

Die „Legende von der Entstehung des Buches Taoteking“ – viel zitiert und gedeutet – zeigt Laotse „auf dem Weg (. . .) in die Emigration“. Wieder steht ein alter Philosoph und Lehrer im Mittelpunkt; wieder ist die Hauptfigur nahe am Tod. „Als er Siebzig war und war gebrechlich / Drängte es den Lehrer doch nach Ruh (. . .)“. Brechts Laotse ist wie sein Empedokles eine utopische Figur. Obwohl in „finsteren Zeiten“ von der Art lebend, die die Elegie „An die Nachgeborenen“ beklagt, kann er „freundlich“ sein. Er ist bedürfnislos; was er braucht, ist wenig: „So die Pfeife, die er immer abends rauchte / Und das Büchlein, das er immer las. / Weißbrot nach dem Augenmaß“. Aber nicht nur persönlichen Besitz, auch Heimat oder Natur „braucht“ der Weise nicht unbedingt, was nicht heißt, sie seien ihm gleichgültig oder verächtlich: „Freute sich des Tals noch einmal und vergaß es / Als er ins Gebirg den Weg einschlug“. Obwohl Laotse sich auf der Flucht befindet und für Eile einiges spräche, ist das Tempo, das er anschlägt, von der Gangart seines Ochsen diktiert. Doch ist Laotse in gleichem Maß „interessiert“, wie er sich „desinteressiert“. Das zeigt sich in der Zufallsbegegnung mit dem Zöllner, einer ebenfalls ins Utopische spielenden, der Legende gemäßen Gestalt.

Die Beziehung, die sich zwischen dem weisen Lehrer und dem Mann aus dem Volk anbahnt, ist nicht durch das Aufwallen freundschaftlicher Gefühle oder dergleichen bestimmt. Brecht bedient sich zur Charakterisierung des Verhaltens, das Laotse dem Zöllner gegenüber beobachtet, zweimal des Ausdrucks „höflich“; das ist ein Synonym von „freundlich“: „Eine höfliche Bitte abzuschlagen / War der Alte, wie es schien, zu alt“; und am Ende, den gesamten Vorgang bilanzierend, heißt es: „Sagt jetzt: Kann man höflicher sein?“

Die seltsam distanzierte, „objektive“ Beziehung zweier Männer, die von knapper Dauer ist, hat ihren Ursprung in einem Interesse, das die neunte Strophe andeutet:

> Über seine Schulter sah der Alte
> Auf den Mann: Flickjoppe. Keine Schuh.
> Und die Stirne eine einzige Falte.
> Ach, kein Sieger trat da auf ihn zu.
> Und er murmelte: „Auch du?“

Dieses „Ach“, das im Kontrast zur episch-gelassenen Umgebung des Texts eine Nuance Pathos gewinnt, verweist nicht auf ein Mitleid, welches am Gegenstand der Anteilnahme das aller Entstellung zum Trotz verbindende Allgemein-Menschliche entdeckte. Laotses Aufmerksamkeit für den Zöllner wird durch eine konkretere Gemeinsamkeit geweckt. Sein Interesse entspringt dem Bewußtsein ähnlichen Schicksals: Unterdrückung und Ausbeutung, mehr noch: der Beobachtung, daß da einer ist, der wie er selbst, wenngleich mit gegenwärtig noch schwächeren Kräften, die Ursachen sozialen Elends zu ergründen sucht.

Laotse, als Weiser einen „bestimmten“ Zweck seiner Reise nicht verfolgend, für Gelegenheiten deshalb aufgeschlossen, läßt sich auf die Unterbrechung, die der Zöllner ihm vorschlägt, ein, weil sie ihm in doppelter Hinsicht einen produktiven Fortschritt verspricht: Der da Fragen stellt, zwingt ihn, seine Lehre schriftlich festzuhalten und, indem der Lehrer dabei an diesen „Rezipienten“ denkt, jene so zu formulieren, daß der sie verstehen und gebrauchen kann. Der Reiz der Gelegenheit, die sich beim Grenzübergang bietet, liegt für den Weisen darin, daß er die Chance erkennt, seine „Theorie“ „praktisch“ werden zu lassen. Es entsteht mit der Niederschrift der „einundachtzig Sprüche“ ein „Werk“ in dem speziellen Sinn, den der Begriff in Brechts Poetik hat. Dieses „Werk“ beginnt hier. Laotses Name „prangt“ zwar auf dem Buch. Aber der Zöllner, der Laotse durch sein Fragen inspiriert hat, einer der „Mächtigen von morgen“, ist eben durch dieses Fragen (das mit unbekümmerter Derbheit und Dringlichkeit erfolgt) zum Mitproduzenten der Schrift geworden. Wirklich „fertig“ ist das „Werk“ durch die bloße Niederschrift keineswegs. „Fertig“ wird es erst durch den Gebrauch, den die, denen es zugedacht ist, davon machen, nicht nur in dem Buche lesend. – Diese Implikationen der „Legende“ werden dem deutlich, der sie im Licht des Lehrgedichts „Über die Bauart langdauernder Werke“ liest.

Laotse läßt die Sprüche, die er während sieben Tagen geschrieben hat, am Ende durch den ihn begleitenden Knaben überreichen. Das ist eine Geste zwangloser Distanz, dem neuen Ideal der „Freundlichkeit“ angemessen. Die weisen Figuren der beiden „Chroniken“ haben diese bemerkenswerte désinvolture. Sie scheinen ein wenig über dem Boden des gewöhnlichen Lebens zu schweben, gerade in ihrer scheinbaren Gewöhnlichkeit, hinter der sich große Kraft und Energie verbergen. Ihre Freundlichkeit, die nichts Überschwengliches aufweist und die das Unterscheidungsvermögen nicht schwächt, sondern zur Voraussetzung hat, ist Ausdruck einer Haltung, die noch in großer Ferne liegt. Man meint Charaktere vor sich zu haben, an denen die lange Zeit schon gearbeitet hat, die „das weiche Wasser in Bewegung“ braucht, um den „mächtigen Stein“ zu besiegen.

Die stilistische Manier, in der die beiden legendenhaften Brecht-„Chroniken“ geschrieben sind, unterstreicht die Absicht des Autors, seine poetischen Beispiele einer neuen, positiven Humanität und zukünftigen zwischenmenschlichen Verhaltens aus der Sphäre traditionell verklärender Darstellungsweise herauszuheben und vor allem den seraphischen Ton zu vermeiden. Die freien Rhythmen (vers libres) des Empedokles-Gedichts haben nichts von dem stürmisch-empfindsamen Temperament der Hymnen Klopstocks und des jungen Goethe, und die Strophen und Reime der „Chronik“ von der Entstehung des Buches Taoteking scheinen sich ständig ein wenig über sich selbst lusig zu machen.

Eine Art Demokratisierung, nicht Trivialisierung des Legenden-Musters hat da auch in sprachlicher Hinsicht stattgefunden. Auch scheint es Brecht Vergnügen gemacht zu haben, durch zum Teil altväterliches Erzählergehabe über die tatsächliche Kühnheit seines Eingriffs in überlieferte „Mythen“ hinwegzutäuschen.

14. „SIEH DEN KLEINEN KASTANIENBAUM IM ECK DES HOFES“: DAS EXIL ALS LYRISCHES THEMA

Von der Exillyrik Brechts, vor allem von dem Teil, der das Exil selbst zum Gegenstand hat, gilt, was cum grano salis auch von der Exildramatik Brechts gesagt werden kann: Es kommt zu einer partiellen Wiederherstellung traditioneller poetischer Muster[89].

Von einem ästhetischen Regreß zu reden, wäre dennoch unangebracht. Denn aus der durch die Exilsituation erzwungenen Zurücknahme einiger der politisch-öffentlichen Tendenzen, wie sie die Sammlung der „Svendborger Gedichte“ noch markant geprägt hatten, gewinnt das Brecht-Gedicht eine besondere Kraft und Schönheit; dies um so mehr, als jene Zurücknahme selbst zu einem schöpferischen Reflexionspunkt dieser Lyrik wird. Im zeitweiligen Verzicht ist die Erinnerung an eine andere, kämpferische oder rühmende Poesie für die Zukunft aufbewahrt.

Brecht war für die Herausforderung des Exils besser gerüstet als mancher andere verbannte Schriftsteller. Schon die Verhältnisse in der Weimarer Republik hatte Brecht als latenten Kriegszustand und Zeit der Verfolgung erlebt; das Exil bedeutete für ihn nicht, daß ihm eine totale Änderung des Selbstverständnisses abverlangt werden mußte. Auch hatte Brecht, trotz des Konzepts „eingreifenden Denkens“, auch als politischer Autor immer wieder eine Haltung reflektierender Distanz bei sich ausgebildet, die Ursache war, daß er den Sinn für die großen Zeiträume nicht verlor; der Gestus eines „historisierenden“ Innehaltens mitten im Fluß der Ereignisse war es unter anderm gewesen, was seiner Lyrik den „klassischen“ Zug verliehen hatte. Das waren mehr oder minder Eigenschaften, die zu geistigem Überleben im Exil qualifizierten.

Der Brecht, der ins Exil ging, glich manchmal ein wenig seinem Laotse aus der „Legende von der Entstehung des Buches Taoteking“: War ihm der Weg zu „großem“, öffentlichem Handeln versperrt, dann konnte er auch einmal den kleinen Dingen in seiner Umgebung, selbst der eigenen Person Aufmerksamkeit zuwenden: mit jenem interesselosen Interesse des politischen und philosophischen Kopfes, der weiß, daß es eigentlich größere Aufgaben zu erledigen gibt. – Daß auch jetzt von Zeit zu Zeit immer noch schneidende Töne aus der erzwungenen Tatenlosigkeit herausfuhren, daß es bittere und klagende Nuancen gibt, sollte den Interpreten davor warnen, den Exillyriker Brecht auf eine einfache Formel zu bringen und auf einen „Ton" festzulegen.[90]

Brecht begab sich mit dem Bewußtsein des Klassikers ins Exil; zumindest nahm er sich die Freiheit, mit dieser Haltung zu „experimentieren". So sah er sich als bislang letzten in einer illustren weltliterarischen Reihe verfolgter Dichter von Homer und Dante bis zu Heine („Die Auswanderung der Dichter"). In einem Traum („Besuch bei den verbannten Dichtern") treten die großen Toten, lauter einst Verfolgte, dem Neuling mit Fragen und guten Ratschlägen fürs Überleben entgegen. Allerdings wird in dem Traum auch auf die verwiesen, denen „nicht nur die Körper, auch die Werke vernichtet" wurden.

Hier wird ausnahmsweise einmal eine der bedrückendsten Empfindungen der exilierten Autoren von Brecht angedeutet: die Sorge, am Ende im geistigen Sinne nicht existiert zu haben. Dem „Klassiker" Brecht war diese Sorge offenbar nicht fremd, auch wenn er sich selten gestattet hat, ihr Ausdruck zu verleihen oder sie auch nur sich selbst einzugestehen. Brecht hatte, wie er im „Arbeitsjournal" einmal bemerkt, die Gewohnheit, Ängste solcher Art mit Hilfe von „selbstdiktatur"[91] zu unterdrücken. Auch die Exillyrik wird ihm im allgemeinen nicht zum Medium, um die verschwiegene, innerste Zone der Subjektivität zur „Sprache" zu bringen.

Gleichwohl erfährt man aus Brechts Lyrik der Zeit 1933 bis 1947 viel von den inneren und äußeren Realitäten des Exils.

Auch wenn Brecht, wie erwähnt, über eine besonders günstige Disposition verfügte, um die Verbannung, die „inzwischenzeit"[92], geistig und ästhetisch zu bestehen, war er sich z.B. der sublimen, doppelten künstlerischen Gefahr des Exils für schriftstellerische Produktion bewußt: einerseits vergessen zu werden, das eigene Werk vernichtet zu sehen, andererseits gegen dieses Schicksal auf verkehrte Weise anzukämpfen: durch Wendung zu falscher Klassizität, durch den Appell an die „Nachkommen" als eine Art überzeitlicher Wertungsinstanz – mit dem Risiko, nun erst recht vergessen zu werden.

Aufgrund seines dialektisch-materialistischen Poesie-Konzepts, das auch und gerade die Idee von Werken „langer Dauer" aus dem jeweiligen geschichtlichen und politischen Bedürfnis zu begründen suchte, mußte Brecht für dieses spezifische künstlerische Problem der Exildichtung eine besondere Sensibilität entwickeln. In dem Gedicht „Exil“ weist er auf die Gefahr hin, die durch die Exilsituation der quasi Geschichtslosigkeit entstand; was er, der „Klassiker“, hier beschreibt, kann man als die Versuchung durch den Klassizismus bezeichnen:

(. . .) Sie werden nicht angerufen. Sie werden nicht angehalten.
Niemand schilt sie und niemand lobt sie.

Da sie keine Gegenwart haben
Suchen sie sich Dauer zu verleihen. Nur um an ihr Ziel zu kommen
Das weit entfernt ist
Suchen sie sich zu verbessern.

Achtlos fischt der Beschäftigte
Nach einem Bissen Essen. Der Schlaflose
Braucht keine Lagerstatt.

Mit ihren Vorfahren
Haben sie mehr Verbindung als mit ihren Zeitgenossen
Und am gierigsten blicken sie
Die ohne Gegenwart scheinen
Auf ihre Nachkommen (. . .)

Das Gedicht „Warum soll mein Name genannt werden?“ gewinnt vor diesem Hintergrund seinen spezifischen exilgeschichtlichen Sinn. Die elementare Künstler-Sorge des Vertriebenen, mitsamt seinem Werk vergessen zu werden, weicht dem Einverständnis mit einem Prozeß unaufhörlichen Wandels, dem gerade die bedeutenden literarischen Produkte Vorschub leisten, so sich gleichsam selbst überflüssig machend. Jenes Gedicht deutet an, daß diese höhere Einsicht, durch welche die traditionelle Kategorie des Nachruhms für irrelevant erklärt wird, jedoch erst errungen werden mußte. Auch fällt auf, daß der Verzicht auf Nachruhm von Brecht doch in eben jener einfach-lapidaren, quasi klassischen Sprache ausgedrückt wird, wie sie einst für Werke, die auf Nachruhm Anspruch erhoben, zur Verfügung stand. Den Nachkommen in späteren Jahrhunderten sollte offenbar eine nicht unheroische Haltung überliefert werden, durch die ein Dichter dem Druck der „finsteren Zeiten“ Widerstand entgegenzusetzen suchte: Statt in die Idealität zeitloser Kunstwerke zu fliehen, stellte er sich den Forderungen des Tages.

Allerdings eben dies, das „eingreifende" Denken und Dichten, wurde den exilierten Schriftstellern, auch und gerade dem Marxisten Brecht, schwergemacht. Antifaschistische Warnungen und Proteste waren in den anfangs auf Appeasement eingestellten Gastländern keineswegs beliebt. Der unbequeme Warner aus Nazi-Deutschland hatte oft das Gefühl, vor ängstlichen Kindern ein Puppenspiel aufzuführen („Zu einer japanischen Zeichnung ein Puppenspiel darstellend, das Kinder Kindern vorführen"); oder es kam ihm so vor, als lasse er, „Rennend zwischen Riesentrichtern", „hysterisch Drachen steigen" („Wir Guten").

Während die faschistische Gefahr im Zentrum Europas wuchs, schien das Leben in den bedrohten Ländern ringsum wie eh und je weiterzugehen. Der für Brechts Verhältnisse ungewöhnlich aggressive Ton in dem halb-allegorischen Gedicht „Finnischer Tanz" verrät das Entsetzen über die lebensgefährliche Lethargie der Gefährdeten und die ohnmächtige Ungeduld des Verbannten, der handeln möchte, aber nicht kann. – Das emblematische „Dinggedicht" „Der Balken" verweist nicht ohne Humor auf diesen qualvollen Zustand erzwungener Nutzlosigkeit:

> Sieh den Balken dort am Hang
> Aus dem Boden ragend, krumm und, ach
> Zu dick, zu dünn, zu kurz, zu lang.
> Einstmals freilich war er dick genug
> Dünn genug, lang genug, kurz genug
> Und trug mit drei anderen ein Dach.

Das Kleine und Kleinliche wurde für zahlreiche Exilierte übermächtig. Von einem lächerlichen Stempel im Paß z.B. konnte das Leben abhängen. Die grotesk-komische Tonart von Brechts „Ode an einen hohen Würdenträger" läßt noch die Angst erkennen, die damals ein kleiner Behördenangestellter einem großen Mann und Bittsteller einzuflößen vermochte. – Das Exil, das Gegenteil eines heroischen Zustands für die meisten Betroffenen, absorbierte in der Regel alle Kräfte bei dem Versuch, nur das bloße Dasein zu fristen, d.h. „Den Weg des Tropfens zu bahnen im Fluß, der sich / Durch das Geröll den Weg bahnt" („Viele sehen es so").

Durch das Exil sah sich mancher, der in seinem Vaterland groß gewesen war, oft bis zur Würdelosigkeit kleingemacht. „Der die Sprache beherrschte / Sucht die Wörter zusammen, sich zu entschuldigen"; er ist „ein Beginnender / Der schon geendet hat" („Auf einen Emigranten“). Die entgegengesetzte Antwort auf die Exilsherausforderung: das Scheitern zu einem neuen Anfang werden zu lassen, das individuelle Los nicht zu bejammern, sondern handelnd in sogar gesellschaftlich nützliche Arbeit umzusetzen, dies forderte übermenschlichen Mut. Brechts Gedicht „Bericht über einen Gescheiterten“, die Rühmung eines heroischen Exilanten-Typus, dürfte weniger Beschreibung von repräsentativer Wirklichkeit als Entwurf eines positiven Vorbilds und Form geheimer Selbstermahnung sein.

Eine der schlimmsten Exilerfahrungen ergab sich aus der Tatsache, daß der verbannte Autor in den „Gastländern“ dem kapitalistischen Zwang, sich und seine Werke zu verkaufen, im allgemeinen schmerzhaft-direkter ausgesetzt war als im Vaterland. Der berühmte Name galt oft wenig oder nichts mehr, wenn sich kein Geschäft mit ihm anbahnen ließ. Die Identität, die der Exilierte, unabhängig vom Geschäft, meinte erworben zu haben, schien Täuschung. Identität schien am Ende nur das noch, was sich durch ein mit Stempeln versehenes Papier belegen ließ. Der derart Reduzierte, seines individuellen Gesichts Beraubte suchte sich vielfach der Lage anzupassen, indem er seinerseits seinem „Gesicht einen Ausdruck der Leere“ gab, d.h. indem er Identität verleugnete. Manchmal, in Augenblicken der Geistesabwesenheit, jedoch vergaß er die Vorsicht, wurde gleichsam arglos wahrer Mensch – mit dem Resultat, daß er nun erst recht den Argwohn erregte, der nicht zu sein, der er schien („Angesichts der Zustände in dieser Stadt“).

Die „Scham“ darüber, nicht Mensch sein zu dürfen, nicht jedenfalls durch sich selbst, ist eine Empfindung, die dem exilierten Autor auch schon zu Haus nicht fremd war. Doch konnte er sie im Vaterland bisweilen vergessen. Das Exil aber erinnerte ihn mit Heftigkeit an die Zustände, in denen er imgrunde immer schon gelebt hatte. Brecht hat vor allem die Verhältnisse in den USA in dieser Weise erfahren: als Radikalisierung der Verhältnisse der europäischen, kapitalistischen Gesellschaft. Er hat Amerika durchweg unter dem kraß negativen Gesichtswinkel seines „Lesebuchs für Städtebewohner“ wahrgenommen, das die Zustände der Weimarer Republik bereits als einen Krieg gesichtsloser Verfolger und Verfolgter beschwor. Angesichts der USA, die Brecht von deren extremster Erscheinung, Kalifornien, her erlebte, hat er die „alten“ gesellschaftlichen Erfahrungen erneuert; er hat keine wesentlich neuen gemacht; die Kunst der Anpassung, die auch ein Brecht drüben bisweilen üben mußte, hat seine Ablehnung des „Systems“ nur vertieft.

Der kleine satirisch-polemische Zyklus der „Hollywood-Elegien“, vor allem das bittere Gedicht „Liefere die Ware!“ beweisen die rigide Härte, mit der sich Brecht gegen die USA, die ihn als Flüchtling aufgenommen hatten, verschloß. Einmal, in der gelösten Stimmung des Gedichts „Die freiwilligen Wächter“, hat Brecht freilich auch angedeutet, daß der Mangel an Unbefangenheit, der, neben dem scharfen, realistischen Blick für Grundstrukturen, seine Beziehung zu den USA im allgemeinen kennzeichnete, möglicherweise nicht nur durch „innere“, sondern auch durch äußere Zwänge bedingt war; die übertrieben konsequente Amerika-Verneinung wurde ihm offenbar zum Teil von denen seiner Bewunderer aufgenötigt, die über ihn „in dieser Stadt“ wachten, „Um sagen zu können, sie kennen einen / Der sich nicht verkauft“.

Wie dem auch sei: Das große, tönereiche Gedicht „Verschollener Ruhm der Riesenstadt New York“ aus einer früheren Schaffensphase Brechts läßt, obwohl seinerseits durchaus eine scharfe Amerika-Satire, ein generöses, humorvolles Verständnis für die bizarren Eigentümlichkeiten der USA-Gesellschaft erkennen und damit eine komplexe Wahrnehmungsform, die man in Brechts mit dem Thema Amerika befaßten Gedichten der vierziger Jahre des Exils kaum irgendwo findet.

Grundsätzlich muß man konstatieren, daß Brecht, mit dem Überleben beschäftigt, „für die schublade“[93] seine großen Exil-Dramen produzierend, die besondere politische und gesellschaftliche Wirklichkeit der Gastländer bis zu einem gewissen Grad exkludiert hat, jedenfalls nach dem Reflex in der Dichtung zu urteilen. Brecht blickte in die Zukunft hinein – der Niederlage des Faschismus, dem Sieg des Sozialismus entgegen; diesen erwartete er, seiner Sache gewiß, mit Geduld, jene mit Ungeduld.

Zwischen diesen beiden Empfindungsweisen, diesen „Interessen“ ist Brechts Exillyrik angesiedelt. Wo diese ihre Aufmerksamkeit der Realität des Exils selbst zuwendet, da gilt sie in der Hauptsache den allernächsten Umständen der Existenz: Haus, Garten, Landschaft, Wetter, den Menschen der engsten Umgebung. Allerdings: Aus der delikaten poetischen Vermittlung zwischen der größeren, politischen und der kleineren, individuellen Perspektive sind „Gelegenheitsgedichte“ entstanden, die zu den reizvollsten der gesamten Brechtschen Lyrik gehören.

Jene Spannung von Geduld und Ungeduld bestimmt das Gedicht „Gedanken über die Dauer des Exils“ von 1936/1937. Dem Autor dämmert etwas von der möglichen Länge des erzwungenen Aufenthalts. Er erkennt: Auch geschichtliche Prozesse brauchen ihre Zeit – wie die der Natur. „Sieh den kleinen Kastanienbaum im Eck des Hofes / Zu dem du die Kanne voll Wasser schlepptest!“, mit diesem zur Geduld, zur „Nachahmung“ der Natur mahnenden Satz schließt das Gedicht.

Zur Exillyrik Brechts gehört es, daß der Autor sich eine gleichsam schamhafte Aufmerksamkeit für die Natur gestattet[94], schamhaft, weil er sich stets bewußt bleibt, daß in den „finsteren Zeiten“ „Ein Gespräch über Bäume fast ein Verbrechen ist“ („An die Nachgeborenen“). Brecht, seinem politischen Lyrikkonzept auch in dieser „inzwischenzeit“ getreu, schickt sich jedoch keineswegs an, traditionelle „Naturgedichte“ zu schreiben. Für die beiden Gedichte, die unter jener Bezeichnung veröffentlicht worden sind (Untertitel „Svendborg“, „Augsburg“), verwendet er jenen Titel nicht zufällig in ironischer Absicht.

Im ersten der beiden Gedichte erfaßt der Blick des Dichters „Durch das Fenster, die zwölf Quadrate“ hindurch die ihn umgebenden unansehnlichen Dinge mit einer fast schmerzhaften Genauigkeit. Akribische Beschreibungen wie von einem Landvermesser. Der Hinweis auf die Jahreszeit, im herkömmlichen Naturgedicht meist Anlaß für stimmungsvolle Reflexion, erfolgt beiläufig, in einer attributiven Wendung („Hecke, jetzt kahl im Winter“). Erst vom Schlußsatz her ergibt sich der Sinn dieser merkwürdigen „Landschaftschilderung“. Hinter der Maske der Gelassenheit erkennt man plötzlich die Sorge des Verfolgten, der sich angewöhnt hat, seine Umgebung unter dem strategischen Gesichtswinkel von Fluchtmöglichkeiten zu betrachten. Entgegen dem Anschein rein objektiver Widerspiegelung von Natur ist das Gedicht ganz durch „Geschichte“ und „Subjektivität“ bestimmt; sie und nicht der Ehrgeiz subjektloser „Betrachtung“ prägen die hier sich manifestierende Wahrnehmungsform. Die scheinbar arglos-realistische Erwähnung der „zwölf Quadrate“ des Fensters, mit welcher das Gedicht beginnt, wirkt, vom Ausgang her betrachtet, wie ein Signal: Das ländlich-anheimelnde „Ding“ wird zu einer Metapher, die auf die Situation derer zu deuten scheint, die angeblich zwar in die Freiheit entkommen sind, dennoch aber das Gefühl haben, sich hinter Gefängnisgittern zu befinden.

Ähnlich wie hier läßt Brecht in seiner Exillyrik oft aus der scheinbar bloßen Beschreibung oder dem Gestus der „objektiven“ Mitteilung heraus eine komplexe Situation und Empfindung deutlich werden. Dem „Naturgedicht“ „Svendborg“ ist das knappere

Gedicht „Zufluchtsstätte" nicht nur thematisch verwandt. Das Exil als „inzwischenzeit" mit seinen Zügen selbst partieller Komfortabilität erscheint trotz der verhaltenen Formulierungen als Ort fortdauernder Ungeborgenheit. „Das Haus hat vier Türen, daraus zu fliehn", lautet der letzte Satz. Der diskrete Stil des Gedichts mit seiner fast graziösen Ausgewogenheit, das höfliche Understatement, das auf eine unerträgliche Lage lediglich im Konjunktiv anspielt („Die Post kommt zweimal hin / Wo die Briefe willkommen wären"), sie täuschen eine Sicherheit des Gefühls vor, die jener eine, letzte Satz dementiert.

Die kurzen, leisen, zum Parabolischen tendierenden Formen eines Großteils der Brechtschen Exillyrik, ihr „chinesischer" Duktus verweisen, objektiv, auf die Stagnation und Retardation des damaligen Geschichtsprozesses und, subjektiv, auf eine neue, abgeklärtere Einstellung zum Komplex Fortschritt. Das kleine Gedicht „Zeitunglesen beim Theekochen" ist typisch. Es verbindet humorvoll in sechs Zeilen die ferngerückte große Geschichte und die kleine, private, „reduzierte" Geschichte des Exilierten, der an jener nur noch mittels Zeitungslektüre partizipiert und der schon zufrieden ist, wenn ihm der überkochende Topf mit dem Teewasser zur Chiffre geschichtsphilosophischer Hoffnung wird.

Einige der charakteristischsten Exilgedichte Brechts hat dessen langjährige Mitarbeiterin Margarete Steffin (gestorben 1941 in Moskau) gesammelt und gemeinsam mit Brecht zur sogenannten „Steffinischen Sammlung"[95] zusammengestellt; es handelt sich um Gedichte offenbar der Jahre 1938–1941.

Das vorangestellte Motto weist, gleichsam entschuldigend, auf die in ihrem Wirkungsanspruch geminderte poetische Produktion, die die persönlichen Lebensumstände auf neue Art hervortreten läßt – Folge der Einsicht des Dichters in seine neuen, beschränkten Verhältnisse: „(. . .) Dem gleich ich, der den Backstein mit sich trug / Der Welt zu zeigen, wie sein Haus aussah".

Die „Steffinische Sammlung" hat stellenweise Flaschenpostcharakter. Hier teilt einer, der, isoliert, weit draußen sich aufhalten muß, der Welt, aber auch sich selbst mit: „ich bin noch da".

Privat im abschätzigen Sinn sind die Verse des kleinen Zyklus keineswegs. Brechts epischer Stil, anschaulich, rational konzentriert auch hier, verweigert dem subjektiven, innerlichen Bereich den ungehemmten Ausdruck, spielt lediglich darauf an und läßt das geschichtlich „Allgemeine" nie aus dem Blick. Die Redeweise scheint beiläufig, als würde die Gelegenheit ergriffen, dies und jenes, Wichtiges und Unwichtiges mitzuteilen. Doch ist die scheinbare Kunstlosigkeit Ergebnis souveränen Umgangs mit dem sprachlichen Material; es ist Sparsamkeit aus Reichtum. Gerade in diesem Zyklus wendet Brecht die Praxis des „mehr-als-fertigen" Dichtens an. Der Grundgestus der Verse scheint der, die unbestreitbar große Bedrängnis, in der sich da einer befindet, doch als eine ins Bewußtsein treten zu lassen, die nicht imstande ist, alles, was war und was kommt, bei dem Betroffenen in Frage zu stellen. Auch fehlt die – in der parabolischen Form versteckte – optimistische Andeutung einer besseren Welt nicht.

Die Redeweise des (erzählenden) Gelegenheitsgedichts läßt in ihrem Innern bisweilen die logische Struktur einer dialektischen, wenngleich offenen Argumentation erkennen; da ist eine Nähe zum Epigramm zu spüren. Wenn – in dem ersten der Gedichte („Frühling 1938") – der Sohn den Vater vom Schreibtisch holt, damit er ihm helfe, ein Aprikosenbäumchen vor der plötzlich hereingebrochenen Kälte zu schützen, so impliziert dies im „logischen" Zusammenhang des Gedichts die Behauptung, dergleichen Tätigkeit könne wichtig sein (These). Ist aber nicht die Tätigkeit des Vaters, der gegen die Nazis schreibt, wichtiger als alles andere – angesichts des drohenden Kriegs, „der den Kontinent, diese Insel, mein Volk, meine Familie und mich/Vertilgen mag" (Antithese)? – Die Schlußfolgerung (die Auflösung) steckt in dem Gestus, mit dem das Gedicht schließt: „Schweigend/Legten wir einen Sack/Über den frierenden Baum". Durch dieses Schweigen ist das Schreiben des Vaters nicht einfach verneint zugunsten der Sorge um das Bäumchen. Doch wird durch das Schweigen die Bedeutung eines Tuns bekräftigt, das dem Naheliegenden und Geringen gilt. Der bescheidene Dienst, der der Natur geleistet wird, erscheint als einer, der in einem einfachen, aber auch einem hintergründigen Sinn dem Überleben und damit der menschlichen Geschichte zugute kommt.

Das Gedicht zeigt, wenn man so will, auch einen glücklichen Lernvorgang. Indem der Vater sich vom Sohn in seiner Schriftstellerei unterbrechen läßt, lernt er eine Lektion, eben die, die er, an den Schreibtisch zurückgekehrt, in Form des vorliegenden Gedichts an den Leser weitergibt; sie hat, auch wenn das in diesem Zusammenhang ein großes Wort scheint, mit der Beziehung von Theorie und Praxis einiges zu tun. Indem das Gedicht lediglich mit einer stummen Geste schließt (welche große Zärtlichkeit für Lebendiges verrät), übermittelt es seine Botschaft nachdrücklicher, als ein „Appell" es könnte.

Die Exilgedichte Brechts zeigen wie hier häufig behutsamen Umgang mit der Natur. Freilich setzt Brecht, „idyllische“ Spekulation vermeidend, jene nicht als ein angeblich ganz Anderes, Besseres dem Menschen entgegen. Brecht bleibt auch als „Naturphilosoph“ Dialektiker. Für ihn gibt es Widersprüche selbst in der Natur. Ein „plötzlicher Schneesturm“ gefährdet den Frühling. Und: „Die Birnbäume / Haben grüne Blätter und noch keine Blüten, die Kirschbäume hingegen / Blüten und noch keine Blätter. Die weißen Dolden / Scheinen aus dürren Ästen zu sprießen“.

Die Widersprüche der Menschen-Welt sind jedoch schneidender als solche der Natur: auf der einen Seite das kleine Boot „mit geflicktem Segel“, auf der andern der „ferne Donner / Der manövrierenden Schiffsgeschütze“. Das Gedicht „1940“ beginnt mit einem grellen Kontrast, einem „Natureingang“ von schmerzhafter Ironie: „Das Frühjahr kommt. Die linden Winde / Befreien die Schären vom Wintereis. / Die Völker des Nordens erwarten zitternd / Die Schlachtflotten des Anstreichers“.

In der Menschen-Geschichte, wie sie sich 1940 zeigt, hängt nicht wie im Naturprozeß das Negative am Positiven als dessen natürlicher, fruchttreibender Widerstand (die „weißen Dolden“ an „dürren Ästen“). Die „positiven“ gesellschaftlichen Produktivkräfte selbst in ihrer höchstentwickelten Gestalt erweisen sich zu Beginn des Hitler-Kriegs als das schlechthin Negative, Entsetzliche.

Brecht hat den tödlichen Widerspruch einer „Dialektik der Aufklärung“ im faschistischen Kontext durch verfremdende „epigrammatische“ Verkürzung des komplexen Ursache-Folge-Zusammenhangs und durch Übersetzung in konzentrierte anschauliche „Gesten“ ans Licht gehoben; sie lösen den Widerspruch nicht auf, verharren vielmehr provozierend in der Stummheit des Bilds: „Aus den Bücherhallen / Treten die Schlächter. / – Die Kinder an sich drückend / Stehen die Mütter und durchforschen entgeistert / Den Himmel nach den Erfindungen der Gelehrten“.

Der Prozeß einer „Dialektik der Aufklärung“, der Fortschritt in Rückschritt hat umschlagen lassen, den Menschen gleichwohl aber dazu nötigt, am positiven Prinzip der Entwicklung festzuhalten, ist „Thema“ des sechsten Abschnitts der unter dem Titel „1940“ vereinigten Verse: „Mein junger Sohn fragt mich: Soll ich Mathematik lernen? (. . .) Soll ich Französisch lernen?“ usw.

Die Pointe des Gedichts liegt darin, daß der Vater nach Maßgabe seines eigenen pessimistischen Räsonnements (das er dem Sohn wohlweislich vorenthält, das dem Leser vom Autor aber in rücksichtsloser Offenheit mitgeteilt wird) auf jene Fragen mit einem „Nein“ antworten müßte: Allgegenwärtig ist in dieser Zeit die Gefahr des Rückfalls in totale Barbarei; das Überleben unter diesen Umständen fordert andere Fähigkeiten als Mathematik, Französisch, Geschichte. Dennoch spricht der Vater dem Sohn am Schluß Mut zu: „Ja, lerne Mathematik, sage ich / Lerne Französisch, lerne Geschichte!“ In dieser für den Leser überraschenden Antwort setzen sich die bis an den Rand der Absurdität gedrängte aufklärerische Vernunft und Geschichtshoffnung gleichsam gegen das eigene „bessere“ Wissen durch, es bei sich als das dennoch schlechtere erklärend. Das geschieht kommentarlos: Die aktuelle Geschichte hat vernünftiger Logik den Mund geschlossen. Insofern ist das Verhalten des Vaters dem schweigenden Handeln ähnlich, das in „Frühling 1938“ zum Verhüllen des frierenden Aprikosenbäumchens geführt hat.

Solchem Schweigen in der „inhaltlichen“ Dimension entspricht in gewisser Weise auf der formalen Ebene die Technik der verhüllenden Anspielung in manchen der Brechtschen Exilgedichte. Für den ästhetischen Ausdruck des sozialistischen Prinzips Hoffnung, das sich 1940 explizit nicht artikulieren mochte, hat z.B. das Gedicht „Der Kirschdieb“ aus der „Steffinischen Sammlung“ nur noch ein „Pfeifen“ bereit. In der Tat: Die Zeit der Hitler-Siege war keine Zeit für Marseillaisen. Dennoch birgt das scheinbar anekdotisch-harmlose Gedicht universellen, positiven Hintersinn.

Das Ich, Brecht offenbar, dem gelegentliche Besitzergefühle nicht fremd waren („Die Lust des Besitzes fühlte ich tief“, heißt es in „Beim Lesen von ‚Zeit meines Reichtums‘“), entdeckt eines Morgens, „lange vor Hahnenschrei“ einen jungen Mann „mit geflickter Hose“ auf seinem Kirschbaum; er „pflückte lustig meine Kirschen“. Ein Fall von Diebstahl, juristisch betrachtet. Poetisch jedoch eine Art Vision. Der junge Mann benimmt sich keineswegs wie ein Dieb, sondern wie jemand, der des Einverständnisses des Bestohlenen fröhlich gewiß ist. Merkwürdig auch ist dessen Verhalten. Das Gedicht läßt die Reaktion des Besitzers zwar in einen Hiat vor den zwei Schlußzeilen fallen. Doch hat jener offenbar nichts getan, um den Diebstahl zu verhindern. Der Leser erfährt lediglich, was nachher ist: „Noch eine ganze Zeitlang, als ich wieder in meiner Bettstatt lag / Hörte ich ihn sein lustiges kleines Lied pfeifen“. Das ist scheinbar nichts als die Feststellung einer tatsächlichen Wahrnehmung. Doch könnte es sich bei dem Hören auch um eine Art inneren Nachhall, um ein geistiges Hören nach dem sinnlich-empirischen handeln.

Unter der Maske der Darstellung einer wirklichen Begebenheit verbirgt das Gedicht einen Legenden-Kern. Der Zeitpunkt des Geschehens (am frühen Morgen, „lange vor Hahnenschrei"), das Aufgewecktwerden durch das lustige Pfeifen, der Dieb mit dem seltsamen guten Gewissen, der bestohlene Besitzer, dem Lied wie einer höheren Erscheinung hinterherlauschend – das sind Signale, die auf einen wunderbaren Vorgang im kleinen verweisen, der auf einen wunderbaren Vorgang im großen deutet: auf eine gewaltlose Regelung des Verhältnisses zwischen den Besitzenden und den Nicht-Besitzenden, zwischen den Oberen und den Unteren. (Das eingangs zweimal auftauchende Possessivpronomen „mein" wird im Verlauf des Gedichts vom Leser in zunehmendem Maß als aufdringlich und dem Geschehen unangemessen empfunden.)

Der beiläufige Erzählton täuscht also über die eigentliche poetische Absicht. Die Genre-Szene besitzt, ähnlich den späteren Versen „Rudern, Gespräche" der „Buckower Elegien", ein heimliches, euphorisches Pathos. Mit diesem träumt sich das Gedicht weit in die Zukunft hinein. Versöhnungshumor setzt es in offenbarsten Widerspruch zu den damals soeben begonnenen blutigen Kriegshandlungen, für die Brechts Exillyrik, auch wo ihr Autor sich „zurückzunehmen" scheint, nie den Blick versperrt.

Sein „schwieriges Handwerk": „das Hoffen" („Finnische Landschaft"), hat der „Flüchtling" Brecht selten auf so leichte Art ausgeübt wie in diesem Gedicht, das mit dem Kirschdieb den Kirschbaum und damit die Natur ins Spiel bringt und das mit einer Handvoll epischer Requisiten und ohne Aplomb eine große Perspektive andeutet. Wie im idealen Fall und gegen die konkrete Erfahrung der Geschichte der „Stoffwechsel des Menschen mit der Natur" aussehen könnte, davon vermittelt das kleine Gemälde einer einverständlichen Enteignung, mit dem spontanen Reiz eines Gelegenheitsgedichts, eine heitere Ahnung.

15. „O DEUTSCHLAND, WIE BIST DU ZERRISSEN“: BRECHT UND DIE VATERLANDSLIEBE

Brecht war in höherem Maß ein deutscher Dichter, als es manchmal scheint.

Sein „Materialismus“, teils von Haus aus ihm eigen, teils durch Studium fortentwickelt, ist durch ein sehr deutsch anmutendes Element der Reflexion vertieft worden. Brechts rational durchhellter, ungemein treffsicherer und ökonomischer Stil kann bisweilen als so wenig deutsch erscheinen, daß man begreift, wieso zu seiner Charakteristik gern der Begriff des Lateinischen bemüht wird. Doch sollte man nicht übersehen, daß bei Brecht auch eine heimische, aufklärerische Tradition von Lessing bis zu Karl Marx zur Geltung kommt, auch und gerade im stilistischen Bereich. Es ist das allerdings eine Tradition des Denkens und Schreibens, die im Umkreis der „Deutschen Ideologie“ und vor allem deren krassester Erscheinungsform, der nationalsozialistischen „Weltanschauung“, nur geringe Überlebenschancen besaß.

Ein deutscher Autor war Brecht, vielleicht überraschenderweise, auch in einer anderen Hinsicht: Er hatte eine enge Beziehung zu Deutschland als einer kulturellen und volkhaften, nationalen Kategorie. In der Lyrik Brechts finden sich einige Gedichte, die die Intensität dieser Beziehung erkennen lassen.

Freilich stellte sich gerade hier für Brecht, dessen geschärftes Bewußtsein von Geschichtlichkeit einen wesentlichen Teil seiner künstlerischen Produktivität ausmacht, ein historisch-systematisch begründetes Problem der angemessenen ästhetischen Behandlung des Gegenstands: Brecht mußte den nationalistisch-chauvinistischen, aber auch den in diesem Zusammenhang üblichen konservativen Ton vermeiden, ohne, andererseits, in den einer rational-materialistischen Nüchternheit zu geraten.

Insbesondere von dem Zeitpunkt an, da Brecht sich als Marxist verstand und gesellschaftliche Prozesse unter dem primär internationalistischen Gesichtswinkel des Klassenkampfs zu betrachten lernte, wurde jenes Problem akut. War der Nation-Begriff nicht längst zur Ideologie verkommen, brauchbar nur noch zur Verschleierung fragwürdiger Klasseninteressen? War er nicht fester Bestandteil des Arsenals hochtrabender und aggressiver Begriffe geworden, aus welchem die faschistische Kriegspropaganda schöpfte?

Man darf vermuten, daß Brechts Deutschland-Gedichten eine Art historisch-semantischer Konflikt vorausgegangen ist, dem sie abgewonnen wurden; Nuancen des Ausdrucks verraten Spuren des Kampfs. Unrichtig wäre wohl die Annahme eines rein instrumentalen Einsatzes des Vorstellungskomplexes „Deutschland" in Brechts Lyrik. Die betreffenden Gedichte belegen im Gegenteil eine seelisch-gemüthafte Bindung, auch wenn Brechts Interesse hier nicht dem bloßen „Ausdruck" eines subjektiven Gefühls gegolten haben dürfte: Ausdrucks-Kategorie und gesellschaftliche Wirkungsabsicht greifen bei Brecht meist ineinander, und es soll nicht bestritten werden, daß Brecht tiefverwurzelten emotionalen Impulsen möglicherweise dann am ehesten sich zu äußern gestattet hat, wenn er ihnen zugleich eine Funktion zuweisen konnte.

Wenige Autoren haben in der Zeit des Exils den Gedanken eines besseren, „anderen" Deutschland so nachdrücklich vertreten wie Brecht. Die Auseinandersetzung Brechts mit Thomas Mann, der zeitweilig überzeugter Anhänger der These von der Kollektivschuld der Deutschen war, ist aufschlußreich für die durch aufklärerische Vernunft gestärkte Anhänglichkeit Brechts an das deutsche Vaterland. Insbesondere das große Manifest „The other Germany"[96], das Eric Bentley ins Englische übersetzt hat, zeigt, welche argumentativ starke Position Brecht selbst 1943, als der Terror der Nazis sich auf dem Gipfel befand, zugunsten Deutschlands und der Deutschen einzunehmen vermochte und wie fruchtbar die nationale und die internationale Betrachtungsweise sich in seinem Denken verbanden.

Für den Poeten Brecht freilich erhob sich, in früherer wie in späterer Zeit, die Frage: Wie im Gedicht über Deutschland reden? – In den Versen „An einen befreundeten Dichter" (1943/1944 entstanden), die das Sprachproblem, welches sich stellte, mit Blick auf die besondere Situation des Exils und in kritischer Wendung gegen Deutschland-Lyrik (man darf annehmen: im Stil J. R. Bechers) ins Bewußtsein heben, wird andeutungsweise doch auch eine prinzipiellere Schwierigkeit sichtbar. Sie bestand darin, daß das Deutschland als politische Realität und das in der gängigen poetischen Reflexion konservierte Deutschland sich lange schon voneinander fortbewegt hatten und daß der Dichter mithin in der Gefahr stand, daß seine „Hand" nur mehr „Nach einem Bild" griff, „nicht nach einem Land“ und daß sein „Fuß“ „nicht Boden da“ betrat, „nur Wörter“.

Es kennzeichnet „Weite und Vielfalt“ der Schreibweise bereits des jungen Brecht, daß er im selben krisenhaften Jahr 1920 das Thema Deutschland auf jeweils ganz unterschiedliche, unkonventionelle Art behandelt hat.

Das Gedicht „Politische Betrachtungen“, ein Beispiel Brechtscher Rollen-Lyrik (das „Ich“ ist poetische Fiktion), kann durchaus als ein Deutschland-Gedicht gelesen werden. In burschikosem, leicht groteskem Stil spiegelt es die pessimistischen Reflexionen eines jungen Mannes, der seine durch Lethargie gepolsterte Entrüstung darüber zum Ausdruck bringt, daß sich offenbar eine Katastrophe sondergleichen im Lande anbahnt, daß sich die Bürger gleichwohl aber verhalten, als stünde alles zum besten. Sie leisten es sich, Kahn zu fahren – in einem Staatswesen, das „bis über den Hals verschuldet“ ist; sie „spielen auch Mundharmonika“, „und das Land seufzt unter der schwarzen Schande!“

Nicht als wenn der junge Brecht hier einer rassistischen Anwandlung nachgegeben hätte. Das Gedicht „zitiert“ eine bestimmte Haltung, mit wenigen Strichen deren ideologische Ausstattung samt populären Leseerlebnissen (Sven Hedins „Von Pol zu Pol“ z. B.) andeutend. Der da „politische Betrachtungen“ anstellt, ist mit dem Autor, der sie ausstellt, gewiß nicht identisch. Aber auch wenn die träge-nörgelnde Art, mit welcher sich hier jemand zu dem Krisenbefund verhält („Ich rauche da nur und sehe auch nur so zu“), in humorvoll-kritische Beleuchtung gerückt wird, so wird eben das Ausmaß damaliger deutscher Misere auch signalisiert; und der Kassandra-Ton der Schlußverse, die den Bogen zum Kahn-Motiv des Anfangs zurückschlagen, gleichzeitig dem Leser einen abschließenden Blick auf den kleinbürgerlichen Bildungsfundus des monologisierenden Ichs des Gedichts gestattend, ist keineswegs bloße spaßhafte Mimikry eines negativen Denk- und Sprach-Gestus: „Nur zu, nur so weiter gemacht noch einige Jahre / Die Assyrer und Babylonier sind ja auch Kahn gefahren.“ – Ähnlich wie in diesem Gedicht, freilich in epigrammatischer Verknappung, hat Brecht sehr viel später, in einer der „Buckower Elegien“ („Bei der Lektüre eines spätgriechischen Dichters“), offenbar eine Warnung wiederum aus der Andeutung des Kontrasts von unangemessenem Verhalten und katastrophaler Entwicklung formuliert.

Ohne komische Verfremdung greift Brecht das Thema Deutschland in dem Gedicht „Deutschland, Du Blondes, Bleiches“ auf. Der hier verwandte Pathos-Ausdruck macht deutlich, daß in leidenschaftlicher Erregung gesprochen wird. Die Substantivierung der Adjektive in den ersten Zeilen („Blondes", „Bleiches", „Wildwolkiges"), ein Stilmittel, das im Umkreis von Symbolismus / Expressionismus beliebt war, setzt gleich zu Anfang eine „hohe" Ebene poetischen Sprechens. Doch erscheint das Pathos insgesamt „modern". Das Gedicht, das in metaphorischer Rede von zum Teil sarkastischem Charakter Daten aus dem wirtschaftlichen und politischen Bereich übermittelt, hat einen harten, realistischen Kern.

„Aasloch Europas" nennt Brecht hier Deutschland. Diese Periphrase steht in scharfem Kontrast zu der poetischen Physiognomie, die zu Anfang entworfen wird und in welcher Züge des vorherrschenden physischen Typs der Deutschen (blond, bleich) mit denen seines geistigen Charakters sich mischen. „Wildwolkiges mit sanfter Stirn" – die Wendung spielt an auf die deutsche Begabung zu spekulativer Nachdenklichkeit, auch wohl auf den alten Zwiespalt deutscher Geschichte von intellektueller Erregbarkeit und Tatenarmut.

Doch dieses Deutschland von einst, mit dem „Deutsche Ideologie" zu Brechts Zeit noch immer dünkelhaftes Selbstbewußtsein meinte begründen zu können, existiert in der Sicht des Gedichts nicht mehr. Brecht klagt für den Untergang nicht die Siegermächte an, die für das chauvinistische Selbstverständnis die eigentlich Schuldigen waren. Deutschland selbst hat sich die Katastrophe erzeugt. „Was ging vor in deinen lautlosen Himmeln?", fragt Brecht, und er scheint, mit diesem pathoshaltigen Bild, zunächst auf nichtmaterielle, verborgene Verfallsprozesse im geistig-seelischen Bereich hinzudeuten. Doch weicht die Deutschland-Interpretation des jungen Autors nicht in die Kategorie des Irrational-Schicksalhaften aus, wie der Akzent auch keineswegs auf die Beschwörung einer lediglich ideellen Katastrophe gelegt wird. Vielmehr füllen sich drastische Vorstellungen von der Zerstörung und Beschmutzung, die Deutschlands „guten Leib" verwüstet haben, zunehmend mit einer materiell triftigen Anschauung. Die Paradoxien einer ökonomischen Produktionsweise, welche gleichermaßen extreme Not („Mit nackten Zähnen raufen / Die Kinder das Getreide aus vor / Hunger") und Überfluß („ . . . die Ernte schwimmt in das / Stinkende Wasser") erzeugt, werden sichtbar in schneidenden Abbreviaturen und im kühnen, springenden Stil erhabenen Sprechens.

Nach refrainartiger Wiederaufnahme des Gedichtanfangs beschwört Brecht gleichsam im Vorübergehen und nicht ohne leicht archaisierende, christlich-empfindsame Nuancen des Vokabulars das Deutschland, das sich vom Krieg und der Erinnerung an die Toten, einer bekanntlich oft revanchistisch motivierten Erinnerung, nicht lösen kann; und dann benennt der Autor in Attributivsätzen, die in jähem Übergang den eben noch lyrisch-subjektiven, klagenden Ausdruck schmerzhaft aufrauhen, einige Tatbestände des „gesellschaftlichen Kausalkomplexes", die die Klage über das Elend Deutschlands aus der Sphäre der Reflexion entschieden herausheben und das Thema Schuld und Versagen, ohne es deshalb für irrelevant zu erklären, andeutungsweise in einem Kapitel pervertierter, zugleich imperialistischer und nationalistischer Geschichte verankern: „(. . .) dein Herz, das vermodert / Ist, das du verkauft hast / Eingepökelt in Salz von Chile / Und hast dafür Fahnen erhandelt!".

Was das zugleich klagende und zornige, leidenschaftliche Sprechen in diesem Gedicht vom Grunde her bewegt, verrät aber erst das Wort, das an exponierter Stelle, im letzten Versabschnitt, auftaucht: „Scham". „O Aasland, Kümmernisloch! / Scham würgt die Erinnerung / Und in den Jungen, die du / Nicht verdorben hast / Erwacht Amerika!"

„Scham", für manches Ohr heute fast schon ein fremdartiger Begriff, verweist bei aller aufgeklärten realistischen Betrachtung auf ein sittliches Bewußtsein, das der Frage persönlicher Verantwortung nicht ausweicht, ja diese Verantwortung spontan, im Gefühl erfährt: als einen beklemmenden Schmerz, der sich von sich selbst befreien möchte in dem verzweifelten Wunsch, erinnerungslos in eine andere, neue Welt aufbrechen zu können, eine, für die sich beim jungen Brecht wie bei manchem seiner Generation zeitweilig ein quasi exotischer Name, „Amerika", einstellte.

Vom Wort „Scham" im letzten Versabschnitt fällt ein Licht zurück auf das Wort „Herz" im vorletzten Versabschnitt. Beide Wörter, die keineswegs hier dem Bereich der bloßen poetisch-ideologischen Apparatur zuzuweisen sind, kommunizieren miteinander und unterstreichen das enge, persönlich-emotionale Verbundensein des Verfassers mit dem Gegenstand des Gedichts. Die Bewegung, mit der sich der junge Brecht vom vermoderten „Herzen" Deutschlands, das „nimmermehr" schlägt, klagend-anklagend loszureißen sucht, ist zugleich die, mit welcher er darauf zueilt, es mehrmals anrufend in Wendungen, die in der Brechtschen Lyrik nicht allzu häufig sind und die das Gefühl enttäuschter Liebe nicht verhehlen.

Dreizehn Jahre später schreibt Brecht erneut ein großes Deutschland-Gedicht. Es beschließt die Sammlung „Lieder Gedichte Chöre".

Deutschland

Mögen andere von ihrer Schande sprechen,
ich spreche von der meinen.

O Deutschland, bleiche Mutter!
Wie sitzest du besudelt
Unter den Völkern.
Unter den Befleckten
Fällst du auf.

Von deinen Söhnen der ärmste
Liegt erschlagen.
Als sein Hunger groß war
Haben deine anderen Söhne
Die Hand gegen ihn erhoben.
Das ist ruchbar geworden.

Mit ihren so erhobenen Händen
Erhoben gegen ihren Bruder
Gehen sie jetzt frech vor dir herum
Und lachen in dein Gesicht.
Das weiß man.

In deinem Hause
Wird laut gebrüllt, was Lüge ist
Aber die Wahrheit
Muß schweigen.
Ist es so?

Warum preisen dich ringsum die Unterdrücker, aber
Die Unterdrückten beschuldigen dich?
Die Ausgebeuteten
Zeigen mit Fingern auf dich, aber
Die Ausbeuter loben das System
Das in deinem Hause ersonnen wurde!

Und dabei sehen dich alle
Den Zipfel deines Rockes verbergen, der blutig ist
Vom Blut deines
Besten Sohnes.

Hörend die Reden, die aus deinem Hause dringen, lacht man.
Aber wer dich sieht, der greift nach dem Messer
Wie beim Anblick einer Räuberin.

O Deutschland, bleiche Mutter!
Wie haben deine Söhne dich zugerichtet
Daß du unter den Völkern sitzest
Ein Gespött oder eine Furcht!

Das dem Gedicht vorangestellte Motto ruft mit dem Begriff „Schande" wieder einen vom Standpunkt politisch-ökonomischer, „wissenschaftlicher" Betrachtungsweise beinah altertümlich anmutenden Begriff herauf. Das Gedicht knüpft damit ästhetisch an das Deutschland-Gedicht von 1920 an, dessen inneres Geschehen im Begriff der „Scham" gleichsam gipfelte.

Brecht deutet in dem Motto an, daß der Nationalsozialismus durchaus seine politische Entsprechung in nicht-deutschen Ländern habe, daß mithin Grund vorhanden sei, die „Schande" und die Scham mit anderen zu teilen. Aber er besteht darauf, in diesem Gedicht allein von seiner Schande zu sprechen.

Dieser programmatisch erhobene Anspruch hat poetologische Konsequenzen: Brecht, der den Nationalsozialismus damals als Ausdruck der Krise des Kapitalismus und als „Agenten" der Großbourgeoisie begriff und das Phänomen dadurch „rationalisierte" und tendenziell ent-nationalisierte, behielt sich als Poet dennoch eine gemüthaft-individualisierende Redeweise vor, die den Begriff Deutschland sittlich vertiefte und die barbarischen politischen Vorgänge an eine Sphäre unbewußter, von der ökonomischen Vernunft nicht hinwegzudisputierender persönlicher Empfindungsweise anschloß.

Stärker noch als in dem Gedicht „Deutschland, Du Blondes, Bleiches" wirkt in diesem Gedicht ein solcher Impuls. Der klagende Ausruf der ersten Zeile weist auf einen unzerstörbaren seelischen Zusammenhang zwischen dem hier Sprechenden und der deutschen Realität, die unmittelbar, wie eine Person, angeredet wird. Brecht hat als zentrale Metapher des Gedichts die der „Mutter" gewählt. Daraus gehen alle anderen poetischen Bilder und Vorstellungen hervor. Einen elementaren sittlichen Affekt zugleich mitteilend und beim Leser erzeugend, veranschaulichen sie den nationalsozialistischen Terror als einen an den Bestand menschlicher Ordnung rührenden Familienkonflikt: Nicht nur haben die „Brüder" den „Bruder", den ärmsten und besten unter ihnen, „erschlagen"; sie demütigen auch die Mutter, indem sie „frech" vor ihr herumgehen und ihr ins Gesicht lachen.

Der Rekurs auf die Metaphorik eines zerreißenden Familienstreits zum Zweck der Darstellung politisch-gesellschaftlicher Vorgänge war in der antifaschistischen Literatur, insbesondere der der Exilzeit, noch oder wieder recht weit verbreitet. Diese „Sicht" hatte, unter dem Aspekt politischer Didaktik, leicht begreifbare Vorzüge. Brechts Deutschland-Gedicht, das eine in besonderem Maß auf Agitation gemünzte Gedichtsammlung abschließt, muß natürlich auch in diesem Zusammenhang gesehen werden.

Die leicht eingängige, emotionalisierende Familien-Metaphorik wird unter anderm aus der gleichen Absicht, Wirkung bei einer breiteren Leserschaft zu erzielen, durch volkstümlich-archaisierende Redeweise ergänzt. Eine verblaßte oder vergessene Phantasiewelt der Kindheit, einst durch christliche Predigt und Lektüre der Heiligen Schrift aufgebaut, wird angerührt und samt den ihr zugehörigen quasi vor-modern sittlichen Begriffen lebendig gemacht: „Wie sitzest du besudelt", „Unter den Befleckten / Fällst du auf", sie gehen „frech vor dir herum" usw.

Einfache, urtümliche Gebärden, die auf ein geheimes Gedächtnis rückverweisen, das eben solche Gebärden erinnert, und die ihr literarisches Prestige aus dessen imaginativer Autorität schöpfen, werden umrißhaft sichtbar: die gegen den Bruder erhobene Hand, die im Hitler-Gruß permanent und wider Willen die eigene Untat verkündet (durch diese kunstvoll primitive Verfremdung denunziert Brecht einen in Nazi-Deutschland eingeschliffenen öffentlichen Gestus); der von der Mutter vergeblich versteckte Rockzipfel, blutig vom Blut des „besten Sohnes"; der Griff des Fremden nach dem Messer aus Schreck über den Anblick der „Mutter", Deutschlands, die aussieht wie eine „Räuberin".

Dergleichen sind suggestive Vorstellungen, mit deren Hilfe Brecht einfache Anschauung von gemüthaft-plastischer, sittlicher Art erzeugt (und es stört die hier wirksame allegorische poetische Logik nicht, daß Deutschland einmal als Mutter, das andere Mal als Haus vorzustellen ist, in dem die Mutter lebt).

Das Gedicht geht in der partiell moritatenhaften Volkstümlichkeit freilich nicht auf. Vielmehr wirkt dieser ein freirhythmischer, der natürlichen Prosarede angenäherter, zugleich dialogisch verlebendigter Sprechduktus entgegen und gibt dem Gedicht, wesentlich vom Syntaktischen her, seinen dennoch modernen ästhetischen Charakter.

Der zentrale Inhalt dieses Gedichts ist der Klassenkampf. Die Begriffe Unterdrücker/Unterdrückte, Ausbeuter/Ausgebeutete, in parallel angeordneten Antithesen verwandt, machen auf jenes Thema mit Deutlichkeit aufmerksam. Die Familien-Metaphorik erhält in diesem Zusammenhang eine nicht nur didaktisch-affektive, sondern auch politisch-aufklärerische Bedeutung, die nicht im Widerspruch zur recht verstandenen marxistischen Gesellschaftstheorie steht. Wenn von dem Totschlag die Rede ist, den der „Bruder" am „Bruder" begeht, dann erscheint der Klassenfeind, ungeachtet der Notwendigkeit, ihn zu bekämpfen, nicht mehr als der ganz andere, etwa als der, der seinerseits vernichtet werden darf. Und die metaphorische Redeweise, die die „Mutter" als „zugerichtet" von den „Söhnen" bezeichnet, weist auf ein Deutschland, das nicht im Verbrechen geeint, vielmehr durch dieses in Zwiespalt mit sich selbst geraten ist und das, statt „Gespött" und „Furcht" zu wecken, Mitleid erregen kann.

Mit der Mutter-Söhne-Metaphorik und der eine sittliche Betrachtung befördernden Redeweise des Gedichts scheint sich Brecht gewissen ästhetischen Konventionen anzuschließen, die auch im Umkreis der „Deutschland-Ideologie" wirksam waren. Doch dient der Traditionalismus des Brechtschen Deutschland-Gedichts der Absicht, den nationalen Gegenstand samt seiner angestammten Gemütsaura dem politischen Feind zu entreißen und zugunsten der eigenen, guten Sache sich anzueignen.

Insbesondere mit Hilfe des Begriffs der „Scham" bzw. der „Schande", der die Deutschland-Gedichte Brechts bestimmt, widerspricht der Autor leidenschaftlich dem „Deutschland, Deutschland über alles", das die Nationalsozialisten sich zu chauvinistischem Gebrauch hergerichtet hatten. Doch bewahrt Brecht im Bild der „bleichen" Mutter dem hybriden Vaterland eine unbestochene Anhänglichkeit, die dem Nationalismus fremd ist. Zorn und Anklage wandeln sich unversehens in einen Ausdruck, dessen wesentlicher Antrieb Klage ist. Das Adjektiv „bleich" charakterisiert jetzt nicht mehr wie in dem Gedicht „Deutschland, Du Blondes, Bleiches" deutsche Wesenseigentümlichkeit, sondern weist auf ein Verbrechen wider die Menschlichkeit, begangen an Deutschland; es deutet auf das hieraus entspringende Leiden des Opfers und dessen vergeblichen Versuch, die Untat vor der Welt-Öffentlichkeit zu verheimlichen.

Das Gedicht von 1933 zeigt Brecht womöglich mehr noch als in dem Gedicht von 1920 in Deutschlands Schicksal verwickelt. Die

Verse lassen trotz ihrer partiell rhetorischen, öffentlichen Struktur das Pathos einer intimen Auseinandersetzung erkennen. Zugleich ist das Gedicht von 1933 Zeugnis einer selbst durch schlimmste aktuelle Erfahrung unverblendeten Urteilskraft, die prinzipiell den Blick für bessere Zukunft offenhält. In einem Augenblick, da der Gedanke einer Versöhnung mit dem entarteten Deutschland als absurd erscheinen konnte, deutet es verschwiegen die Möglichkeit eben dieser Versöhnung an. Es legt, während es intensivsten Schmerz äußert, noch durch den poetisch-metaphorischen Ausdruck dieses Schmerzes den Keim einer Hoffnung, deren Grundlage ein über den Konflikt hinausreichendes Gefühl menschlicher Solidarität ist.

Bei alledem blieb sich Brecht des ästhetisch prekären Charakters von insbesondere gefühlsbetonten und „positiven" poetischen Darstellungen des Themas Deutschland bewußt. Im Kapitel X („Frankreich oder der Patriotismus/Über Verwurzelung") der 1940 bis 1944 verfaßten „Flüchtlingsgespräche" schlägt Brecht den Ton „materialistischer" Überlegenheit gegenüber dem empfindlichen und mit der Dauer der Nazi-Herrschaft immer heikler werdenden Komplex an. Die nüchterne Perspektive, die er hier in humoristischem, „plebejischem" Stil entwickelt, befindet sich in deutlichstem Gegensatz zur offiziellen, rabiaten Deutschland-Propaganda wie auch zu den romantisierend-sehnsüchtigen Deutschland-Beschwörungen, durch die exilierte Poeten (z. B. J. R. Becher, Max Hermann-Neiße, Paul Zech) gerade damals häufig ihre Isolierung von der Heimat literarisch zu kompensieren versuchten. Zumal Kalle, der eine der beiden Gesprächspartner in diesen Prosadialogen, gefällt sich darin, angesichts der „Vaterlandsliebe" einen „zynischen, wurzellosen Standpunkt" einzunehmen; der andere, Ziffel, pflichtet ihm bei: „Wenn ich mir vorstell, in was für einem Land ich leben wollte, wähl ich eins, wo einer schon, wenn er einmal in einem gedankenlosen Augenblick so was murmelt wie ‚ganz hübsch hier die Gegend', sofort ein Denkmal als Patriot kriegt. Deshalb, weil es in diesem Land ganz und gar unerwartet kommt, so daß es eine Sensation ist und wirklich geschätzt wird. Natürlich, einer der nichts murmelt, muß ebenfalls ein Denkmal kriegen, und zwar, weil er nichts Überflüssiges gesagt hat."

Aber es ist dann Kalle wiederum, der am Ende einen vermittelnden Standpunkt in der Debatte einnimmt: „Sie haben sich Ihr Land von den Patrioten verekeln lassen, dies besitzen. Ich denk manchmal: was für ein hübsches Land hätten wir, wenn wir es hätten!"

Nach dieser Mutmaßung über die „Vaterlandsliebe" und deren Zusammenhang mit den Besitzverhältnissen trägt Kalle überraschend ein Gedicht vor; es ist eine Hymne auf Deutschland, die „ein paar Vorzüg aufzählt". Nach dem Gedichtvortrag, der durch Zwischenbemerkungen in Prosa bisweilen unterbrochen wird, die das dem Gegenstand innewohnende Pathos mildern, folgt eine szenische Anmerkung des Autors: „Ziffel blickte Kalle verwundert an, konnte aber nichts von dem Schafsmäßigen an ihm entdecken, das alle haben, die etwas Patriotisches äußern, und leerte kopfschüttelnd sein Glas".[97]

Obwohl die heitere Szene scheinbar respektlos mit dem Begriff „Vaterlandsliebe" verfährt, bezeugt sie, daß Brecht weit davon entfernt war, sich die abgebrühte Philosophie des „Ubi bene ibi patria" zu eigen zu machen. Andererseits macht der Kalle-Ziffel-Dialog auch bewußt, wie schwierig es geworden war, Deutschland zu preisen – in einer Zeit, da dieses Preisen vom politischen Gegner zu agitatorischen Zwecken mißbraucht wurde. Den Impuls „Vaterlandsliebe" nicht negativ in den Ton der Klage, sondern positiv in den der Rühmung fassen hieß gegen den Strich der faschistischen, reaktionären und der konservativen „patriotischen" Poesie dichten. Dies geschieht beispielhaft in der „Hymne" „Über Deutschland" (entstanden um 1938/1939).

Es handelt sich eben um das Gedicht, das Kalle in den „Flüchtlingsgesprächen" auszugsweise rezitiert. Die pathoshaltige mehrfach wiederholte Apostrophe fällt bei erstem Lesen auf: „Ihr freundlichen bayrischen Wälder, ihr Mainstädte/Fichtenbestandene Rhön, du, schattiger Schwarzwald" usw. Doch das hymnenspezifische Pathos erzeugt Brecht hier eher durch Untertreibung als – wie es in dieser Gattung meist üblich ist – durch Übertreibung. Die Beschwörung naturmagischen Zaubers, die in damaliger Zeit selbst bei zahlreichen linken Exillyrikern beobachtet werden kann, ist in Brechts preisenden Benennungen deutscher Landschaft vermieden. Es erscheint, entworfen in ein wenig antikisierender Manier, vielmehr das Bild eines vielgestaltigen, von Menschen bewohnten Deutschland. Der über alles hinschweifende Blick, charakteristisch für den Typus der Hymne, fehlt nicht; aber er vergegenwärtigt die deutschen Gegenden mit einer vergleichsweise „episch" vergegenständlichenden Genauigkeit: „Auch du, vielstädtiges Berlin/Unter und über dem Asphalt geschäftig" u. ä.

Dieser Realismus der Darstellung, welcher als solcher schon jedes verblasene Deutschland-Pathos konterkariert, ist jedoch nicht der gattungspoetologisch eigentlich interessante Zugriff. Brecht hat die Hymne (im Sinn des Preisgedichts) mit der gegenläufigen Redeweise richterlichen Aburteilens gekreuzt. Dieser Gestus, verstärkt durch alternative Argumentationsform, bestimmt die syntaktische Grundstruktur des Gedichts; darin ist das hymnische Element strikt eingebunden. Zusammen mit der inhaltlichen Füllung ergibt das eine – inmitten der Rühmung – pointierte polemisch-politische Aussage. Das schöne Deutschland, dessen Begriff, bezeichnend für den Pathos dämpfenden Stil, explizit hier nirgends auftaucht (nur was er umgreift, wird „aufgezählt"), erscheint als beherrscht von Ausbeutern. Während es von den deutschen Gegenständen heißt, daß sie „bleiben" könnten, wird dem „Geschmeiß der Ausbeuter" gesagt, daß es „verschwinden" solle.

Richterliches Sprechen hat seine Fragwürdigkeiten in moderner Lyrik; es tendiert zu falschem Pathos. Brecht entgeht der Gefahr, indem er durch Wechsel der Phrasierung den von „oben" her urteilenden Tonfall leicht ins Konversationelle hinüberspielt („Ihr sollt bleiben", „warum / Sollt ihr nicht bleiben?"). Ja er gibt seinem Sprechen unüberhörbar einen ironisch gönnerhaften Anstrich, der die angenommene richterliche Haltung ein wenig in komische Beleuchtung rückt („Auch du, vielstädtiges Berlin [. . .] kannst bleiben", u. ä.). Das alles wirkt distanzierend, ebenso wie die unpointierte, aber deutlich bemerkbare Unterscheidung, die selbst noch die deutsche Natur und Landschaft auf der einen Seite und die deutschen Städte auf der anderen mit jeweils einem besonderen wertenden Akzent versieht, einen leicht „epischen" Effekt erzeugt.

Brecht macht durch solche Kunstgriffe deutlich: Hier spricht keiner, den das enthusiastische Gefühl wegträgt zu irgendeinem Pauschallob. Um so substantieller, glaubwürdiger nimmt sich vor dem Hintergrund solcher Gelassenheit die Deutschland-Preisung aus. Um so überzeugender wirkt auch der keinen Widerspruch duldende Ernst, mit dem am Ende des Gedichts der „Abschaum" der Ausbeuter verurteilt wird. Ein dreimaliges, an den jeweiligen Zeilen-Anfang gesetztes „Nur" unterstreicht die apodiktische Geste. Ganz ohne Ironie verwendet Brecht biblische Wendungen. Das Hilfszeitwort „kann" ändert abrupt seine Qualität: Die bislang spürbare konversationelle, quasi humorvolle Bedeutung des Worts, durch die Brecht den richterlichen Redegestus zu parodieren schien, schlägt jäh um in eine sittlich-emphatische, die den Ton der Unbedingtheit erzeugt.

Himmel und Erde und Wind und das von den Menschen
Geschaffene
Kann bleiben, aber
Das Geschmeiß der Ausbeuter, das
Kann nicht bleiben.

„Über Deutschland“ ist, formal betrachtet, ein Produkt kunstvoller lyrischer Gattungsmischung. Inhaltlich hat es, neben der politischen Wirkungsabsicht, der auch dieses Gedicht untergeordnet ist, seine Bedeutung darin, daß es in einer Zeit, da die Nazi-Verbrechen sich mehrten und der Gedanke deutscher Kollektivschuld im Ausland an Anhängern gewann, mit Energie die These vom „anderen“ Deutschland vertritt.

Dies geschieht hier nicht abstrakt-räsonierend, sondern auf spezifisch poetische Art: durch erinnernde Versinnlichung. In knappen, bilanzierenden Wendungen voll konkreter Anschauung ruft Brecht das Bild des ganzen Deutschland herauf – partiell durchaus in produktiv-kritischer Konkurrenz zur Nationalhymne („Über Deutschland“ statt „Deutschland, Deutschland über alles“). Nüchtern-begeistert, ohne den diskreditierten Überschwang jenes mißbrauchten Lieds vermitteln Brechts Verse einen Eindruck von Reichtum und Größe seines geliebten Vaterlandes.[98]. – Der heutige Leser ermißt an solchem Gedicht eines marxistischen Autors den doppelten Verlust, der die Deutschen inzwischen im politisch-staatlichen wie im gemüthaften Bereich betroffen hat.

Auch wenn es stimmt, daß Brecht mit seinen Deutschland-Gedichten die Perversionen der Propagandisten „Deutscher Ideologie“ zu bekämpfen suchte, und wenn also die zum Teil „archaisierende“ ästhetische Konstitution der Gedichte von der politischen Funktion her zu verstehen ist, die ihnen zugedacht war, so weisen doch eben jene ästhetischen Signale darauf hin, daß der Begriff „Deutschland“ für Brecht, andererseits, zum Empfindungskern gehörte. Deutschland war Teil unausrottbarer Kindheitserinnerung, ein im Gemüt wurzelnder „spontaner“ Vorstellungsbereich, der die lyrische Produktion spezifisch geprägt hat. Es scheint, so betrachtet, alles andere als eine Äußerlichkeit, daß Brecht später das Deutschland-Thema in liedhaften Kinderversen („Deutschland“, „Kinderhymne“) wieder aufgegriffen hat. Auch das Gedicht „Deutschland 1952“ hat den naiven Ton des Kinderlieds. Aber die Klage ist ernst gemeint und noch aktuell:

O Deutschland, wie bist du zerrissen
Und nicht mit dir allein!
In Kält' und Finsternissen
Läßt eins das andre sein.
Und hätt'st so schöne Auen
und reger Städte viel;
Tät'st du dir selbst vertrauen
Wär alles Kinderspiel.

16. „DAS ZIEL LAG IN GROSSER FERNE“: DIE AUFHEBUNG DES ELEGISCHEN TONS

Das Elegische spielt in Brechts Dichtung keine unwichtige Rolle. Es nuanciert auf spezifische Weise den aufklärerischen Optimismus, der Brechts Werk durchdringt; es ist dialektisches Begleitmotiv seines produktiv-utopischen Denkens und hat dessen Elan nicht geschwächt, sondern vertieft, ihn bewahrend vor der Kurzschlüssigkeit einer klassenkämpferischen Subalternmentalität, die das gesellschaftliche Paradies schon gelungen glaubt oder die von heute auf morgen durch puren sozialistischen Kraftakt es herzustellen für möglich hält.

Die Bedeutung des Elegischen in Brechts Werk geht mittelbar schon aus einigen Zyklus-Titeln hervor: „Hollywood-Elegien“ (1942), „Buckower Elegien“ (1953). Doch nicht erst beim mittleren oder späten Brecht taucht das elegische Element auf. Auch in den Anfängen bereits ist es gegenwärtig. Walter Benjamin hat dies früh erkannt. Zu dem Gedicht „Von den Sündern in der Hölle“ macht er die Anmerkung: „Das Gedicht (. . .) kommt in Wahrheit von sehr weit her. Sein Stammbaum ist der der Klage (. . .) Man kann sagen: auf die alte Klage greift es zurück, um Klage zu erheben über dies Neueste – daß es nicht einmal mehr die Klage gibt“.[99]

Diese Bemerkung Benjamins weist zugleich auf das gattungspoetologische Problem, das sich dem Schriftsteller stellt, der in „elegie“loser Zeit Elegien zu schreiben unternimmt. Selbst die wohl schönste Brecht-Elegie, das Gedicht „An die Nachgeborenen“, in der die sonst oft durch stoische Haltung oder Beimischung anderer poetischer Töne verdrängte elegische Stimmung sich vergleichsweise offen manifestiert, beleuchtet jene ästhetische Schwierigkeit. Eine Art odischer Nüchternheit des Ausdrucks und ein Moment mahnend-didaktischer Ansprache werden aufgeboten, um einen Impuls zu mildern, der anders als Schmerz subjektiv und unverhüllt in Erscheinung treten könnte. Der dialogische Gestus des Gesprächs mit den Nachgeborenen, selbst ein Detail wie der Eingangssatz, der, indem er einen konversationellen Topos („Wirklich, ich lebe in finsteren Zeiten!“) zu reproduzieren scheint, durchaus nicht ohne einiges ästhetisches Risiko ist – dergleichen Stilmittel bewirken eine produktive Formveränderung, die das Genus der Elegie dadurch noch einmal ermöglicht, daß sie es in Distanz rückt.

Nicht nur in den Gedichten, auch im Drama ist bei Brecht Elegisches gegenwärtig. Die schwebende (transzendentale) Reflexion, die für die Elegie charakteristisch ist, eine geistige Anschauung, welche die Kluft im „Verhältnis des Idealen und des Realen" (F. Schlegel[100]) ebenso ermißt wie die außerordentlichen materiellen Anstrengungen und die menschlichen Opfer, die es kostet, sie zu überwinden, verbindet sich in Gestalt lyrischer Einlagen und als noch mitten in den volkstümlichen Prosadialogen hörbares Melos mit der dramatischen Handlung und stellt einen nicht unwesentlichen Bestandteil dessen dar, was bei Brecht das vielberufene „Epische" ausmacht.

In dem Drama „Mutter Courage und ihre Kinder", das den Krieg als andere Form eines auch in Friedenszeiten mörderischen Gesellschaftszustands angreift und mittels einer Art negativer Didaktik zur Verwirklichung einer neuen Ordnung aufrufen möchte, manifestiert sich das Elegische bisweilen bis zum täuschenden Schein der Identität mit der nicht-elegischen Substanz des Stücks. – Selbst dort, wo man es gar nicht vermutet, findet sich Elegisches, so in dem Lehrstück „Die Maßnahme", das sich von der gewöhnlichen Kampf- und Thesendramatik des Theaters der Weimarer Republik durchaus unterscheidet. Bevor die drei „Agitatoren" den „jungen Genossen" „auslöschen", gibt es einen humanen Augenblick des Zögerns, eine „Pause", die Brecht dramaturgisch stark hervorhebt, indem er dieses Innehalten aus der präteritalen Zeitform des Berichts in die Gegenwart der Bühnendemonstration herüberholt. Mag auch der didaktische Zweck der hier eingelegten „Pause" im Vordergrund stehen (die Richtigkeit der von den Agitatoren gefällten Entscheidung soll vom Publikum eingesehen werden), es ist mit dieser Pause doch zugleich ein Moment der erinnernden Vergegenwärtigung in den Text eingearbeitet worden, die dem Toten gilt. Eine „elegische" Unterbrechung in der zwingend logischen Darstellung des Ablaufs einer revolutionären Aktion weist auf die in Extremsituationen (nach Brechts Ansicht) unvermeidbare Unmenschlichkeit ebenso hin wie auf die Verpflichtung der Handelnden, den Glauben an die Erreichbarkeit ihres Ziels nicht zum Alibi terroristischer Gewissenlosigkeit werden zu lassen.[101]

Die elegische Empfindungsweise vieler Brecht-Dichtungen gründet im Wissen von dem längst noch nicht erreichten und schwer erreichbaren Ziel der Geschichte – „Das Ziel / Lag in großer Ferne /

Es war deutlich sichtbar, wenn auch für mich / Kaum zu erreichen" – und sie gründet, mehr noch, in dem Schmerz, der aus der Erfahrung der durch geschichtlichen, politischen Zwang erzeugten sittlichen Deformation menschlicher Natur erwächst. Es ist dies eine Erfahrung, die für Brecht am stärksten den zeichnet, der Unmenschlichkeit nicht hinnimmt, sondern der gegen sie kämpft: Das Unmenschliche bekämpfend, wird der Kämpfende selbst unmenschlich. „Ach, wir / Die wir den Boden bereiten wollten für Freundlichkeit / Konnten selber nicht freundlich sein", heißt es an sentenzhaft hervorgehobener Stelle des Gedichts „An die Nachgeborenen", im Stil der Klage zwar, aber ohne das empfindsame Vokabular der Tradition.

Die einfache, bildhafte Sprache, die gestische Redeweise, die prosanahe Syntax dieses Brecht-Gedichts erhöhen die Wirkung des poetischen Ausdrucks durch absichtsvolle Senkung seines „erwarteten" rhetorischen Niveaus. Doch ist die Überlieferung erhabenen Sprechens, das für Elegie, Hymne, Ode usw. charakteristisch war, damit keineswegs negiert, sondern aufgehoben im dialektischen Sinn. Der viermal wiederholte, die Strophen des zweiten Abschnitts jeweils beschließende Satz „So verging meine Zeit / Die auf Erden mir gegeben war" unterstreicht die Verbindung selbst noch mit dem alttestamentarischen Ursprung feierlichen lyrischen Sprechens. Ihre Konventionalität wird der biblischen Wendung dadurch genommen, daß sie in einen Zusammenhang eingebracht ist, der das Geschick des hier Sprechenden „historisiert" („In die Städte kam ich zur Zeit der Unordnung"). Der scheinbare Archaismus wirkt mit an dem Eindruck der Monumentalität, den insbesondere der Mittelteil der Elegie erzeugt: Der „Klagende" betrachtet, was ihm und seinen Mitkämpfern an Unmenschlichkeit zugemutet werden mußte, wie aus weiter Ferne. Es ist der Blick einer Geschichtshoffnung, der sich auf die Zeit richtet, da „der Mensch dem Menschen ein Helfer ist", und dem – trotz jenes Differenzbewußtseins – wie die Geschichte insgesamt so auch die eigene, „finstere" Gegenwart nicht grundsätzlich unerträglich erscheint.

So relativ dezidiert wie in der Elegie „An die Nachgeborenen" stellt sich das Elegische in Brechts Lyrik freilich nur selten dar. Manchmal – wie schon angedeutet – verbindet sich die elegische Empfindungsweise mit anderen; sie wirkt unterschwellig mit oder wird sogar in eine andere Tonart transponiert. Insbesondere beobachtet man, daß bei Brecht zwischen dem „transzendentalen" Element des Elegischen und dem lehrhaften der politisch-ökonomischen Reflexion eine große, innere Affinität besteht, und es ist nicht immer leicht auszumachen, welches im Gedicht jeweils das Übergewicht hat. – Brecht-Gedichte haben trotz des Anscheins der Einfachheit meist eine komplexe innere Struktur, die mit gängigen Begriffen wie „episch“, „dialektisch“, „didaktisch“ nur unzulänglich umschrieben ist.

Aufschlußreich ist das lange, dreiundzwanzig Versgruppen umfassende Gedicht „Verschollener Ruhm der Riesenstadt New York“. Hier ist das Elegische mit dem Satirischen virtuos synthesiert. In Brechts früher Schaffensphase hat es zeitweilig offenbar eine starke Begeisterung für die USA gegeben. Selbst wenn man sonst keine Belege hierfür hätte – in jenem Gedicht, das das Ende dieser Amerika-Begeisterung markiert und dem Gefühl der Enttäuschung einen stellenweise sarkastischen, grotesk-witzigen Ausdruck verleiht, spiegelt sich infolge der Hereinnahme vieler, überaus charakteristisch vergegenwärtigter Details die Faszination, die die Neue Welt, nicht zuletzt durch ihr in Film und Schallplatte repräsentiertes Selbstverständnis, damals auf Brecht und manche seiner Generationsgenossen geübt hatte. Über den Versen liegt der Abglanz des Amerika der roaring twenties, das vielen Europäern als eine mythische Landschaft der Moderne voller Verheißung erschien. Die nicht ohne Genugtuung ausgesprochene Einsicht Brechts, daß die USA „Bankrott“ gemacht haben, „Daß ihr System des Gemeinlebens denselben / Jämmerlichen Fehler aufwies wie das / Bescheidenerer Leute“, wird mit einer Gebärde vorgetragen, die die Klage über das jenseits des Atlantik „nicht erreichte“ Ziel einer stärkeren, freierern Gesellschaft deutlich noch verrät. Es ist vom Standpunkt des zurückblickenden, inzwischen entschieden kapitalismusfeindlichen Brecht gewiß Ironie, aber es ist nicht nur Ironie, wenn es, in quasi homerischer Diktion, heißt: „Ach, diese Stimmen ihrer Frauen aus den Schalldosen! / So sang man (bewahrt diese Platten auf!) im goldenen Zeitalter! / Wohllaut der abendlichen Wasser von Miami! / Unaufhaltsame Heiterkeit der über nie endende Straßen schnell fahrenden Geschlechter! / Machtvolle Trauer singender Weiber, in Zuversicht / Breitbrüstige Männer beweinend, aber immer noch umgeben von / Breitbrüstigen Männern!“

In anderen Gedichten mischt sich spürbar Zorn in die Klage hinein, so in dem metrisch antikisierenden Gedicht „Von der Willfährigkeit der Natur“: Das Erschrecken des Autors angesichts der unvernünftigen, chaotischen „Güte“ der Natur, die Klage darüber, daß menschliche Gemeinheit ebenso wie menschliche Arglosigkeit an der Natur einen unfreiwilligen Komplizen hat – diese Haltung und Empfindung sind in dem Gedicht nah an eine Grenze herangebracht, an welcher die elegische Reflexion im Begriff steht, in eine gänzlich andere: in die polemische Kritik an einer gefährlich naturwüchsigen Gesellschaftsordnung, umzuschlagen.

Bisweilen ist die Klage bloße, ironische Maske. Indem z. B. Brecht die vor lauter affirmativem Dichten funktionslos gewordenen bürgerlichen „Lyriker" (im „Lied der preiswerten Lyriker") ihr Schicksal vorwurfsvoll selbst beklagen läßt, gibt er sie mit diesem satirischen Kunstgriff der Lächerlichkeit preis. – Eine satirische Pseudo-Elegie ist auch das Gedicht „Über die Auswahl der Bestien" (aus den „Geschichten vom Herrn Keuner"): „(...) Was sind das für Zeiten! / Mit einer einfachen Gemeinheit, höre ich / Sei nichts mehr getan (...)".

Elegie in didaktisch-verfremdender Absicht, aber durchaus Elegie ist dagegen das „Lied vom Freundlichsein" aus dem Drama „Der gute Mensch von Sezuan". Geklagt wird hier, überraschenderweise, über die (gefährliche) Leichtigkeit, Gutes zu tun: „Ach / Welche Verführung, zu schenken! Wie angenehm / Ist es doch, freundlich zu sein! Ein gutes Wort / Entschlüpft wie ein wohliger Seufzer".

Wo Brecht durch persönlichen Verlust Anlaß zur Klage hat, sucht er diese meist im Stil scheinbar bloßer nüchterner Berichterstattung zu verstecken; oder er klagt über das Unerträgliche mit einem zugleich virtuosen und minimalen Aufwand rhetorischer Mittel (Parallelismen, Antithesen), der dennoch großes Betroffensein anzeigt:

Mein General ist gefallen
Mein Soldat ist gefallen

Mein Schüler ist weggegangen
Mein Lehrer ist weggegangen

Mein Pfleger ist weg
Mein Pflegling ist weg.

Der kleine Gedicht-Zyklus „Nach dem Tod meiner Mitarbeiterin M.S.", in welchem die zitierten Verse den zweiten von sechs Abschnitten darstellen, ist ein klassisches Beispiel für den Versuch Brechts, subjektive Klage zu einer objektiven Aussage von allgemeinem Interesse zu vergegenständlichen, ohne das persönliche Engagement des Sprechens deshalb zu verschleiern. Erleichtert wurde Brecht dieses Verfahren einer Objektivierung durch die Tatsache, daß produktive menschliche Beziehungen für ihn zugleich immer auch Arbeitsbeziehungen waren; so faßt selbst die relativ persönlichste der sechs Variationen des verhaltenen lyrischen Requiems zum Gedenken Margarete Steffins die Empfindung des unersetzlichen Verlusts in die Vorstellung der Scham, aus einem Arbeitsverhältnis entlassen und „Ohne Beschäftigung" zu sein.

Seine Erfahrungen im amerikanischen Exil, die, alles in allem, nur wenig literarische Spuren in seinem Werk hinterlassen haben, hat Brecht am knappsten in den „Hollywood-Elegien"[102] zum Ausdruck gebracht. „In diesem trübsinnigen ewigen Frühling in Hollywood", erzählt Hanns Eisler, habe er gegenüber Brecht geäußert: „Das ist der klassische Ort, wo man Elegien schreiben muß". Eisler bezieht sich dabei auf Goethes „Römische Elegien", „die Brecht auch sehr bewundert hat". Vergleicht man Brechts „Elegien" mit den Goetheschen (die nach heutiger Auffassung einem eher als Idyllen erscheinen), kann man den Gattungstitel freilich nur als parodische Ironie bezeichnen. Andererseits – Klage sind diese Elegien, vom Grund her betrachtet, durchaus; allerdings – sie sind auf einen Ton satirischer Schärfe gestimmt. Dies, daß die Klage sich ihren Ausdruck gleichsam verweigert und zur Polemik hinüberspringt, scheint Eisler zu meinen, wenn er „eine Distanz ganz außerordentlicher Art" an den Versen rühmt[103].

Es ist nicht zuletzt die Scham des europäischen Künstlers, der seine Talente ans amerikanische Showbusiness verhökern muß, was sich hinter der grotesken, von Wut und Selbstverachtung geprägten Metaphorik der „Hollywood-Elegien" verbirgt: „Unter den grünen Pfefferbäumen / Gehen die Musiker auf den Strich, zwei und zwei / Mit den Schreibern. Bach / Hat ein Strichquartett im Täschchen. Dante schwenkt / Den dürren Hintern". Das Stück dieser Elegien, das dem üblichen Elegienton am nächsten kommt, scheint verlorengegangen. Eisler, der den Zyklus komponiert hat, überliefert eine englische Übersetzung. In ihr wird eindringliche Klage laut über den Freund, „Den ich am meisten liebte" und der mit anderen Freunden „hilflos in dem Sumpf, an dem ich täglich vorbeikam", versank: „Now I watched him leaning back / Covered with leeches / In the shimmering softly moving slime – / Upon the sinking face the ghastly blissful smile".[104].

Die Kurzform ist typisch für die Hollywood-Elegien. Es ist in dem Zusammenhang nicht zu spekulativ zu sagen, daß die Tendenz zum Elegischen in der Entwicklung des Lyrikers Brecht zugleich eine Tendenz zur Kurzform impliziere. Das soll keineswegs besagen, daß alle Kurzformen bei Brecht „elegisch“ seien. Im Gegenteil: Die Mehrzahl der Brechtschen Kurzformen ist nicht-elegisch; selbst die Grabschriften für Karl Liebknecht und Rosa Luxemburg sind keine Elegien, sondern politisch-didaktisch akzentuierte Epigramme.

Es hat jedoch seine Bedeutung hinsichtlich des Stellenwerts der Kategorie des Elegischen in Brechts lyrischem Werk ebenso wie hinsichtlich der Relation, die in diesem zwischen dem Gattungsbegriff der „Elegie“ und der kurzen Form besteht, daß der letzte Gedichtzyklus Brechts überhaupt, die „Buckower Elegien“ (1953)[105], sowohl jenen Begriff als auch diese Form eng miteinander verklammert und daß Brechts lyrische Kunst sich gerade hier in einer der für sie charakteristischsten Ausprägungen darstellt.

Typische ästhetische Eigenschaften des schmalen Gedicht-Zyklus, der Züge von „Altersweisheit“ erkennen läßt, in seiner Besonderheit aber vor allem aus der damaligen konkreten geschichtlichen und der persönlichen Lage Brechts nach seiner Übersiedlung in die DDR begriffen werden muß, sind: knapper Ausdruck, dem Andeutungen genügen, um einen universellen Aufriß der Aussage zu bewerkstelligen, Ausgewogenheit von Stimmung und Reflexion, souveräner Übergang vom Subjektiven, Alltäglichen, Anekdotischen zum Allgemeinen, Objektiven. In den Kurzformen dieser späten Brecht-Gedichte zumal macht sich der Erfolg der „Sprachwaschung“, der Rückführung der poetischen Sprache auf die an Goethes Lyrik gerühmte „schöne, widersprüchliche Einheit“ bemerkbar. Auch ist das Interesse Brechts an der Kunst chinesischer Ideogramme und japanischer Haikus bei der Gestaltung dieser Verse produktiv geworden, ohne daß jedoch von „Nachahmung“ geredet werden dürfte.

Man würde den „Buckower Elegien“ und dem in ihnen sich manifestierenden Begriff des Elegischen nicht gerecht, wollte man die Gedichte in ihrem offenkundigen Verzicht auf die anspruchsvoll raumverdrängende Lyrik als Ausdruck eines verschämten Brechtschen Abschieds von der Politik deuten.

Im Gegenteil: Der kurzen, transportablen Form, die Brecht schon in den dreißiger Jahren zu politischem Zweck einzusetzen wußte, hat er sich auch im Fall dieser „Elegien“ in durchaus politischer Absicht bedient. Brecht wandte mit seinen späten Gedichten – wie sich inzwischen erwiesen hat – eine höchst wirkungsvolle Strategie an. Hierbei gehört es zum speziellen politischen Charakter dieser Lyrik, erkennen zu lassen, daß nicht alles, was den Menschen betrifft, „Politik“ ist.

Auf einen bestimmten „elegischen" Impuls der Verse weist das vorangestellte Motto. Es besagt, daß sich in dem Lande des „realen Sozialismus" zu dieser Zeit wenig rührt, was grundlegende Veränderungen verheißen könnte; wieder lag das „Ziel" der besseren Gesellschaft für Brecht offenbar in „großer Ferne":

Ginge da ein Wind
Könnte ich ein Segel stellen
Wäre da kein Segel
Machte ich eines aus Stecken und Plane.

Berücksichtigt man die offizielle optimistische Doktrin, die damals wie heute Umbruch und Fortschritt betonte, impliziert demnach schon der Zyklus-Titel ein kritisches politisches Signal: Der Abstand zwischen Anspruch und Wirklichkeit, diese klassische elegische Erfahrung, soll mit Blick auf die alt-neuen Verhältnisse in der DDR vor das Bewußtsein gebracht werden.

Das Klagen hierüber in gewöhnlichem Sinn jedoch hat sich Brecht versagt. Der Titel des Zyklus ist insofern wiederum nicht ohne Ironie gebraucht. Schon gar nicht wird Enttäuschung über „den" Sozialismus geäußert. Nicht das System – die (allerdings gravierenden) Fehler im System stehen zur Debatte.

Die dreiteilige, rational-durchhellte Aussagestruktur der Gedichte, die dem Syllogismus verwandt ist, macht dem Leser schon bei flüchtiger Lektüre klar, daß der Ausdruck von Resignation, Weltschmerz und dergleichen hier nicht beabsichtigt ist. In der Tat ist in den „Buckower Elegien" nichts zerfließend, weich, subjektiv-larmoyant. Konzentration ist der vorherrschende Eindruck; Ökonomie und Klarheit walten im scheinbar Dunklen. Der Anschein des achtlos Hingeworfenen täuscht. Diese „Gelegenheitsgedichte" Brechts, der damals alle Kraft an die lang entbehrte Theaterarbeit wandte, haben sich als merkwürdig dauerhaft erwiesen. Wer in den „Buckower Elegien" freilich nach einer Poetik des Überzeitlichen suchen würde, läse die Gedichte nicht richtig; er hätte voreilig von der geschichtlichen Situation abstrahiert, in der sie entstanden sind und auf die sie gemünzt waren.

Gleich das erste Gedicht des Zyklus, das leger, banal fast und scheinbar ganz persönlich beginnt („Ich sitze am Straßenrand / Der Fahrer wechselt das Rad"), zeigt eine für Brecht im allgemeinen und den „elegischen" Brecht im besonderen typische Haltung einer problematisierenden, auf Grundbedingungen der Existenz abhebenden Reflexion. Zur Debatte steht, trotz der allgemeinen Formulierung, ein sozialistisch-marxistisches Zentralthema: der Fortschritt. Aber das Thema ist „angewandt" auf die damalige, besondere Situation der DDR-Gesellschaft, die sich mitten in einem Systemwechsel („Radwechsel") befindet. Was auch immer man geplant hat, zunächst jedenfalls ist ein Stillstand des Geschichtsprozesses hervorgerufen worden. – Brecht, von der episch-berichtenden Mitteilung des Gedichtanfangs alsbald zur reflektierenden Äußerung übergehend, zeichnet den durch „Radwechsel" erzwungenen Aufenthalt als Situation zwischen Vergangenheit und Zukunft, sein eigenes Bewußtsein als bestimmt durch Empfindungen der Unlust gegen die eine wie gegen die andere: „Ich bin nicht gern, wo ich herkomme. / Ich bin nicht gern, wo ich hinfahre". Hier blitzt für einen Augenblick ein altes Brecht-Motiv auf; man erinnert sich an den drastischen Satz des jungen Brecht: „Es ist der Fortschritt, der mich so ankotzt".[106]

Doch der auf jene zwei Feststellungen folgende Satz „Warum sehe ich den Radwechsel / Mit Ungeduld?" widerspricht der Verführung zur Gegenwart. Brecht konfrontiert den Leser, in Gestalt einer Frage, mit einem Widerspruch. Die scheinbar nichtssagende, alltägliche Geschichte zeigt plötzlich ihren parabolischen und philosophischen, ihren gänzlich unprivaten Charakter. Die Antwort auf jene Frage liegt keineswegs auf der Hand. In einfacher Lesart mag man die Aufforderung zur Geduld als Sinn der Frage begreifen – Geduld, immerhin auch eine politische, sogar eine revolutionäre Tugend. Doch ist eine andere Lesart, die nicht von der schlichten Logik des Wenn/Dann, sondern von dem in dem Gedicht klar ausgesprochenen Widerspruch ausgeht, dem Brechtschen Argumentationsstil angemessener: Die Unlust gegenüber Woher und Wohin, die Fortschritt verneint, und die Ungeduld, die ihn will – sie sind das „Problem". In der Reflexion hierüber zeigt sich eine vordergründige und eine verborgenere, geheimnisvolle Dimension des Themas Fortschritt. Fortschreiten-wollen, Fortschritt-produzieren-wollen – dies ist nichts Einfaches und nicht einmal etwas Natürliches. Die Versöhnung der Position („Ich bin nicht gern wo ich hinfahre") und der Gegenposition (trotzdem „sehe ich den Radwechsel / Mit Ungeduld") ist schwierig, hintersinnig in intellektueller sowie in sittlicher Hinsicht. – Es charakterisiert den „elegisch" begabten politischen Kopf im Gegensatz zum angepaßten Funktionär und technokratischen Zukunftsbewältiger, solche Schwierigkeiten zu bedenken.

Der Stil der „Buckower-Elegien“ zeigt allenthalben ein Bewußtsein von der Problematik des Fortschritts[107]. In dem Gedicht „Beim Lesen des Horaz“ gedenkt Brecht der vielen, die in der „Sintflut“ der geschichtlichen Katastrophen umgekommen sind. „Bei der Lektüre eines spätgriechischen Dichters“ erwägt Brecht die oft unerträgliche, ja lächerlich anmutende Spannung zwischen Vernichtung und Zerstörung auf der einen Seite und dem Aufbau-Willen auf der andern. – Schon die beiden Gedichttitel mit ihrem Hinweis auf den nachdenklichen, in alten Schriften lesenden Autor beschwören eine „elegische“, vom Anspruch der Tagespolitik sich distanzierende Haltung.

Dieser Haltung und dem Bewußtsein, daß in dem durch „Radwechsel“ erzwungenen Aufenthalt kein Wind großer revolutionärer Taten weht, entspricht es, daß Brecht das gleichwohl nicht preisgegebene Motiv marxistischer Geschichtshoffnung in einer überaus verhaltenen, poetisch verschlüsselten Form gestaltet hat. Das Gedicht „Rudern, Gespräche“ kann als ein positiver, das Motiv Freundschaft akzentuierender Gegenentwurf zu dem Gedicht „Die Liebenden“ gelesen werden. Dies ist eine kleine, „naive“ Idylle – bis in die bukolisch anmutende Bildlichkeit hinein, die durch die Erwähnung der Nacktheit der beiden neben- und doch miteinander rudernden jungen Männer einen leise utopischen Akzent erhält (das technisch präzise Wort „Faltboote“, auch der freirhythmische Satzbau halten dabei jedes klassizistische Odium von den Versen fern). Dem Stil der Idylle ist auch der Hinweis auf den „Abend“ gemäß, der, wie Hugo von Hofmannsthal einmal notiert, etwas „Millenarisches“ besitzt. Doch fehlt das „elegische“ Moment den Versen nicht. Es ergibt sich nicht nur aus der Tendenz des Kontexts. Die kleine, leicht verklärte Szene, die ihm opponiert, ja ihn partiell zu sprengen scheint, bestätigt ihn doch zugleich durch die ihr eigentümliche Darstellung: durch die Art, wie der visionäre (optimistische) Impuls ganz in die Unauffälligkeit eines Bilds und in die diskrete Emphase einer bloßen syntaktischen Stilfigur zurückgenommen worden ist. Damit signalisiert das Gedicht, daß damals, 1953, Hoffnung auf eine trotz allem versöhnte Gesellschaft (Einheit von Theorie und Praxis) den Zweifelnden, Entmutigten wie eine Geheimbotschaft übermittelt werden mußte.

Selbst solche Verrätselungen positiven Inhalts, zu denen man auch das Gedicht „Eisen“ zählen mag, sind in den „Buckower-Elegien“ selten – bezeichnend für die hier vorherrschende „elegische“ Empfindungs- und Reflexionsweise. Die Vergegenwärtigung aktueller negativer Erscheinungen steht im Mittelpunkt. Das Elegische übersetzt sich hierbei wie früher gelegentlich in den grotesk-komischen Ton.

So erscheint an einem „heißen Tag", im friedlichsten Moment – der Autor sitzt im Pavillon, die Schreibmappe über den Knien – wie eine Halluzination das Bild einer noch immer den einstigen Strukturen verhafteten, auf Unterdrückung begründeten Gesellschaft: Ein Boot taucht auf, im Heck eine „dicke Nonne, dick gekleidet", vor ihr „Ein ältlicher Mensch im Schwimmanzug, wahrscheinlich ein Priester" und – das eigentlich Anstößige – an der Ruderbank ein Kind, „aus vollen Kräften rudernd". „Wie in alten Zeiten!, denke ich / Wie in alten Zeiten!". – Brecht, seine Klage in bösen Humor fassend, hat in wenigen Zeilen, im Stil einer „Vision", die Karikatur eines Systems von gestern, das Zerrbild eines zugleich lächerlichen und beklemmend lebendigen Anachronismus gezeichnet. Die Generation der Älteren, nach wie vor im Bann der Ideologie ihrer Epoche und Klasse, gibt den Ton an, und die unverbrauchtesten Kräfte dienen ohne Protest, in der Scheinharmonie von Oben und Unten, den verkehrtesten Zwecken. – Das Gedicht ist wohl weniger als Ausdruck Brechtschen Antiklerikalismus zu lesen denn als polemischer Hinweis auf die im „Wiederaufbau" nach 1945 fortdauernde Kluft zwischen Basis und Überbau, zwischen Produktionsverhältnis und Produktivkräften. Die Figuren der „Nonne" und des „Priesters" hätten, so betrachtet und bezogen auf die DDR-Gesellschaft, die Funktion, auf den Charakter einer sozialistischen Übergangsgesellschaft metaphorisch anzuspielen[108], die, alles andere als schon „kommunistische Gesellschaft", „in jeder Beziehung, ökonomisch, sittlich, geistig, noch behaftet ist mit den Muttermalen der alten Gesellschaft, aus deren Schoß sie herkommt" (um ein Wort aus Karl Marx' „Kritik des Gothaer Programms" zu zitieren[109]).

Penetrant Altes inmitten des angeblich sozialistisch Neuen greift das Gedicht „Gewohnheiten, noch immer" an. Der Autor der „Flüchtlingsgespräche" mit seiner Abneigung gegen Drill und kommandierte Tugendhaftigkeit zeigt Empfindlichkeit angesichts der wenig Behagen aufkommen lassenden Fasson der sozialistischen Humanität preußischer Provenienz. Im ersten Teil legt Brecht in einfachen Bildern, Beobachtungen gleichsam, die Beweise vor: „Die Teller werden hart hingestellt / Daß die Suppe überschwappt. / Mit schriller Stimme / Ertönt das Kommando: Zum Essen!" Dann folgt, im Schlußteil, die metaphorisch-emblematisch verdichtete Konklusion, die kritische These enthaltend: „Der preußische Adler /

Den Jungen hackt er / Das Futter in die Mäulchen". – Auch hier ist die Klage ebenso in der knappen, kühlen Form wie in der polemischen Tendenz, die in diesem Fall Wohlwollen nicht ausschließt, aufgehoben.

Das Gedicht „Die Lösung", geschrieben nach dem Aufstand vom 17. Juni 1953, richtet sich dagegen mit der Geste anklagenden Hohns gegen undemokratische Verhaltensweisen der DDR-„Nomenklatura"[110]. Wie es häufig in diesem Zyklus der Fall ist, schließt Brecht mit einer epigrammatischen Pointe. Die Frage am Ende des Gedichts, von der her der Titel „Die Lösung" als sarkastische Ironie erkennbar wird, hat zwei Aspekte : Sie enthüllt jene verkehrte politische Logik – permanente Gefahr aller Einheitssysteme – der zufolge die Regierung nicht am Willen des Volks, sondern das Volk am Willen der Regierung gemessen wird. Zugleich, mit dem ironischen Vorschlag zur Konsequenz: Bei so beschaffener Denkweise möge man doch gleich dafür plädieren, daß die Regierung das Volk auflöse und ein neues wähle – ermutigt Brecht mittelbar Handlungen, durch die die richtigen politischen Relationen wiederhergestellt werden und die dem prostituierten republikanischen Vokabular ihren legitimen Sinn zurückerstatten. – Dies ist kein anti-sozialistisches, anti-marxistisches Gedicht, auch nicht eines, das die politische „Verfassung" der DDR angriffe, wohl aber eines, das Perversionen dortiger politischer Praxis bloßstellt und das an die Tatsache erinnert, daß Demokratie Herrschaft des Volks und nicht seiner Vertreter bedeutet. – Die Aussage des Gedichts schließt die Klage darüber in sich ein, daß in der neuen, einst leidenschaftlich herbeigewünschten Gesellschaftsordnung Verse wie diese, voll noch immer des alten Zorns, der „die Stimme" „heiser" macht („An die Nachgeborenen"), geschrieben werden müssen.

Den „elegischen" Charakter der „Buckower Elegien" beleuchtet am eindringlichsten das Gedicht „Böser Morgen".

> Die Silberpappel, eine ortsbekannte Schönheit
> Heut eine alte Vettel. Der See
> Eine Lache Abwaschwasser, nicht rühren!
> Die Fuchsien unter dem Löwenmaul billig und eitel.
> Warum?
> Heut nacht im Traum sah ich Finger, auf mich deutend
> Wie auf einen Aussätzigen. Sie waren zerarbeitet und
> Sie waren gebrochen.

Unwissende! schrie ich
Schuldbewußt.

Das Gedicht unterscheidet sich durch seinen vehementen Ausdruck von den übrigen Versen des Elegien-Zyklus. Brecht, der hier keineswegs die Kontrolle über seine Gefühle verloren hat, vielmehr wie immer sehr bewußt gestaltet, verwendet eine drastische Metaphorik, um persönliche Betroffenheit zu signalisieren. Man kann aus dem Gedicht die damalige seelische Verfassung des Autors herauslesen. Es bietet geradezu einen Schlüssel, der den Zugang zum „elegischen" Komplex in der späten Lyrik Brechts eröffnet. Der in dem Gedicht spricht, Brecht (fiktives und reales Ich sind in den „Buckower Elegien" kaum zu trennen), hat einen „bösen Traum" gehabt. Die Folge davon: Die Natur ist ihm entzaubert. Schon dies ist nicht ohne dramatische Symbolik: Der späte Brecht gestattet sich sonst diskreten – freilich auf sublime Weise stets mit der Sphäre menschlicher Produktion verbundenen – Naturgenuß (so in „Der Blumengarten", „Schwierige Zeiten") – ein Aspekt, der, cum grano salis, zur „elegischen" Empfindungsweise dieser Phase gehört und Indiz der partiellen Wendung Brechts zur gegenwärtigen, geduldigen Natur und ihren zwar bescheidenen, aber jedenfalls „erreichbaren" Reizen ist. Dem Autor ist dieser Genuß nun vergällt, die Landschaft mit See und Silberpappel erscheint als häßlich.

Das „Warum" an der Gelenkstelle des seiner inneren Form nach epigrammatisch gebauten Gedichts – die Struktur von „Erwartung" und „Aufschluß" ist offensichtlich – aktiviert die Aufmerksamkeit des Lesers und bewirkt emphatische Steigerung des Ausdrucks. Die Erklärung für die jähe Desillusionierung des Naturgefühls wird mit einem Bild gegeben. Das heißt: Auf die Frage, die in dem „Natureingang" verborgen steckt und die Brecht durch das Fragepronomen rhetorisch expliziert, erfolgt zwar eine Antwort, aber keine von rationaler Deutlichkeit. Der Leser muß erschließen, was die eigentliche, ganze Wahrheit ist, die das Gedicht meint. Dieses verhüllende Verfahren ist durch eine poetische ebenso wie politische Absicht motiviert, und zwar in einem unmittelbaren Sinn: Die literarische Maske übernimmt unter anderm Schutzfunktion für den Autor, der in dieser Sache offen zu reden aus den verschiedensten Gründen sich nicht leisten konnte oder wollte.

Folgendermaßen etwa läßt sich der Text durch Annäherung an dessen Sinn entziffern: Der Dichter sieht sich isoliert, schmerzhafter Befremdung ausgesetzt infolge der Vorwürfe, die arbeitende, durch physischen Zwang unterdrückte Menschen gegen ihn erheben. (Die Finger der Gestalten, die dem Ich im Traum erscheinen, sind „zerarbeitet" und „gebrochen", heißt es.) Die Traummetaphorik ist nicht nur politisch-taktische Maske. Sie soll auch, freilich weniger im Sinne eines Ausdrucks denn als funktional eingesetztes poetisches Mittel, auf die durch seelische Erschütterung potenzierte Intensität einer politischen Erfahrung verweisen. Gewissensnot tritt, so scheint es, mit den Zügen der Angst auf; es ist Angst vor den anderen, aber auch Angst vor sich selbst, die sich in die anderen projiziert. Entscheidend ist die Widerspruchsstruktur, die in der Reaktion des Träumenden sichtbar wird. Die beiden Schlußzeilen, gegen den Kontext abgesetzt, konzentrieren den Widerspruch zur harten Pointe. Der Vorwurf, gerichtet an die Ankläger, die Beschuldigung der Beschuldiger also („Unwissende! schrie ich") und das Eingeständnis eigener Schuld („Schuldbewußt"): beide Momente verhalten sich antithetisch zueinander. Das eine hat soviel Gewicht wie das andere. Offenbar dichtet Brecht ein Dilemma.

Worin besteht die Schuld des mit dem Dilemma Konfrontierten? Worin besteht die Unwissenheit der anklagenden Unterdrückten, die auch sie möglicherweise in die Komplizität hineinzieht? – Ist der Dichter schuldig, weil er die proletarische Klasse, für die er zeitlebens geschrieben hat, im selben Augenbliuck „verrät", wo sie rebelliert und wo er, endlich einmal konkret handelnd, mit ihr „marschieren" könnte? Sieht der engagierte Poet sich durchschaut und entlarvt, er, der in der sozialen Exklusivität lebende, zur komfortablen Betrachtung freigestellte Kopfarbeiter, der „Bürger"? – Liegt, sublimer, die Schuld darin, daß er eben aufgrund seiner Herausgehobenheit, seiner Fähigkeit zur Reflexion weiß, was dem Proletarier nützt, was nicht, daß er erkennt, wann eine revolutionäre Situation gegeben ist, wann nicht, und daß er, der Intellektuelle, also auch erkennt, daß dieser „Arbeiteraufstand" eben keine Revolution ist? Das bessere Wissen als Schuld, da es offenbar nutzlos gewesen ist, da es den Konflikt nicht verhindern konnte, da es zu spät gekommen ist? – Gründet andererseits in der Unfähigkeit der Arbeitenden, ihre Lage zu begreifen, die objektive Berechtigung für den Vorwurf der Unwissenheit? Liegt die Unwissenheit des Proletariers in den falschen Vorstellungen, die er sich von den realen Möglichkeiten eines sei es auch prominenten Intellektuellen macht? Oder liegt sie in der Ahnungslosigkeit, die die Arbeiter hindert einzusehen, daß Brecht, gerade indem er den schlecht geprobten Aufstand verneint, deren recht verstandene Interessen vertritt? – „Böser Morgen", anspielend auf die Vorgänge vom 17. Juni und auf Brechts Rolle darin, verweist so wie das Gedicht „Die Lösung" auf die tiefe Störung in der Beziehung zwischen den Oberen und den Unteren in der eben sich konstituierenden DDR-Gesellschaft. Diese Verse können als das eigentliche Gegengedicht zu dem Gedicht „Rudern, Gespräche" bezeichnet werden.

Der Dichter der „Buckower Elegien" hat das Bild einer vollkommenen Gesellschaft noch immer vor Augen. Er hat jedoch aufs Neue erfahren, daß der Weg dahin noch weit ist – trotz der Niederlage des Faschismus und des Siegs des „realen Sozialismus" in der einen Hälfte Deutschlands. Verzicht, Trauer, Zorn grundieren in der späten Lyrik die nicht aufgegebene Geschichtshoffnung. Oder ist es umgekehrt: daß Geschichtshoffnung das tragende Fundament geblieben ist? – Derlei Erwägungen scheinen, indem sie dem Dichter gleichsam den Puls zu fühlen suchen, angesichts der Gedichte selbst merkwürdig unangemessen. Wer in den „Buckower Elegien" hin und her blättert (sie haben kaum eine festgelegte Ordnung), bekommt unversehens und wie nebenbei eine innere, objektive Anschauung vom damaligen Geschichtsaugenblick. Der Leser begreift etwas von der Notwendigkeit, daß der, der einen hohen Berg besteigen will, gegebenenfalls einen beschwerlichen, enttäuschenden Rückzug antreten muß.

Eine alte Einsicht Brechts. Die „Buckower Elegien" reflektieren sie erneut. Aber sie sind zugleich selbst aktiver Teil einer solchen widerspruchsvollen Gipfelbesteigung. Darin unterscheiden sie sich wesentlich von den Elegien der neueren und wohl auch der älteren Tradition, die vordringlich jene Augenblicke festhielten, in welchen, „wenn der Mensch in seiner Qual verstummt", der Dichter sein Talent genoß zu sagen, wie er „leide".[111]

ANMERKUNGEN

1 Mit der Frage nach dem individuellen Charakter des Brechtschen (Lyrik-)Werks stellt sich zugleich die nach dessen Einheit. Die Produktionsweise Brechts (der sich damit als ein typischer „Moderner" erweist) muß als ein mehr und mehr seiner selbst bewußt werdendes künstlerisches Streben verstanden werden, zwischen Nicht-Einheit und Einheit als „idealen" Extremen des Schaffens zu vermitteln. Offenkundig gibt es in der Lyrik Brechts, der nicht zufällig das „Nicht-Fertige" bzw. „Mehr-als-Fertige" in den Rang einer ästhetischen Kategorie erhob (vgl. die folgenden Ausführungen des ersten Kapitels), eine ungewöhnlich starke zentrifugale, un-endliche Tendenz; mit Recht bemerkt Reinhold Grimm: „Das Urerlebnis Brechts war ohne jeden Zweifel das Chaos" (R. Grimm: Brecht und Nietzsche oder Geständnisse eines Dichters. Fünf Essays und ein Bruchstück. Frankfurt am Main 1979. S. 80). Walter Benjamin schon hob diese Seite hervor, indem er Brecht als „Spezialist(en) des Von-vorn-Anfangens" bezeichnete und, mit Zustimmung Brechts übrigens, dessen „destruktiven Charakter" erwähnte (vgl. unten Anmerkung 67). Die Brechtsche Tendenz zur Nicht-Einheit kennzeichnet besonders die Gedichte der „Hauspostille" von 1927. Zugleich erzeugt der junge Autor hier bereits auf souveräne Weise den – keineswegs bloß „formalistisch" zu interpretierenden – ästhetischen Schein von Einheit, obwohl der Leser Einheit wohl weniger im Bereich der strukturell „sekundären" didaktischen Aufmachung dieses parodierten Erbauungsbuchs zu suchen hätte als vor allem in der Haltung, die Brecht hier der Sprache gegenüber einnimmt. Die Tendenz Brechts, Einheit inmitten von „Chaos", von Nicht-Einheit zu behaupten, wurde dann auf produktive Weise gehemmt und zugleich gefördert sowohl durch die politische Neuorientierung seines Schaffens Ende der 20er und Anfang der 30er Jahre als auch durch die von dem Autor schmerzhaft empfundene Retardierung des individuellen und allgemein-geschichtlichen Entwicklungsprozesses, wie sie durch die Nazi-Herrschaft und das Exil erzwungen wurde. So sehr sich Brechts poetische Einbildungskraft in jenen Jahren unter dem Druck der Verhältnisse zu „systematisieren" suchte in der Absicht, gesellschaftlich „eingreifende" Funktionen wahrzunehmen, so sehr erhielt und entwickelte sich bei ihm doch das Bewußtsein von der außerordentlichen Mannigfaltigkeit der zu bewältigenden Aufgaben und von der Fülle der Widersprüche seiner Existenz zwischen „privater" und „öffentlicher" Sphäre. Jeder größere Gedichte-Komplex, vor allem jeder der Gedichte-Zyklen Brechts – diese Zyklen sind von denen der Tradition durch „Weite und Vielfalt der realistischen Schreibweise" auffällig unterschieden – illustriert den zur Debatte stehenden ästhetischen Tatbestand aufs nachdrücklichste. Das nunmehr

entschieden dialektisch-materialistisch fundierte Lyrik-Schaffen Brechts ging während der erwähnten schwierigen historischen Periode, die der Autor zu bestehen hatte, in den verschiedenartigen „Funktionen", in deren Dienst es sich zu stellen suchte, keineswegs auf, etwa an außerästhetische Zwecke seinen „Charakter" gleichsam abgebend oder sich an sie verlierend. Auch regredierte Brechts Lyrik, andererseits, nicht auf konventionelle, geschichtlich verbrauchte Erscheinungsformen von künstlerischer Einheit. Vielmehr bewahrte sie ihre individuelle Eigentümlichkeit. Nicht ohne einiges Erstaunen, so scheint es, stellte Brecht auf der Höhe seiner Entwicklung fest, daß – ähnlich wie im Werk Picassos, mit dem er sich hinsichtlich Einfallsreichtum und ästhetischer Liberalität zu Recht vergleichen konnte – seine „Versuche" allen jeweiligen Neuanfängen, aller scheinbaren Disparatheit der formalen und inhaltlichen Muster zum Trotz sich „in einer gewissen Beziehung zueinander" anordneten, ja daß ein „Gesamtplan für die Produktion" sich „immer mehr" ausbreitete. Brecht faßte diese Erfahrung, die er mit sich selbst gemacht hatte, in das für einen historischen Materialisten überraschend normativ klingende Diktum: „Aber ein lyrisches Gesamtwerk muß eine (innere) Geschichte haben, die in Harmonie oder Kontrast stehen mag zur äußeren Geschichte" (Arbeitsjournal [vgl. unten Anmerkung 31]. S. 603 und S. 23: 9. 8. 43 und 16. 8. 38).

2 Bertolt Brecht: Tagebücher 1920–1922. Autobiographische Aufzeichnungen 1920–1954. Herausgegeben von Herta Ramthun. Frankfurt am Main 1975 [im folgenden: B. B., Tagebücher]. S. 88/89.

3 Lenin: Werke. Berlin (DDR) 1955 ff Bd. 33 (1971). S. 188/189.

3a Vgl. Hans Bunge: Fragen Sie mehr über Brecht. Hanns Eisler im Gespräch. München 1972. S. 95.

4 Bertolt Brecht: Über Lyrik. Frankfurt am Main, 4. Auflage 1971 [im folgenden: B. B., Über Lyrik]. S. 30.

5 Karl Marx-Friedrich Engels: Ausgewählte Schriften in zwei Bänden. Berlin (DDR) 1970. Bd. I. S. 336.

6 B. B., Über Lyrik. S. 30.

7 B. B., Tagebücher. S. 138.

8 Brechts in diesem Zusammenhang aufschlußreiche Kritik an Baudelaires Gedichten impliziert sowohl den Vorwurf des Mangels an offen eingestandener Teilhabe an geschichtlicher Prozessualität (Altes soll in jenen Gedichten wie neu erscheinen) als auch den Vorwurf eines Klassizismus, der inhaltlich Unfertiges durch imposante Formgebung als fertig suggerieren möchte: „Seine [Baudelaires] Wörter sind gewendet wie abgetragene Röcke, wieder ‚wie neu'. Seine Bilder sind wie eingerahmt und alles ist überstopft. Das was erhaben sein soll, ist nur gespreizt (. . .)" (B. B., Über Lyrik. S. 64). „Hier trifft man die ‚Stimmung', die eine Trance ist. Und auf die die Desillusion folgt, wie auf den Rausch der Katzenjammer" (ebd. S. 68)

9 B. B., Tagebücher. S. 195.

10 B. B., Tagebücher. S. 195.

11 B. B., Tagebücher. S. 13.

12 B. B., Tagebücher. S. 13.

13 Bertolt Brecht: Gesammelte Gedichte. Vier Bände. Frankfurt am

Main 1976 [im folgenden: Gesammelte Gedichte]. Bd. I. S. 167–263.

14 Vgl. Reinhold Grimm: Brecht und die Weltliteratur. Nürnberg 1961. S. 61.

15 Reinhold Grimm: Werk und Wirkung des Übersetzers Karl Klammer. In: Neophilologus 44 (1960). S. 35. Anmerkung 18.

16 Eine Notiz Benjamins vom 4. Juli 1934 beweist jedenfalls, daß es Brecht, wenn die Bestimmung prinzipieller Positionen, so auch der eigenen, in der Entwicklung moderner Lyrik zur Debatte stand, noch in den 30er Jahren nahelag, mit dem Hinweis auf Rimbauds „Bateau Ivre" zu argumentieren; Brecht, u. a. auf die Kategorie des lyrischen Ichs kritisch abhebend, vergleicht in dem von Benjamin aufgezeichneten Gespräch sein eigenes Lyrik-Konzept mit dem J. R. Bechers und Rimbauds; der Leser erhält, wenn auch in vagen Umrissen, unversehens so etwas wie die Brechtsche Skizze einer historischen Poetik des modernen Gedichts (Walter Benjamin: Versuche über Brecht. Herausgegeben und mit einem Nachwort versehen von Rolf Tiedemann. Frankfurt am Main. 3. Auflage 1971 [im folgenden: W. Benjamin, Versuche]. S. 118).

17 James K. Lyon: Bertolt Brecht und Rudyard Kipling. Frankfurt am Main 1976.

18 B. B., Tagebücher, S. 207.

19 B. B., Tagebücher. S. 160.

20 Arthur Rimbaud: Sämtliche Gedichte. Französisch, mit deutscher Übertragung von Walther Küchler. Heidelberg 1946. S. 130 ff.

21 The Works of Rudyard Kipling. Vol. IX. Verses 1889–1896. London 1898. S. 259/260.

22 Der „Gummimensch" taucht, verwandelt, u. a. als Herr Keuner bei Brecht wieder auf. Herr Keuner, wegen angeblichen Mangels an „Rückgrat" kritisch befragt, antwortet: „Ich habe kein Rückgrat zum Zerschlagen. Gerade ich muß länger leben als die Gewalt" (Gesammelte Werke. Frankfurt am Main 1967 [im folgenden: werkausgabe]). Bd. 12. S. 375/376.

23 W. Benjamin, Versuche. S. 58.

24 Vgl. Edgar Marsch: Brecht-Kommentar zum lyrischen Werk. München 1974. S. 128.

25 B. B., Tagebücher. S. 88.

26 B. B., Tagebücher. S. 218.

27 B. B., Über Lyrik. S. 12/13.

28 werkausgabe, Bd. 17. S. 964.

29 Arthur Rimbaud: Sämtliche Gedichte [vgl. oben Anmerkung 20]. S. 24/25.

30 Vgl. Klaus Schuhmann: Der Lyriker Bertolt Brecht. München 1971. S. 237 ff.

31 Bertolt Brecht: Arbeitsjournal. Zwei Bände (I: 1938–1942; II: 1942–1955). Herausgegeben von Werner Hecht. Frankfurt am Main 1973 [im folgenden: B. B., Arbeitsjournal]. S. 248. – Vgl. ebd. S. 19.

32 werkausgabe. Bd. 5. S. 1936/1937.

33 Charles Baudelaire: Les Fleurs du Mal. Die Blumen des Bösen. Französisch/Deutsch. Stuttgart 1980. S. 228. Es heißt hier in „Le Vin des Amants" – in einer Stimmung und mit einem Bild, die denen in

Brechts Gedicht nicht unähnlich sind – „(. . .) Mollement balancés sur l'aile/Du tourbillon intelligent,/Dans un délire parallèle,//Ma sœur, côte à côte nageant,/Nous fuirons sans repos ni trêves/Vers les paradis de mes rêves!".

34 Vgl. zu diesem Begriff werkausgabe. Bd. 20. S. 158 ff.

35 Brecht bedient sich hier, in der Absicht satirischer Verfremdung, eines Kunstgriffs, den E. A. Poe in seinem Gedicht „The Raven" zur Verdichtung der lyrischen Stimmung verwendet und den er in „Philosophy of composition" als „Effekt der Variation in der Anwendung" beschreibt (E. A. Poe: Das Gesamte Werk. Olten 1966. Bd. IV. S. 540).

36 Erwin Rotermund: Die Parodie in der modernen deutschen Lyrik. München 1963. S. 142 ff.

37 Clemens Heselhaus: Brechts Verfremdung der Lyrik. In: Immanente Ästhetik. Ästhetische Reflexion. Lyrik als Paradigma der Moderne. Herausgegeben von W. Iser. München 1966. Vgl. S. 318 ff.

38 „Wenn wir vor den Unteren bestehen wollen/Dürfen wir freilich nicht volkstümlich schreiben./Das Volk/Ist nicht tümlich", heißt es in Brechts Gedicht „Da das Instrument verstimmt ist".

39 W. Benjamin, Versuche. S. 58.

40 B. B., Tagebücher. S. 145.

41 Gesammelte Gedichte. Bd. 1. S. 267–295.

42 W. Benjamin, Versuche. S. 67 f.

43 B. B., Arbeitsjournal. S. 274 (24. 4. 41).

44 B. B., Über Lyrik. S. 74/75.

45 B. B., Über Lyrik. S. 33 ff.

46 B. B., Über Lyrik. S. 25.

47 Einen Reflex dieses „Dramas" enthält eine der „Svendborger Notizen" Benjamins über „Gespräche mit Brecht" (W. Benjamin, Versuche. S. 125/126 = Notiz vom 27. September 1934). Vgl. zu diesem Problemzusammenhang die eindringliche Darstellung bei Reinhold Grimm: Brecht und Nietzsche oder Geständnisse eines Dichters. Frankfurt am Main 1979. S. 11–54.

48 Sie „richten sich" damals ganz allgemein „auf das artistische und spielerische Element der Kunst, vor allem aber auf diejenigen Momente, die sie teilweise und gelegentlich refraktär gegen den Verstand machen" (W. Benjamin, Versuche. S. 126).

49 Gesammelte Gedichte. Bd. 2. S. 631–725.

50 Gesammelte Gedichte. Bd. 2.S. 633 ff.

51 B. B., Über Lyrik. S. 79 („Das Problem war einfach: ich benötigte gehobene Sprache . . .").

52 B. B., Über Lyrik. S. 91 („Zu den Epigrammen", IV).

53 Vgl. auch „Über die Verbindung der Lyrik mit der Architektur". In: B. B., Über Lyrik. S. 111/112.

54 B. B., Tagebücher. S. 71.

55 Vgl. etwa werkausgabe. Bd. 19. S. 326.

56 Vgl. hierzu werkausgabe. Bd. 20. S. 283 ff. („The Other Germany"); vgl. B. B., Arbeitsjournal. S. 301 (21. 10. 41).

57 B. B., Über Lyrik. S. 89.

58 „Fröhlich vom Fleisch zu essen."

59 Vgl. oben Anmerkung 34.

60 Sie wurde auf dem 13. Plenum des EKKI (des Exekutivkomitees der Kommunistischen Internationale) im Dezember 1933 formuliert.
61 B. B., Arbeitsjournal. S. 381 (28. 2. 42).
62 werkausgabe. Bd. 18. S. 241 ff. („Rede auf dem I. Internationalen Schriftstellerkongreß zur Verteidigung der Kultur“).
63 Vgl. Walter Benjamin: Schriften. Frankfurt am Main 1955. Bd. I. S. 395 ff. („Nachwort“ zum Kunstwerk-Aufsatz).
64 B. B., Über Lyrik. S. 7 ff.
65 Wenn Benjamin 1934, zu einer Zeit, da Brechts Gedanken bereits um die Idee eines „philosophischen Lehrgedichts“ kreisten, seinen Eindruck von den „heroischen Bemühungen Brechts, die Kunst dem Verstande gegenüber zu legitimieren“, erwähnt, dann ist allein schon mit dieser – intime Kenntnis der damaligen ästhetischen Problemlage Brechtscher Lyrik verratenden – Formulierung angedeutet, daß jene „Bemühungen“ nicht im Zusammenhang der unreflektierten Fortsetzung einer homogenen Kontinuität der Gattung Lehrgedicht gesehen werden dürfen (W. Benjamin, Versuche. S. 126).
66 Kritische Friedrich-Schlegel-Ausgabe. Herausgegeben von Ernst Behler. 2. Bd. (Charakteristiken und Kritiken I: 1796–1801). München-Paderborn-Wien 1967 [im folgenden: F. Schlegel, KA II]. S. 204 (AF 238), S. 182 f. (AF 116), S. 161 (LF 112; vgl. S. 185: AF 125).
67 Mit Recht nennt Benjamin Brecht einen „Spezialist(en) des Von-vorn-Anfangens“ (W. Benjamin, Versuche. S. 44). Brechts „destruktiver Charakter (. . .) der das kaum Erreichte wieder in Frage stellt“ (ebd. S. 134), ist zugleich positive Manifestation einer modernen Kunst-Tendenz.
68 Vgl. oben Anmerkung 66.
69 Friedrich Schlegel: Literary Notebooks 1798–1801. Ed. Hans Eichner. Univ. of London 1957. S. 118. Nr. 1108.
70 Karl Marx-Friedrich Engels [vgl. oben Anmerkung 5]. Bd. II. S. 372.
71 F. Schlegel, KA II. S. 204.
72 „Gedichte aus dem ‚Messingkauf‘“. In: Gesammelte Gedichte. Bd. 2. S. 760–798.
73 Vgl. u. a. „Kleines Organon für das Theater“. In: werkausgabe. Bd. 16. S. 661 ff. (insbes. § 23).
74 Gesammelte Gedichte. Bd. 2. S. 765.
75 B. B., Arbeitsjournal. S. 245 (25. 2. 41).
76 Gesammelte Gedichte. Bd. 2. S. 766.
77 Vgl. hierzu Gesammelte Gedichte. Bd. 2, insbes. S. 764 u. S. 790 f; vgl. auch werkausgabe. Bd. 16. S. 655 f.
78 Gesammelte Gedichte. Bd. 2. S. 764.
79 Gesammelte Gedichte. Bd. 4. S. 1151 ff.
80 Vgl. hierzu „Materialistische Literaturtheorie III: Große und Kleine Pädagogik. Brechts Modell der Lehrstücke“. In: Alternative. Zeitschrift für Literatur und Diskussion. Heft 78/79. Berlin 1971.
81 Gesammelte Gedichte. Bd. 4. S. 1247.
82 Gesammelte Gedichte. Bd. 4. S. 1251.
83 B. B., Arbeitsjournal. S. 354.
84 B. B., Tagebücher. S. 46.
85 Daß Brecht 1938 bereits auch zu einer „skeptische(n) Betrachtung der

russischen Dinge" fähig war, läßt sich unter anderem durch eine der „Svendborger Notizen" von W. Benjamin belegen wie auch durch das Stalin geltende Gedicht „Ansprache des Bauern an seinen Ochsen", das bewußt auf – auch und gerade politische – Irritation des Lesers aus ist (vgl. W. Benjamin, Versuche. S. 131/132).

86 B. B., Arbeitsjournal. S. 726 (11. 2. 45).

87 Vgl. F. N. Mennemeier: Freier Rhythmus im Ausgang von der Romantik. In: Poetica. 4. Bd. Heft 2. April 1971.

88 Brecht unternimmt hier auf seine Art den Versuch, die für die „Geschichtsschreiber des Historismus" charakteristische „Einfühlung in den Sieger" durch eine kritische, historisch-materialistische Betrachtung zu ersetzen, die darauf hinausläuft, „die Geschichte gegen den Strich zu bürsten", wie Benjamin sich in der siebten seiner „Geschichtsphilosophischen Thesen" ausdrückt (vgl. W. Benjamin: Zur Kritik der Gewalt und andere Aufsätze. Frankfurt am Main 1971. S. 83).

89 Vgl. F. N. Mennemeier-F. Trapp: Zur deutschsprachigen Exildramatik. In: W. Hinck (Hg.): Handbuch des deutschen Dramas. Düsseldorf 1980. S. 431.

90 Brecht selbst verweist auf die Spannweite seines lyrischen Exilschaffens, wie sie durch die zwei im selben Jahre 1943 geschriebenen Gedichte „Vom Sprengen des Gartens" und „Rückkehr" exemplarisch bezeichnet wird (vgl. B. B., Arbeitsjournal. S. 603; 9. 8. 43).

91 Vgl. B. B., Arbeitsjournal. S. 690, wo der Ausdruck – allerdings in prinzipiellerem Zusammenhang – verwendet wird.

92 B. B., Arbeitsjournal. S. 151 (19. 8. 40).

93 B. B., Arbeitsjournal. S. 45 (15. 3. 39).

94 Brecht empfand dergleichen Tendenz nicht als kontextfremd, merkte vielmehr an, daß auch ein Gedicht wie „O Sprengen des Gartens, das Grün zu ermutigen" „in seiner Neuheit innerhalb der gesamten Produktion genossen werden" könne: „als domesticum" (vgl. oben Anmerkung 90).

95 Gesammelte Gedichte. Bd. 2. S. 815–822.

96 werkausgabe. Bd. 20. S. 283 ff.

97 werkausgabe. Bd. 14. S. 1381 ff. (Zitate S. 1453 ff.).

98 Zur Vaterlandsliebe Brechts – das sei nicht verschwiegen – gehören als Gegen-Motiv bisweilen maßlose Anwandlungen des Zorns auf eben dieses Deutschland und die Deutschen, ein Zorn, der noch das deutsche Element im eigenen Charakter als Mangel meinte denunzieren zu müssen: „Die Deutschen sind ein Scheißvolk. Das ist nicht wahr, daß man von Hitler keine Schlüsse auf die Deutschen ziehen darf. Auch an mir ist alles schlecht, was deutsch ist. Das Unerträgliche an den Deutschen ist ihre bornierte Selbständigkeit (. . .)" (W. Benjamin, Versuche. S. 132 f.).

99 W. Benjamin, Versuche. S. 60.

100 F. Schlegel, KA II. S. 204 (AF 238), S. 217 (AF 305).

101 werkausgabe. Bd. 2. S. 660 ff.

102 Gesammelte Gedichte. Bd. 3. S. 849/850.

103 Hans Bunge: Fragen Sie mehr über Brecht. Hanns Eisler im Gespräch. München 1972. S. 19 ff.

104 Hans Bunge (vgl. Anmerkung 103). S. 21.
105 Gesammelte Gedichte. Bd. 3. S. 1009–1016.
106 werkausgabe. Bd. 18. S. 27.
107 Brechts Fortschritts-„Kritik“ ist ein geschichtsphilosophisches „Motiv“, das er bei allen sonstigen Vorbehalten gegen Benjamin (vgl. Arbeitsjournal, S. 16) mit diesem gemeinsam hat. (Vgl. hierzu insbes. die neunte von Benjamins „Geschichtsphilosophischen Thesen“, in: W. Benjamin: Zur Kritik der Gewalt und andere Aufsätze. Frankfurt am Main 1971. S. 84/85). Benjamins „Geschichtsphilosophische Thesen“ nahm Brecht beifällig auf; er stimmte Benjamin zu, wenn dieser sich „gegen die vorstellungen von der geschichte als eines ablaufs, vom fortschritt als einer kraftvollen unternehmung ausgeruhter köpfe“ wandte (B. B., Arbeitsjournal. S. 294; August 1941).
108 Mit „Priester“ und „Nonne“ könnten selbst die neuen, kommunistischen Ideologen noch gemeint sein. Gegenüber Benjamin ließ Brecht 1938 „durchblicken, daß die, welche die theoretischen Lehren von Marx sich zu eigen gemacht und in Behandlung genommen haben, immer eine pfäffische Kamarilla bilden werden“ (W. Benjamin, Versuche. S. 128).
109 Karl Marx-Friedrich Engels [vgl. oben Anmerkung 5]. Bd. II. S. 16.
110 Man kann sagen: Brecht hielt mit Gedichten wie „Die Lösung“ ein Versprechen, das er sich selbst gegeben hatte. Im Gespräch mit Benjamin bemerkt er im Juli 1938: „Sollte er [d. i. der „Skeptizismus“ gegenüber der UdSSR] eines Tages erwiesen werden, so müßte man das Regime bekämpfen – und zwar *öffentlich*“ (W. Benjamin, Versuche. S. 131).
111 Kapitel 16 ist die überarbeitete Fassung meines 1971 in der Zeitschrift „Der Deutschunterricht“ veröffentlichten Aufsatzes „Bertolt Brecht als Elegiker“.

LITERATURVERZEICHNIS

(Auswahl)

BERGER, Willy R.: Svendborger Notizen. Baudelaire im Urteil Bert Brechts. In: Arcadia. Bd. 12. 1977. H. 1.

BRECHT, Bertolt: Poems. Edited by John Willett und Ralph Manheim with the cooperation of Erich Fried. London 1976.

BIRKENHAUER, Klaus: Die eigenrhythmische Lyrik Bertolt Brechts. Theorie eines kommunikativen Sprachstils. Tübingen 1971.

BLUME, Bernhard: Motive der frühen Lyrik Brechts. I: Der Tod im Wasser. – II: Der Himmel der Enttäuschten. In: Monatshefte. Bd. 57. 1965. Nr. 3 und 6.

BÖDEKER, Peter: Das Ende der Naturlyrik? Brechts Gedichte über das Verhältnis von Natur und Gesellschaft. In: Norbert Mecklenburg (Hrsg.): Naturlyrik und Gesellschaft. Stuttgart 1977.

BORKER, David; GARNICA, Olga K.: On the recognizability of literary descriptions: An analysis of two poems by Brecht. In: Poetics. 9. 1980.

BRADY, P. V.: „Aus einem Lesebuch für Städtebewohner“: On a Brecht Essay in Obliqueness. In: German Life and Letters. 26. 1972/1973.

BRANDT, Thomas O.: Die Vieldeutigkeit Bertolt Brechts. Heidelberg 1968.

BROWN, Thomas K.: Brecht and the 17th of June, 1953. In: Monatshefte. Bd. 63. 1971. Nr. 1.

BUNGE, Hans: „Das Manifest“ von Bertolt Brecht. Notizen zur Entstehungsgeschichte. In: Sinn und Form. 15. 1963.

BUNGE, Hans: Fragen Sie mehr über Brecht. Hanns Eisler im Gespräch. Nachwort von Stephan Hermlin. München 1972.

BÜRGER, Peter: Theorie der Avantgarde. Frankfurt/Main. 1974.

CASES, Cesare: Der Pflaumenbaum. Brecht, Benjamin e la natura. In: Studi Germanici. 3. 1965.

CLAAS, Herbert: Die politische Ästhetik Bertolt Brechts vom Baal zum Caesar. Frankfurt/Main 1977.

DITTBERNER, Hugo: Die Philosophie der Landschaft in Brechts „Buckower Elegien“. In: Bertolt Brecht. II. Sonderband aus der Reihe Text + Kritik. München 1973.

ESSLIN, Martin: Brecht. Das Paradox des politischen Dichters. Frankfurt/Main und Bonn 1962.

GEISSLER, Rolf: Zur Struktur der Lyrik Brechts. In: Wirkendes Wort 8. 1958. Heft 6.

GIRNUS, Wilhelm: Nationalbewußtsein in Brechts Lyrik. In: Wer war Brecht? Wandlung und Entwicklung der Ansichten über Brecht. Herausgegeben von Werner Mittenzwei. Berlin 1977.

GNÜG, Hiltrud: Gespräch über Bäume. Zur Brecht-Rezeption in der modernen Lyrik. In: R. Grimm u. J. Hermand (Hrsg.): Basis. Jahrbuch für deutsche Literatur der Gegenwart. Frankfurt/M. 1977.

GRIMM, Reinhold: Bertolt Brecht, 3., völlig neu bearbeitete Auflage. Stuttgart 1971.

GRIMM, Reinhold: Brecht und die Weltliteratur. Nürnberg 1961.

GRIMM, Reinhold: Brecht und Nietzsche oder Geständnisse eines Dichters. Fünf Essays und ein Bruchstück. Frankfurt/Main 1979.

GRIMM, Reinhold: Werk und Wirkung des Übersetzers Karl Klammer. In: Neophilologus. 44. 1966.

GRÜBEL, Rainer: Bertolt Brecht, Gegen Verführung. Versuch einer Interpretation. In: Dieter Kimpel u. Beate Pinkerneil (Hrsg.): Methodische Praxis der Literaturwissenschaft. Modelle der Interpretation. Kronberg 1975.

HARTINGER, Christel: Von der „unnatur der bürgerlichen verhältnisse". Ein Lehrgedichtfragment Bertolt Brechts. In: Weimarer Beiträge. 24. 1978. Heft 2.

HESELHAUS, Clemens: Brechts Verfremdung der Lyrik. In: Immanente Ästhetik. Ästhetische Reflexion. Lyrik als Paradigma der Moderne. Herausgegeben von W. Iser. München 1966.

HINCK, Walter (Hrsg.): Ausgewählte Gedichte Brechts mit Interpretationen. Frankfurt/Main 1978.

HINCK, Walter: Die Dialektik von Werk und Wirkung. Brechts lyrische Reflexionen zu einer lesergerichteten Literatur und einer „totalen" Wirkungspoetik. In: V. J. Günther u. a. (Hrsg.): Untersuchungen zur Literatur als Geschichte. Festschrift für Benno von Wiese. Berlin 1973.

HINCK, Walter: Von Heine zu Brecht. Lyrik im Geschichtsprozeß. Frankfurt/Main 1978.

HIRSCHENAUER, Rupert u. WEBER, Albrecht (Hrsg.): Interpretationen zur Lyrik Brechts. Beiträge eines Arbeitskreises. München 1973.

HOWALD, Stefan: Notiz zu Brechts „Kriegsfibel". In: Haug, Wolfgang (Hrsg.) u.a.: Aktualisierung Brechts. Berlin 1980.

JACOBS, Jürgen: Wie die Wirklichkeit selber. Zu Brechts „Lesebuch für Städtebewohner". In: Brecht-Jahrbuch. 1974. Herausgegeben von John Fuegi, Reinhold Grimm und Jost Hermand. Frankfurt/Main 1975.

JAKOBSON, Roman: Der grammatische Bau des Gedichts von B. Brecht „Wir sind sie". In: Helga Gallas (Hrsg.): Strukturalismus als interpretatives Verfahren. Darmstadt u. Neuwied 1972.

JENS, Walter: Der Lyriker Brecht. In: Walter Jens: Zueignungen. München 1962.

JENS, Walter: Gelegenheitsdichtung des jungen Brecht. In: Stimmen der Zeit. 10. 1958.

KAUFMANN, Hans: Brecht, die Entfremdung und die Liebe. Zur Gestaltung der Geschlechterbeziehungen im Werk Brechts. In: Weimarer Beiträge. 1. 1965.

KERSTEN, Paul: Bertolt Brechts Epigramme. Anmerkungen zu einigen Kurzgedichten. In: Bertolt Brecht. II. Sonderband aus der Reihe Text + Kritik. München 1973.

KILLY, Walther: Das Nichts gegenüber. Der junge Brecht. In: Walther Killy: Wandlungen des lyrischen Bildes. 5. Aufl. Göttingen 1976.

KNAPP, Gerhard P.: Welt und Wirklichkeit. Zur späten Lyrik Bertolt Brechts. In: Bertolt Brecht. II. Sonderband aus der Reihe Text + Kritik. München 1973.

KNOPF, Jan: Bertolt Brecht. Ein kritischer Forschungsbericht. Fragwürdiges in der Brecht-Forschung. Frankfurt/Main 1974.

KRÜGER, Horst: Bertolt Brecht: Gegen Verführung. In: Frankfurter Anthologie. 4. 1979.

LEHMANN, Hans-Thies u. LETHEN, Helmut (Hrsg.): Bertolt Brechts „Hauspostille". Text und kollektives Lesen. Stuttgart 1978.

LEHMANN, Hans-Thies: Das Subjekt der *Hauspostille*. Eine neue Lektüre des Gedichts *Vom armen B. B.* In: Brecht-Jahrbuch 1980. Herausgegeben von Reinhold Grimm und Jost Hermand. Frankfurt/Main 1981.

LERG-KILL, Ulla C.: Dichterwort und Parteiparole. Propagandistische Gedichte und Lieder Bertolt Brechts. Bad Homburg/Berlin/Zürich 1968.

LINK, Jürgen: Die Struktur des literarischen Symbols. Theoretische Beiträge am Beispiel der späten Lyrik Brechts. München 1975.

LYON, James K.: Bertolt Brecht und Rudyard Kipling. Frankfurt/Main 1976.

MARSCH, Edgar: Brecht-Kommentar zum lyrischen Werk. München 1974.

MAYER, Hans: Brecht in der Geschichte. Frankfurt/Main 1971.

MAYER, Hans: Gelegenheitsdichtung des jungen Brecht. In: Hans Mayer: Anmerkungen zu Brecht. Frankfurt/Main 1965.

MENNEMEIER, Franz Norbert: Bertolt Brechts Faschismus-Theorie und einige Folgen für die literarische Praxis. In: H. Arntzen (Hrsg.) u.a.: Literaturwissenschaft und Geschichtsphilosophie. Festschrift für Wilhelm Emrich. Berlin/New York 1975.

MENNEMEIER, Franz Norbert: „Produktion/Rezeption" in Bezug auf Bertolt Brechts Lyrik. In: Proceedings of the IXth Congress of the International Comparative Literature Association. Innsbruck 1979. Innsbrucker Beiträge zur Kulturwissenschaft. Sonderheft 46. Innsbruck 1980.

MITTENZWEI, Werner: Brechts Verhältnis zur Tradition. Berlin 1972.

MORLEY, Michael: Brecht's „Beim Lesen des Horaz". An Interpretation. In: Monatshefte. 63. 1971. Nr. 4.

MÜLLER, Klaus-Detlef: Der Philosoph auf dem Theater. Ideologiekritik und ‚Linksabweichung' in Bertolt Brechts „Messingkauf". In: Bertolt Brecht. I. Sonderband aus der Reihe Text + Kritik. München 1973.

MÜLLER, Klaus-Detlef: Die Funktion der Geschichte im Werk Bertolt Brechts. Studien zum Verhältnis von Marxismus und Ästhetik. 2. Aufl. Tübingen 1972.

MÜLLER, Joachim: Phasen und Formen von Brechts Lyrik. In: Joachim Müller: Gesammelte Studien. Bd. 3. Epik, Dramatik, Lyrik. Halle (Saale) 1974.

MÜLLER, Joachim: Zu einigen späten Spruchgedichten Brechts. In: Orbis Litterarum. 20. 1965.

NAUMANN, Manfred u. a.: Gesellschaft-Literatur-Lesen. Literaturrezeption in theoretischer Sicht. Berlin und Weimar 1973 [darin: Beispiel einer Rezeptionsvorgabe: Brechts Gedicht „Der Rauch", von Dieter Schlenstedt].

NEUMANN, Peter Horst: Der Weise und der Elefant. Zwei Brecht-Studien. München 1970.

PIETZCKER, Carl: Die Lyrik des jungen Brecht. Vom anarchischen Nihilismus zum Marxismus. Frankfurt/Main 1974.

RASTEGAR, Nosratollah: Die Symbolik in der späteren Lyrik Brechts. Frankfurt/Main/Bern/Las Vegas 1978.

REY, William H.: Hohe Lyrik im Bordell. Bertolt Brechts Gedicht „Die Liebenden". In: Monatshefte. 63. 1971. Nr. 1.

RICHTER, Hans: Bertolt Brechts Bemerkungen zur Lyrik. In: Weimarer Beiträge. 12. 1966.

RISCHBIETER, Henning: Zum „Lesebuch für Städtebewohner". In: Wolfgang Haug (Hrsg.) u. a.: Aktualisierung Brechts. Berlin 1980.

ROSS, Werner: Vom Schwimmen in Seen und Flüssen. Lebensgefühl und Literatur zwischen Rousseau und Brecht. In: Arcadia. Bd. 3. 1968.

ROTERMUND, Erwin: Die Parodie in der modernen deutschen Lyrik. München 1963.

ROTHE, Wolfgang: Bertolt Brecht: Der Gast. In: Frankfurter Anthologie. 4. 1979.

SCHLENSTEDT, Silvia: Brechts Übergang zum sozialistischen Realismus in der Lyrik. In: Weimarer Beiträge. 4. 1958. Sonderheft Bertolt Brecht.

SCHLENSTEDT, Silvia: Die Chroniken in den „Svendborger Gedichten". Eine Untersuchung zur Lyrik Brechts. Diss. phil. (msch.) Berlin (Humboldt-Univ.) 1959.

SCHLENSTEDT, Silvia: Lyrik im Gesamtplan der Produktion. Ein Arbeitsprinzip Brechts und Probleme der Gedichte im Exil. In: Weimarer Beiträge. 24. 1978. Heft 2.

SCHÖNE, Albrecht: Über politische Lyrik im 20. Jahrhundert. 3. Aufl. Göttingen 1972.

SCHUHMANN, Klaus: Der Lyriker Bertolt Brecht. 1913–1933. München 1971 (überarbeiteter Text der Ausgabe von 1964).

SCHUHMANN, Klaus: Untersuchungen zur Lyrik Brechts. Berlin und Weimar 1973.

SCHULTE, Hans H.: „Kinderlieder" bei Bertolt Brecht. In: Wirkendes Wort. 27. Mai/Juni 1977.

SCHWARZ, Peter Paul: Brechts frühe Lyrik 1914–1922. Nihilismus als Werkzusammenhang der frühen Lyrik Brechts. 2., verb. Aufl. Bonn 1980.

SCHWARZ, Peter Paul: Lyrik und Zeitgeschichte. Brechts Gedichte über das Exil und späte Lyrik. Heidelberg 1978.

SEGEBRECHT, Wulf: Bertolt Brecht: Der Blumengarten. In: Frankfurter Anthologie. 4. 1979.

SELIGER, Helfried W.: Das Amerikabild Bertolt Brechts. Bonn 1974.

SHERRY, Peggy Meyer: „Vom armen B. B." as signature: between text and speaking subject. In: Modern Language Notes. 94. 1979.

SÖLLE, Dorothee: Bertolt Brechts Weihnachtsgedichte, interpretiert im Zusammenhang seiner lyrischen Theorie. In: Euphorion. 61. 1967.

STEFFENSEN, Steffen: Brecht und Rimbaud. In: Zeitschrift für deutsche Philologie. 84. 1965 (Sonderband).

TATLOW, Antony: Brechts chinesische Gedichte. Frankfurt/Main 1973.

TATLOW, Antony: The Mask of Evil. Brecht's Response to the Poetry, Theatre and Thought of China and Japan. A Comparative and Critical Evaluation. Bern 1977.

THIELE, Dieter: „Hollywooder Elegien", In: Literatur für Leser. 1980.

THIELE, Dieter: Von der Prosa zur Elegie. Brechts Exilerfahrung in Hollywood und ihre ästhetischen Folgen. In: Antifaschistische Literatur. III. 1979.

THOLE, Bernward: Die „Gesänge" in den Stücken Bertolt Brechts. Zur

Geschichte und Ästhetik des Liedes im Drama. Göppingen 1973.
WAGENKNECHT, Regine: Bertolt Brechts Hauspostille. In: Bertolt Brecht. II. Sonderband aus der Reihe Text + Kritik. München 1973.
WALTER, Hans-Albert: Der Dichter der Dialektik. Anmerkungen zu Brechts Lyrik aus der Reifezeit. In: Frankfurter Hefte. 18. 1963.
WEISSTEIN, Ulrich: „Apfelböck oder die Lilie auf dem Felde". Zur Interpretation eines Gedichts aus Bertolt Brechts „Hauspostille". In: German Quarterly. Vol. 45. 1972.
WELLMANN-BRETZIGHEIMER, Gerlinde: Brechts Gedicht „Als ich im weißen Krankenzimmer der Charité". Die Hilfe des Sozialismus zur Überwindung der Todesfurcht. In: Brecht-Jahrbuch. 1977. Herausgegeben von John Fuegi, Reinhold Grimm und Jost Hermand. Frankfurt/Main 1977.

Das vorstehende „Verzeichnis der Gedichte" führt i. allg. sowohl die Überschriften als auch die Anfangszeilen aller im Buch behandelten bzw. erwähnten Brecht-Gedichte auf.